曼殊文集

第五辑

卢卫平／主编

望乡

许理存　著

图书在版编目（CIP）数据

望乡 / 许理存著. -- 北京 : 中国书籍出版社，2024. 3
（曼殊文集 . 第五辑 ; 1）
ISBN 978-7-5068-9814-0

Ⅰ. ①望…　Ⅱ. ①许…　Ⅲ. ①散文集-中国-当代
Ⅳ. ①I267

中国国家版本馆 CIP 数据核字（2024）第 057184 号

望　乡

许理存　著

图书策划　许甜甜　成晓春
责任编辑　杨铠瑞
装帧设计　书香力扬
责任印制　孙马飞　马　芝
出版发行　中国书籍出版社
地　　址　北京市丰台区三路居路 97 号（邮编：100073）
电　　话　（010）52257143（总编室）　（010）52257140（发行部）
电子邮箱　eo@ chinabp. com. cn
经　　销　全国新华书店
印　　刷　四川科德彩色数码科技有限公司
开　　本　880 毫米×1230 毫米　1/32
字　　数　322 千字
印　　张　13. 375
版　　次　2024 年 3 月第 1 版
印　　次　2024 年 3 月第 1 次印刷
书　　号　ISBN 978-7-5068-9814-0
总 定 价　288. 00 元（全 5 册）

总　序

耿　立

曼殊文集第五辑就要出版了，这是珠海市作家协会评选的“苏曼殊文学奖”获奖作品丛书。这是一辑散文的集合，是珠海文字和生活的活色生香，它集中展示了珠海市近几年散文创作的基本样貌。

苏曼殊是广东近代文学的标志，也是珠海文学的精神养料，以苏曼殊为名字的文学奖，在珠海举办了多届，这些获奖作品，以曼殊文集的形式出版，届届积累，届届层叠，如一块块的砖瓦，薪火相传，建构着珠海的文学的大厦。珠海是一个诗意的城市，青春浪漫，而这些符号的底座，文学是最不可缺少的元素。

珠海是移民城市，不同地域、不同文化的人集聚在这片土地上，他们用文字记录脚下的生活，参与珠海的文化创造，他们其中的笔触，也常常有着悠远的故乡之思，做一些纸上的还乡之旅。比如许理存的《望乡》。童年的经历，如刀刻在他记忆的深处，那些民俗、那些乡间匠人，那些乡土的故事和人物，虽然他离开了故乡，但那个时代艰难而又快乐的农村生活，在他记忆里并没有拆除，所有梦醒时分的惆怅与回忆，都催促他用文字留住曾经过去和渐渐消失的农耕文明，给后人一个文字的路标。许理存生活在特区，他的回望在文字里，他的故乡也在文字里。

故乡不单单指物理的空间，精神的原乡，既是那个念念不忘的故乡，也指那些参与个人成长，塑造精神价值和审美取向的历史人物、文化典籍或者特定的精神瞬间。石岱的《叫不醒的世界》，这本书就是记录了他对精神原乡的美好追忆、对历史风云的深刻体会、对人生的一些独特感悟与思考，以及对爱和自由美好生活的向往与追寻。他笔下的孔子、庄子、司马迁，还有那些荆轲们，这参与我们民族精神塑造的人物，他们就是一些人的精神的原乡。

林小兵的《点点灯火》，是作为一个移民管理警察守卫国门的家国情怀的记录与思考，他记录工作和生活当中的见闻、经历和感悟，弘扬“真、善、美”的主旋律，我们从一篇篇滚烫的文字里能触摸到作者浓浓的家国情怀。再他是一个马拉松运动的爱好者，我们可以从他的文字里看出他生活的足迹，看出执着的力量，执着是信仰，执着也是能更好地认识自己、实现自己的支撑。

九月的《归墟》是散文随笔的合集，无论写人写事，还是观影笔记，她都用自己敏感的心灵透视笔下所写，无论长篇还是短制，无论读书还是游历，我们都可看出她的广博与阔大。

赵丹的散文集《归途》，是她近十年的成长历程与思考感悟。“走出荒原”是对生活的感悟与个人成长历程的记录，将走出荒原那始终如一的信念和勇气表现得淋漓尽致。“桃花源里”是对文化的思考与探索，正如“桃花源”一样，寓意作者心中保持文学初心的一处净土。“悠悠唐崖”是对童年及故乡的追忆，是对先辈口口相传的土家往事的传承，是对民族文化基因的探寻与思索，并配有唐崖土司城的相关照片，这在读图的时代，给人以有别于文字的别样体会。

一个时代有一个时代的文学，一个城市也有一个城市的文学，对文学的体裁来说，散文是最有烟火气、最接地气的文体。这五位作者的散文，最可贵的是体现了散文创作的基本伦理，那就是一个字：真。真是散文的第一规定、第一伦理，真相，真理，真实在场。

散文还强调自由，这是从散文的精神来说，从散文的质地来说，从散文的文体来说。散文没有既定的文体规范，散文的文体是敞开的，这样的无边的自由是十分考验散文写作者功力的。但散文又是同质化最严重的文体，很多人都沉浸在亲情、乡愁、风景、小花小草的书写中，很多人偷懒，就会陷入一种书写的惰性模式里，散文给人自由，有的人却逃避散文的自由，很多人依靠着一种模式，在这种模式里安逸地书写，这是散文创作应该警惕的。

所喜的是，在五个作者的文字里，我们看到他们避免了当下散文创作的一些弊病，他们都有着自己鲜明的个人面目，有着自己独特的声音。大家都在自己的园地里精耕细作，散文家最像一个农夫，戴着斗笠，赶着耕牛，无论刮风下雨，无论雨雪风霜，热也好，冷也好，专注着脚下的土地，这样的收成，是最有成色的，因为每个文字，就像一粒粒的粮食，都有着汗水的反光。

散文是一个敞开的文体，祝福五位作者的文字，都有明媚的未来。

（耿立，广东省散文创作委员会副主任、珠海市作家协会副主席。）

自 序

我在写序的时候，心里在问，写序的目的是什么？因为，父亲在给我的人生写序时似乎没有目的。当我说，不读书了，回家种田。父亲看着我，点了一支烟，然后说，再读一年吧。我说，真不想读了。父亲扔掉烟头说，那就种田吧。当我说想学木匠时，父亲同样点了一支烟，然后说，明天我带你去见廖木匠。当我又想学瓦匠的时候，父亲还是点了一支烟，然后说，明天带你去工地找大老表。折腾了一年之后，我又说，我要读书，农田里走不出一条路。父亲又点了一支烟说，想通了就好，明天带你去界河中学找你大表叔。一周后，我又背上了书包上学堂。

几十年来，我反复地想，父亲在给我的人生写序的时候，似乎什么目的也没有，但他给我的自由却是真实的，这种自由几乎是三百六十度的、全天候的。我在写《望乡》的时候，几乎也没有什么目的，仅是想记录一下心灵的感受。如果非要找点目的，那就是家乡在变得越来越美的同时，往事就变得越来越少，甚至消失。所以，用文字把乡事记下来，这大概就是目的吧。

目　录
CONTENTS

第一辑　乡　恋

第二辑 乡 愁

第三辑 乡 情

第四辑　乡　野

第五辑　乡　事

第六辑　乡　景

第七辑 乡 节

第八辑 乡 匠

第九辑 乡 犬

第一辑 乡恋

- 炒虫
- 春联
- 打年货
- 唱门歌
- 夕阳下的草堆头

炒 虫

大年三十的夜，有三件大事是必须要干的：第一件事是接从西天述职回来的灶神，要放炮，还要念叨，主要是念叨灶神的好。家里有孩子考大学的就念叨保佑孩子金榜题名；家有老人的就请庇护健康长寿，还有祷告平安的。第二件事是洗澡，在这一年中给自己洗最后一次澡，还有谚语可证：三十晚上开开裆，裤子挂在二梁上，一年脏旧全褪去，新年更有新模样。第三件事就是炒虫，炒虫并不是真的炒虫来吃的，像海边的居民炒沙虫一样，也不是炒别的虫子作为菜肴。西乡人大年三十晚上的炒虫，指的是炒瓜子、花生类的干货，称为炒虫。

每年过年，农家都要准备丰富的过年食品以备新年招待客人，其中的一个大类就是炒货，比如瓜子、花生、黄豆、蚕豆，还有别的什么干货类。年关越来越近，事也越来越多，一项项年前的准备工作都呈倒叙般展开，一项项清零，直至大年三十的最后一件事：炒虫。

我记得小时候就问过不少人，为什么大年三十晚上炒瓜子、花生类的干货叫炒虫，还问过一些知识丰富的老师，但都没有一个准确的答案，不过从炒虫的整个仪式、过程来看，应是和农业生产相关。庄稼怕三灾：虫灾、水灾、旱灾。科技不发达时的农业，水灾与旱灾人力尚能有所干涉，而虫灾只能听天由命了，于是，炒虫这种祈愿式的活动就诞生了，而且久远到无从考察其出处。

西乡人把大年三十作为一年的终结，而初一才是一年的开始，所以三十那天仍然是忙碌的一天，这一天大吃大喝，这一天收拾全年最后的工作。最后的工作中，最重要的事项就是炒虫，而最重要的事就放在这一年的最后一个时刻完成。

掌灯时分，好多人家的年夜饭就吃完了，一年中最后的工作都在逐项清零了。孩子们东蹿西跳地从一家跑到另一家，传播各家年夜饭的信息。这一天大家都是慷慨的，小孩子们乱窜也有讨点别人家美食的小心思。天黑定了的时候孩子们都要回家了，这一年最重要也是最后一件事——炒虫，就要开始了。炒虫的两个主角是当家的男人和同样当家的女人。当男人在用簸箕进行着各类炒货开炒前的除杂、除瘪时，女人开始准备各类盛放炒货的工具。女人下锅灶了，开始往锅洞里点火了，男人就开始往锅里倒炒货。一般为从大到小炒。花生最先上场，花生下锅的响声很大，“哗哗”的那种，可男人用锅铲子翻动的声音更响，差不多翻一两次之后，女人会轻声而庄重地问：“可照了？”男人也会轻声而庄重地答：“照了。”那声音很小，似乎怕惊动什么似的。

于是炒虫的仪式正式开始，女人一般一动火叉一抬头并同时问道："先炒什么虫呵？"

男人则翻二次锅铲一回答："先炒水稻虫吧。"

"水稻哪种虫呵？"

"水稻稻飞虱吧。"

"炒死了没有呵？"

"炒死了。"

"再炒哪种虫呵？"

"再炒大三螟吧。"

"炒死了没有呵？"

"炒死了。"

"螟虫大坏蛋，多炒一小会吧。"

"螟虫大坏蛋，个个肚朝天了。"

"还要炒什么虫呵？"

"再炒稻包虫吧。"

"稻包不好炒呵？"

"那就加把火吧。"

"炒死了没有呵？"

"都已死翘翘啦？……"

一男一女，一个在锅台上，一个在锅台下，一个添草加火，一个翻动锅铲，一唱一和，表情庄重严肃，仪式感极强。小孩子们在炒虫之前都被大人用草纸擦过一次嘴，是谓"童言无忌"，说了等于放屁，意即小孩子说了不吉利的话老天不要计较的意思。

每年过年，小孩子一般要被用草纸擦三次嘴。第一次是做豆腐时，做豆腐是水中求财，一定不能说不吉利的话；第二次就是炒虫前；第三次就是大年初一，也是擦得最狠的一次，因为大年初一，一定不能口出讳言。

所以大人们在炒虫时，小孩子们都站在边上一动不动，也不敢吱声，任由那花生的香味在厨房里飘荡，垂涎欲滴，也没有人敢轻举妄动。我们老家以水稻为主，所以就只炒稻虫，有的山里人还要炒树虫，有旱地的人家还要炒别的很多虫。

炒虫其实是一种祈愿，只不过这种祈愿不是以祈求的方式，而是以对抗的方式。不仅自己与虫对抗，还要拉上老天一起，可能农民感到虫是害，灭它是种正义，上天一定会站在农民一边的，所以才有这种形式的祈愿，对抗式的祈愿——炒虫。

2021-12-25 于珠海鱼林村

春 联

春联是中国独有的文学形式，以简洁、精巧、工整、对偶的文字形式来表达家乡的美与对美好生活的期盼。春联由上联、下联和横批组成，上、下联一般以五字、七字为多，偶尔也会有八个字的，横批以四字为多。根据张贴地方，春联可分为门心、框对、横批、斗斤等。斗斤，又名“门叶”，呈菱形，只一个字，或一个“福”字，或一个“春”字，抑或别的一个什么字。

世界上最早的春联“三阳始布，四序初开”出土于莫高窟藏经洞的敦煌遗书中。春联作为年红可增加节日气氛，春联也有辟邪除灾，迎祥纳福的美好愿望，有诗为证：“喜气临门红色妍，家家户户贴春联；旧年辞别迎新岁，时序车轮总向前。”

春联，红底黑字，稳重而鲜艳，不仅要祈祷六畜兴旺，五谷丰登，还要请灶王爷：上天言好事，下界降吉祥。更要求土地爷：土中生白玉，地内长黄金。除此之外，厢房、家具、大农具都要在春节的时候贴上红红的对联或斗斤。

春联起源于哪个朝代，没有一个准信儿，专家、学者各论各道，但明朝时对春联最重视。据说每年大年三十，朱元璋都要到大街上读春联，边走边读边评论，评内容谁家写得好，谁家写得妙；还要评价春联的书法水平。

有一年，朱元璋照例去大街上看春联，发现有一户没有贴春联，他很生气，询问原因，回答是：此户从事杀猪与劁猪生意，一到过年就更加忙，还没有来得及请人写。朱元璋为他写下“双手劈开生死路，一刀割断是非根。横批：一了百了”的春联。

春联不仅要好看，预示红火的一年，还要牢固，要一年中保持完整，要经历风雨的考验。所以，贴春联时就特别讲究，要用专门的糨糊，这种糨糊是用黏性强的米，还要熬制很长时间，这样黏性强就贴得牢。认真的人家贴春联时，都要用布对刚贴上的春联反复揉压，以让纸与木头完全粘接。

此外，一年一度的刷门也显得特别重要。门刷得越干净，春联就贴得越紧，而春联贴得越紧，来年刷的时候就越难，而这些难的事基本都是小孩子们承担下来的，因为不需要什么技术。大年三十，一般都是很冷的，一双双冻得红彤彤的小手，抓着一把锅铲，站在板凳上，反复刮着大门，不久大门的下面就是一堆已败色的卷曲而潮湿的陈年门对纸。

西乡人的风俗是年三十吃完早饭贴春联，下午三四点钟之后，家家户户旧桃换新符，看上去甚是热闹，一片的红色，红色中写着各种祝愿或期盼的大字，红色是这个下午开始后较长时间内的主色调。当然，有时也有别的颜色，比如紫色或黄色，这是因为家里有人过世了。如果家里有人过世了，这一年的春联不用红色，春联上也不写字，只贴门心，门框和门楣都是空着的。

合肥西乡的圩区人，对春联非常重视。家里有识些字的人家，基本上春联都自己写，自己编，显得随便而潦草。而没有人识字的家庭，大都要请当地的先生来写，每次请来写春联都要吃一顿大餐，以示尊敬。

我家的春联，我爸一直都是请我的恩师——铭来写。每次都是下午过来，写完后，就是晚上的一顿酒，每次写完春联之后的这餐酒，他们都是醉的，至少基本是醉的，否则是不会结束的。其实，写春联也不仅是一项过年的活动了，也是他们老兄弟俩儿一年一次的总结性晚宴。

恩师铭的大字并不漂亮，文采也并不好，我爸坚持让他来写，概因兄弟情感交流吧，当然恩师铭的牌子更响也是一个重要原因。20 世纪 50 年代合肥一中的高才生，后来的高中老师，在我们家乡那一带可是很少有的，他的光环一直很明亮。

上高中后，我家的春联才安排我来写，可我写的字也丑。春联的内容也都是抄来的，很少自己去想。说真的，没有把年红当回事。直到有一年，同庄的桂姓人家建了新房，想图个彩头吧，更多的是想让人恭维一下，就请我去给他家写春联，这是我第一次认真地对待春联，毕竟人家请我去写，照例写完了还要准备晚饭，我不能马虎。

他家是从庄台迁到轮车垱大堤上建的新房子，借大堤的坡，这样建房基时就要省很多土方，圩区建房，屋基一定要越高越好，以防决堤。接到邀请的第二天我就在他家新房的周边转，寻找灵感，我心里明白，一定要自己结合他家的新房编一副春联。想了几天就写好了，门心为：好山好水好风光，新房新家新气象，横批：财福双至。

那个时候的我，要创作一副春联还真是件难事，因为没有经验。记得是腊八前几天写好的，晚上照例是晚饭，当然有酒，我不喝酒，父亲陪着我一起去的，从那晚饭开始，我心中便多了一件事，多了桂家春联的事，想着大年三十贴出来，会怎么样呢？内容有无缺陷，字体是否失衡，桂家人满意不满意呢？

大年三十终于到了，桂家的春联贴得早，我也特别地关注起来。晚饭吃过后，我就跑过去装着很不经意的样子，看了看春联，贴得也周正。但我感到字写得有点丑，至少不算漂亮。门上的春联，我又咀嚼了一遍，也没看出什么问题，心里就准备着听大年初一人们的评价。

搬了新家，这个大年初一是与众不同的，来拜年的人都带着早已想好的新年吉语，而新家的主人更是比以往任何时候都热情、周到并慷慨，分发糖果时都要比往年多很多，主客间说说笑笑，那烟就一支接着一支，一时间屋子里烟雾缭绕。几乎所有初一来拜年的人都不仅带着早已想好的吉言，还要对着新房的特点说出赞美的话，一般都是围绕着房子来说话的，春联一定也在其中，当然，这一天说的都是好话，不会有人挑毛病，即便不好，也不会说。

在桂家人最多的时候，我也去拜年了，和庄子里的人一样说着吉言与赞美，当然我不能赞美春联，包括内容与字体。但有人会表扬，说：“哎呀，你家的春联谁写的呵，内容真是贴切，字也写得好。”几句恭维的话引来一群眼光盯着大门看，我不吭声，桂家的主人也不吭声，只是一脸满意地笑。

初一下午，拜年的活动基本结束，余下的时光都是一两家或两三家关系好的聚在一起聊天了。这时庄子里的土秀才来了，我们坐在大门口晒着太阳，嗑着瓜子，聊着天。土秀才姓陈，60 年代从苏北逃荒时来到这里，快 40 岁了，擅舞文弄墨，还会纳鞋底，打毛衣，所以，庄子上的人都称他土秀才。

没聊一小会儿，话题就扯到春联上。他说他知道桂家的春联是我写的，他说他有几点看法与我商榷，呵呵，真是土秀才，这话说出来都冒着酸气。我客气地说：“第一次创作春联，没经验，请多指正。”他说内容上有三点看法，一是山写得不对，因为这是圩区哪有山呢；二是房与家也有问题，如果房与家都指这个房子的话，那这个用词重复了，如果家是指人的话，显然也不对，只是搬家并没迎娶新人呵；还有就是光与象也不押韵。

我的脸红一会儿白一会儿，有点热辣辣的感觉。他也很给面子，说了三点不认同外，又很勉强地找了一些优点表扬一番，让我有些台阶。土秀才就是这样的人，很少强人所难，但又是个扛子头，好咬文嚼字，更好打破砂锅问到底，当然，他是有些本钱的，他的字写得好，文采也好，肚子的墨水比较多。

又一年，我高考的那一年，我爸说今年的春联不要我写。我不知道是什么原因，高考前的紧张局面，我大年二十九才回家，大概是因为我忙吧。春联也不让我贴，是老爸亲自贴的，我从头到尾就没有关注这件事，直到大年初一，好多人在议论我家的春联，母亲还剪了一块红纸把其中的一个字给贴上了，我才认真看起来。原来父亲把春联贴错了，把堂屋的春联贴到了厅屋的大门上，因为我家的厅门与后面的堂屋门是一样大的木质对开大门，春联也是一样大的，但这么多年来，我家的堂屋春联都是五个字，而厅屋春联是七个字，更重要的是内容，母亲感觉接受不了，原来写的是：书房攻读文，堂中出贵人。母亲贴起来的那个字就是那个“贵”字。

就是这一年，我考取了大学，也是这一年，我的同桌也考取了，后来知道，这副春联出自土秀才之手，而非我的恩师铭。

2022-01-11 于珠海鱼林村

打年货

开始打年货，离春节就不远了。打年货，于大人们来说是一件大事，也是一件难事，难在穷，但还想尽可能地充足，想把年过得丰盛，还要顾及礼节与面子。正月来亲戚，招待是件大事。所以，物质丰富的想法与囊中的羞涩就出现了不和谐。除此，距离远，路难行，也是打年货难的原因。

农村在自给自足的条件下，许多年货都是自家产的，比如豆腐、千张、部分糕点、酱、水产品、元宵、粑粑，还有的人家自己做糖果。当然，大部分年货还是去城里购买的。

我的老家在村子的尽头，任何车走到这里都只能掉头，不能前行。因为前面有条凤落河，乡人称天河，河并不大，但两个大堤很高。没有渡船，谁也过不了河，有了渡船，那上上下下的坡，空手走都是一件困难的事，挑副担子就更加困难了，真的是过河难，难于上青天。

大人们难，但孩子们不感到难，打年货可能比过年本身还要带劲。因为打年货可以跟大人进城，进城就是见世面，开眼界，孩子们一年只有这一次机会，好多孩子一年连这一次机会都没有。此外，进城打年货还可以跟大人在城里的饭店吃顿饭，这是一件非常了不起的事情。进城吃一次回来至少要吹上半年，把城里描述得天花乱坠，把那城里的菜说得让人垂涎欲滴。没进过城的孩子听着听着就流出了涎水。除了能吃饭，运气好点的，还可以从大人那里央求得到一两样自己喜欢的东西。打完年货，运气再好点的，还可以去洗个澡。城里的澡堂那是个真正洗澡的地方，那么大的池子，那么多水，澡堂里到处都是热乎乎的，不像在家里洗澡，盆那么小，还那么冷。

于孩子们而言，打年货比过年还开心，但也比过年累很多。首先要早起，差不多凌晨三四点就出发。我们村距城里二十里，全部要靠脚去丈量，大人们还要挑着一百多斤重的大米，要赶在天亮前到达农贸市场，迟了就不好卖了。卖了米才有钱去打年货。好在农村的男人们力气大，挑着沉重的担子，扁担两头颤悠着，差不多换个七八次肩，就到城里了，只是孩子们受罪了。记得有一次，我都走了好久，眼都还没有睁开，就只能抓住父亲的稻箩绳子往前走，有时绊了一下脚，清醒一点，然后，眼又半闭着，直至走到渡口。

渡河是我们那一带多少辈人的烦心事，圩堤越来越高，上下的难度也越来越大。雨天过河就变成了一个功夫活，有时山洪来时还要封渡，过不了河的人就会站在河对岸扯着嗓子传达紧急的事。

平时河水小时，没有船工守着，就只能等，等到对方有人过河时才能上船。冬天的时候，基本不用船过河，船工会搭好木桥，几个茶马撑在河里，那 30 厘米宽的木板一架就成桥了，胆小的人走在上面都颤颤巍巍的，担心随时都会掉下去。

经过渡口的这般惊险，瞌睡基本就跑得不见踪影，但还要跟着大人再走十几里，仍是一件很难的事，走着走着就想歇一会儿，但大人们不让停，就呵斥着快点、快点。直到一股刺鼻的味道飘过来，精神一下子就振作起来了，那是到了化肥厂的地段，离农贸市场就很近了。记得小时候进城，一过河就想着闻到那刺鼻的味道。有时刮南风，即便闻到了那味道仍然要走好远才能到城里。

舒城县城不大，从北门进城，经过窄而弯的七八条巷子就到了农贸市场，巷子里摩肩接踵都是进城打年货的人。卖米的地方在飞霞农贸市场，有米行收，也有小贩子在收，米行有正规的店面，规模大、安全，但价格低一些。而小贩子出价高，但风险很大，往往很容易被骗，比如称重时，趁你不注意会有人用脚托着稻箩底部，这样一担米就会少称十几斤。更可怕的骗术是钱被调包，称好重，当着你的面数钱给你，当你接过钱的时候，小贩子会说："给多了，再数一下。"这时小贩子就会玩起魔术来，再把钱给你的时候已不是原来那沓，可你全然不知。当你去打年货付钱时才会发现，可那贩子早就跑了。这样的骗局在这个农贸市场反复上演。只是苦了那些被骗的农民，回家后还得吵成一团，一担米的钱呵，十几块呵。吵完后，年还得过呵，再从家里挑出一担米去打年货。

大人拿着卖米钱去买东西的时候，小孩们就在稻箩边上看着，地点大部分选在九龙塔边上。那是一座古塔，明朝就建了，塔座周边开阔且是水泥地。好多村子里的孩子都聚集在这里，有说有笑等着大人们回来。家里富裕点的，一般都是夫妻带着孩子一同上城，因为，除了年货，每人还要买点衣服；家境差的，没有衣服要买的，女人就守在家里。

年货采购结束，大人们带着孩子去吃饭，饭后就要回家了。每条巷子都挤满了进城的乡下人，担子轻了，步伐也慢了，显得晃晃悠悠的，有的还面红耳赤。孩子们个个欢天喜地，炫耀着大人们买的好东西，得到贵重东西的孩子头自然也昂得高，孩子们的炫富就这样真切而生动。

一路走一路笑，成群结队的，不知不觉就到了渡口。快到村口时，各家的女人们，都已挤在村口等待着自家的劳力归来，叽叽喳喳地，一脸微笑迎接着自家的男人、孩子和年货。可一转身就会听到有人在吵嘴，甚至还有打架的，焦点在于劳力们买的东西不合女人们的心意，时不时会听到女人们的嚎叫：“我跟你说得那么清楚，你还是买了这么个东西。”仔细想一想也确实难，男人干活有力气，可以去打年货。但买东西的活计，男人真的不擅长。对于男人打的年货，女人没几个满意的，但她们更多的选择沉默，选择理解。

多少年之后，每当我站在那荒芜的渡口，眼前就出现夜行打年货的场景。夜幕下，大人们的扁担头挂着一盏马灯，走一步晃一下，微弱的光能照见一两米远的路，微风吹过，那灯光也会一闪一闪的，忽明忽暗。碰到人多时，扁担头之间就会有轻微的触碰声。一条灯路，首尾相连，虽不明亮，却也壮观，寒冷的夜色下，渡口也温暖许多。

打年货，年复一年，绵延千年。它是过年的准备活动，是过年的热身，是一种文化，是年味也是情味，是一年收成的总结，是一年劳作的结尾，是一个幸福家庭的年度展示，是亲情、友情的物资储备。

2018-08-09 于珠海鱼林村

唱门歌

门歌是安徽的一种比较普遍的文化艺术形式，源自凤阳花鼓。合肥一带的门歌更多地融入了庐剧的唱腔，而西乡、肥西更多的人会唱门歌。门歌也可说是讨饭艺术的一种形式，和肥西柿树乡的打莲湘的起源差不多。后来门歌发展成为艺术，可以坐唱，摆摊设点，看唱门歌的人可以随便赏钱，有时唱门歌的也会派人拿着帽子绕场收钱，像玩猴子戏那样收钱。

合肥地区的门歌与庐剧互相影响，最早是庐剧吸收了门歌的唱腔，庐剧发展以后，庐剧里的内容或唱腔也被融入到门歌里。合肥门歌是省级非物质文化遗产，合肥门歌与地方戏，民歌与民间戏曲有着千丝万缕的联系，但它既不是民歌，也不是戏曲，而是一种民间说唱的艺术，其最初是穷人沿门乞讨的说唱，后来发展成为表演。

门歌走进城里后，有的开戏院唱门歌，开门售票，就有了专业写手来写门歌，而且比较长，一唱能唱两个多小时。比如《梁山伯与祝英台》，两人或三人，通过敲锣、打鼓、唱门歌的形式来讲述梁山伯与祝英台的故事。《小长工》《插秧歌》《吴小林求婚》等都是门歌里的名剧。

以前，唱门歌的人很多，随便谁都能哼几下，因为不用记词，见啥唱啥，自由发挥。门歌给人以更大的自由发挥的空间，望风采柳，将眼前的景物加上赞美之词，或调侃、鞭笞之词，随口唱出来，不仅可以去人家门旁唱，有时在田里干活，开心起来了，还可以唱几句。

合肥的门歌名人殷光兰，也是首批门歌“非遗”项目传承人。1958 年，殷光兰穿着大襟褂，围着小围腰，带着自己编写的门歌参加了全国曲艺会演，由此，门歌在曲艺界产生了影响，从而被列为全国曲艺曲种之一，被录入了《全国曲艺大辞典》。时年 23 岁的殷光兰出席全国民间文学工作者大会，受到了毛泽东、刘少奇、朱德、周恩来、邓小平等国家领导人的接见。1972 年，郭沫若写信给殷光兰，“希望你继续写下去，写出更多更好的门歌”。这封信还保留在肥东县文化馆的非物质文化遗产展厅中。殷光兰没有让人失望，这些年来，她创作并演唱了八百多首门歌，2013 年还登台清唱了一首自己编写的《毛主席送我主讲台》。

我小时候见到的唱门歌，大都是在正月初八以后，挨家挨户去唱的那种，通常为一对夫妻出门表演，一个人持着鼓，一个人拎着锣，还拿着鼓槌和锣槌。男人身上一般都会斜背一个布袋子，这个袋子是装赏钱的，有的人家给几分钱，就装进衣服口袋里，更多的人家会给几片粑粑，或一小把米，这些东西都一并装进布口袋里。

正月里唱门歌，嘴里吐出的都是好词，见到什么说什么。但更多的是从家家户户门对的内容说起，也有的从主人家的屋子说起，赞美屋子高大、结实、漂亮，或者从门对的内容说起这家要出人才，要发财等等，看到谁家贴有双喜窗花的就恭喜早生贵子之类的。

合肥西乡的圩区，除了正月有人出门唱门歌讨点东西以外，唱门歌在平时也经常出现。这时的门歌是有人家请来唱的，主要的内容是贺喜，像农村里盖房子，上大梁的那一天一般会请人来唱门歌。当大梁拖着红布稳稳地架在山墙尖上的时候，那锣鼓更加响亮，唱的声音也更加清脆。有时一个音会拖得很长，和着鞭炮的响声，还有孩子在地上抢喜糖的喧闹声。门歌一唱到赞美之词时，盖房子的人也会快速地应和着，场面热烈而祥和。此时主人家异常开心，给的赏钱一般都会很多，还拖着唱门歌的人晚上一起喝酒，喝到高处，一阵掌声之后又是一首首门歌，那场面沸腾得都让人担心会把屋顶给掀了。

不仅盖房子会请唱门歌的，有的人家结婚，或给老人做寿，或生了儿子，都会请来唱门歌的，场面十分热闹、喜庆。更重要的是唱门歌的口头贺词，锣鼓喧天，图个彩头，让人开心、暖心。专业唱门歌的人一般都会写词，自己来编，不同的场合写不同的词。结婚的要恭喜白头到老，还要祝愿孝敬公婆、儿孙满堂等；做寿的要唱寿比南山；生儿子的要唱以后可以金榜题名等不一而足。

门歌可以根据不同的场景先写好歌词，但到现场更多的还是要临场发挥。临场发挥、随机应变、张口就来是门歌的根本所在，也是魅力所在。

门歌，今天已很少见到，除了逢年过节，政府组织的文艺下乡活动中还有些许声音以外，再也难以听到那熟悉的“咚咚呛，咚咚呛，咚咚呛呛，咚咚呛”了。

2022-03-01 于珠海大门口湿地公园

夕阳下的草堆头

分田到户之后没几年，我家乡的农村一下子就活跃起来，因为肚皮填饱了，除了死赌烂输或好吃懒做的家庭外，绝大部分家庭的吃饭问题基本都解决了。

有饭吃了，那脸上就挂满了满足与幸福，未语先笑，脚下生风，即便碰到个不熟悉的人，也要会心一笑，以示敬意，以示友好，但更多的是在表达幸福的心情。农民的情感，直白而简单。直白的情感不仅挂在幸福的脸上，更表现在路上与春节前的活动以及从初二开始的夕阳下的草堆头上。

能填饱肚子的年头，自然是个欢喜的年头，光景好了，那年要过得丰富。于是通往舒城县城的那条路上，连同那个古老的廖渡口就日夜不停地热闹起来，扶老携幼，上城下城，川流不息。早晨，不！应该说是下半夜或黎明，一担担白花花的大米挑到舒城，一家老小就热烈地走着、说笑着。

下午或近黄昏，从城里又挑着一个担子回来，重量是轻了些，但内容更丰富了，有女儿的花布料、女人的头巾、男人的鞋子、儿子的裤子，还有过年用的花样繁多的别的东西。也包括一年的收获、一箩筐的快乐，这是一家人的心情并一年的自我奖赏与自我总结。

那快乐的笑声洗尽了一年的辛苦，还有这一天走过田野，越过沟坎，翻越古渡口，徒步去卖米、去打年货的疲劳。快乐的笑声常和天上的霞光融合到了一起，那笑是真诚的，笑是从眼睛里流出来的。那笑有些甘，有些纯洁，更多的像风吹了银铃和铜铃。

春节前上城与下城的路上便成了一道风景，一道充满笑声的风景。这是一道自然的风景。春节前的另一道风景，一道更加忙碌的风景，便是家家户户忙着自制年货。做年糕是最重要也最繁重的一个年货活动。要做得多以显示家里日子过得快活，不比别人差；要做得黏软酥口，以显示讲究与品位；还要做得造型优美，以说明与众不同，更说明自己家比别人家有更高的追求。

于是做粑粑与其说是做年货，不如说是一场比赛，一场面子与尊严的比赛，一场穷与富的比赛，也是一个家庭地位与品位的较量。每个家庭尽可能多做些，但对外公布的数据永远都比实际做得更多。

除了做粑粑以外，做豆腐、干子也是仅次于做粑粑的一个重活，因为要推磨。圩区没有驴，人推磨就成了唯一的选择。

做豆腐不仅是重活也是技术活，水里求财，好多次有人家运气不好和技术不够都把豆腐做坏了，一家人都心有怨情，但又不知道怨谁。当然还要做糕点等。这是一道风景，一道忙碌的风景。男人、女人进进出出自己家及隔壁家的大门，相互共用着各类工具，以便完成一年一度的重大活动。

三十与初一，春节的峰值两天一过，另一道更为激情的风景就登场了——夕阳下的草堆头。廖渡村东西长两三公里，南北宽不到一公里，中间的那条路将村子一分为二。先是土马路，四米宽，后为石子路，三米宽，最后变成水泥路。在没有变成石子路的时候，附近庄子的人家都把草堆堆在马路的北边，基本上一家至少有一个草堆在马路上，从头到尾的马路边，一般有 60 个左右的草堆。草堆也学着马路的样子东西走向，朝西的那一头比朝东的那一头热闹许多，也许是西晒的缘由吧!

女人们在扯草回家烧锅时，都是从西头开始，东头基本保持刚堆时的状态。西晒的草堆头，在吃饱肚子的那年，从正月初二开始就不断上演着许多故事。初二开始的每个阳光和煦的下午四点过后，你沿着马路从西往东走，可以发现几乎每个草堆头里都有醉汉横卧着，大都为一个醉汉，有时也有两三个的。

一个个醉汉基本都是躺在草堆头里，有时还伴有很大的呼噜声。两三个醉汉的，基本都抱在一起或靠在一起讲着酒话，相互不服气的那种，更多的话语是："我真的还没醉!"也有一群人蹲在草堆边等着那个醉汉的醒来，也有些急性子的同行者，手一挥几个人一起架着那醉汉从草堆头里往家走。

大约五六点甚至更晚些的时间，那些没有人陪着的醉汉独自醒来，睁开眼，张张嘴，带着满身的草爬起来，伸个懒腰，碰到熟人时还不好意思地说："喝了点酒好困，睡了一觉。"

醉酒的人没有几个会承认自己醉了，就像家庭里的争吵——在那堆鸡毛蒜皮里，男人和女人没有一个认为自己没有道理。

除了草堆头外，小学边的大垱头水塘的冰面上常会扔了不少棉鞋，走亲戚时都会带上一双棉鞋，到亲戚家穿不冻脚，走路时再换上。醉汉同样也和别人一样拎着棉鞋回家，醉了，路也走不直，手摇来晃去的，常把鞋给扔出去了。有时在地上，就又捡起来，有时就扔到大垱头水塘的冰面上，那醉汉也不敢上去捡，别看醉了，可酒醉心明。

六点过，草堆头基本安静下来，夜幕也落下了，但往往会看到手电筒光柱在一个个草堆头上晃动，还伴有喊叫声，明显的是某个醉汉还没归家，家人找出来了。

夕阳下草堆头的醉汉，人是醉了，但心是敞亮的！

2017-07-15 于珠海半山居

纳鞋底

在制鞋工业还没有铺天盖地的时候，农村仍以手工做的布鞋为主。每年的深秋与初冬，女人们最重要的活计之一就是做鞋。做鞋的水平是评价一个女人的重要标准。如果一个新媳妇的鞋子做得好，庄子上的人就会说："这家真是烧了高香呵，娶了一房好媳妇呵。"普通人家女孩的做鞋水平和富裕人家女孩的绣花水平以及大户人家千金的琴棋书画水平是一样重要的。

记得我们队里的老王头在给儿子找媳妇时，关注的第一件事情就是做鞋的功夫。在媒人介绍双方之后，看门楼之前，老王头都要想尽办法去了解或打探女方的做鞋水平。所以，老王头家里的四房媳妇，鞋都做很好，很快、很漂亮，而且还很结实。

老王头的三儿子在学校里谈了个对象，后来请了红约，同样，老王头要先去考察女孩儿做鞋的功夫。但他第一眼见到女孩儿的时候就予以否定了，因为老王头看到那丫头手太小，连一个鞋底都拿不过来，肯定做不好鞋，一桩爱情就因为鞋而结束。老王头在庄子里传授找媳妇经验时常说："你看那丫头，大牌鞋子都纳得呼呼的，肯定就是一把好手。”

鞋子做得好不好，有两个重要的标准，第一是结不结实，第二是美不美。结实与否主要取决于鞋底的牢实性，所以做鞋底是最关键的一环，当然鞋帮也很重要，但和鞋帮比起来鞋底更重要一些。布鞋底又称千层底，鞋底是否牢实与糊的格巴有关，与纳鞋底的线绳有关，与纳鞋底的纹理花有关，与女人们的手力有关，与格巴布有关，也与格巴的制作过程有关。

格巴就是由旧布、碎布、烂布用糨糊一层一层地糊在一起而形成的。做鞋的第一步就是糊格巴，妇女们平时就把家里的旧衣、碎布收集起来，到秋天时就开始糊格巴。先在大簸箕上刷一层糨糊，然后用旧布贴上一层，待干了以后再刷一层糨糊再贴一层旧布，一般贴三到四层就差不多了。贴好的格巴放太阳下晒，干了以后揭下来，然后再制作新的格巴，如此反复。

格巴做好后就是裁样，把鞋样子贴到格巴上去裁剪。一般用十层格巴叠加起来，再用糨糊粘在一起，再一次晒干，用白土布包上边扎紧，一只鞋底的初样就出来了。接下来就是做鞋最艰难的工作——纳鞋底了。

纳鞋底用的针比正常缝衣服用的针更长、更粗、更结实，否则穿越不了几十层的带着糨糊黏性的格巴。纳鞋底的棉纱绳也是用多股棉线绞成的，很粗。年轻的妇女们在纳鞋底时，手上都要戴个顶针，即一个一厘米宽的铁环，手指那么粗，环上都是凹坑，顶针戴在中指上，针在穿过鞋底时都要用顶针抵着针鼻子，用中指用力推，否则穿不过去。年纪大的妇女用顶针都不管用，还需要用改锥（螺丝刀）引个孔，再用针穿过孔把线引过去。

纳鞋底的纹理很重要，但针脚更重要，都与鞋底的结实程度有关。针脚就是一针穿过去又一针穿回来，两个针眼之间的距离。有些比较懒的女人都会用大针脚，这样会比较快，但鞋底不结实。当然花纹理也一样，复杂的花纹理就结实一点，简单的就不耐穿。

纳鞋底的纹理一般来说前脚板与后跟是一样的，中间脚掌略微不同。因为这一部分着地的机会小，自然承受的力度也小。所以，一般鞋底中间的那一部分都纳的是大花，纹理大，针脚也大，大部分是菱形的花纹。

纳鞋底断针是常有的事，特别是有的人家糨糊熬得不好，因此格巴就糊得不平，针就难以通过鞋底。有时针就断在鞋底中间，拔不出来，也顶不出去，非常难搞。有的就干脆把断针留在里面不管了，那是相当危险的，因为它总有一天会钻出来祸害人的。

纳鞋底除了走针很关键外，还有一个比较关键的就是扯线。当针穿过鞋底后，一手拿着鞋底一手捏着针，拿鞋底的手不动，而拿针的手向右前方或左前方伸展去，把线扯出来，那个动作非常优美。

深秋或初冬的下午，夕阳西下，屋外的墙根边就会坐着一长排的妇女们，也有待出嫁的大姑娘们，她们左手或右手持鞋底，右手或左手拿着针线，一会儿穿过来，扯长线，一会儿又穿过去，扯长线，手在动，嘴也在动，三个女人一台戏真是太对了。

一长排的队伍里，相邻的几个说着故事，常笑得前仰后合，泪眼汪汪。有时候就有女人把手放在嘴里，吮一下，又拍着自己的屁股，一定是一不小心针扎手上了，痛的。

妈妈们在纳鞋底的时候也是孩子们的快乐时光。一堆孩子跟着妈妈来到这个扎堆的地方，小朋友就更多了。他们玩着各种游戏，打宝的、掼泥炮的、跳房子的、抓小子的、攀花的。一窝窝地，每一窝的孩子玩一种游戏。一开始总是友好的氛围，可不一会就不和谐了。一个孩子说另一个孩子赖皮，而另一个孩子不同意还推了一把。如果大人不在场的话，也许还不至于倒地，可今天大人在场，那孩子一下手脚朝天在地上，以示很痛、很严重的样子。这时大人就过来了，打一下那个孩子的屁股，算是个台阶，倒地的孩子看到了台阶也就顺势爬起来，不一会儿，又是热火朝天，一片和谐的景象。

妇女们纳完鞋底还要相互比较，互相评论一番。这个时候，那些纳鞋底水平不怎么样的女人就找个理由回家去了。就像班级里那些成绩不好的同学，一讲到学习，基本就不吭声是一个样子。而那些纳得好的女人们不断比较着、讨论着，交流经验以期不断提升水平。

每到过年，我们都要穿着新鞋，即便去年的鞋还很新，但妈妈们一定要你穿上新鞋，她们把穿新鞋当使命了。每当远行时，妈妈一定会在临行前往你的包里塞一双布鞋，并叮嘱说：“多带一双鞋吧，出门在外，行路难，多费鞋。”

鞋底是护着脚的，鞋底是最承重的，鞋底是与艰难相摩擦的，鞋底也是与最脏的地方接触最多的，鞋底是不多言的，承载着人的身体走遍天下。每当看到那千层底的针脚，估摸着也会有一千多吧，那就是要纳两千多针，两千多针呵，母亲的手指能扛得住吗？

每当看到那千层底时，我就想着这鞋底之于脚又多像妈妈之于孩子呵，最承重，最默言，最细心的呵护，心细得就如同那千层底下的万千针脚，妈妈们能纳好千层底或许与妈妈们天生的母性有关系吧。

2021-12-30 于珠海鱼林村

晒　秋

以前的农村，穷是典型的特征，饿是共同的记忆。然而，即便如此，农村的秋仍然是丰富多彩的，看上去颇有生机，让人充满希望。

养家畜，是巢湖圩区里农民的普遍做法，家家都建有各种各样的笼子，有猪圈、有鸭笼、有鸡笼，也有鹅笼。有的建在家里，有的建在外面，更多的是建在院子里。

那时，家里养家畜，以户为单位，大猪一头，小猪一头，鹅不超过两只，鸭子不超过三只，鸡不超过五只，鱼可以随便养，但塘里的鱼也并不多。

到了深秋，家家户户杀家畜，做咸菜。没几天之后，那肉就腌好了，家家的屋檐下就挂上了一吊吊盐腌的肉，一两周之后，那腌肉的外皮就会露出白霜一样的盐粒来，再晒一两周，走在屋檐下都可以闻到那咸肉的香味了。

穷是那个时代的特征，但深秋屋檐下的腌肉还是每年都不可或缺的，谁家都要来亲戚的，也要来客人的，但用什么招待呢？

咸肉就是上乘，也是唯一。因为这个可以自己动手去获取，不用花钱，只要花点精力与时间，比如放鹅，又比如放鸭。这些咸肉作为一种物质媒介在人与人之间传递着情感，每家来人，上什么菜都是不一样的，什么样的菜就传递着什么样的情感。所以，人与人之间的情感传递最终都离不开物质这个载体，离开这个载体为媒介的感情，现实社会可能真的还不存在。

当咸肉晒得更香的时候，小孩子们就会按捺不住了。不时地会看到两三个小朋友一起，两个在下面吃力地扶着板凳，站在板凳上的小孩更加吃力地用铅笔刀在割着那屋檐下晒着的家畜的屁股，因为这个部位离孩子的手最近。几只小手都颤颤巍巍的，但坚持着，直到几小块狗牙状的咸肉割下来时，他们又一溜烟地跑了，找一块瓦片，再找几块土块，把瓦片支起来，底下加火，那肉就在瓦片上滋滋地冒油，让人流口水的香味随风飘散，好多次大人们都是寻着香味而抓住干坏事的家伙们的。

圩区农民的秋天，除了晒咸肉还晒各类农作物，以冬藏或久用。青椒，当只剩一截把还没有变红的时候就开始采摘，采摘好的红椒先用大簸箕晒，一般晒四五天的时候，似火的骄阳就彻底地征服了这红得发紫的红椒，胖乎乎的家伙就变得像风干的豆腐皮，瘦而皱，这时要用一根长线串起来，挂在屋檐下那个刚刚还晒咸肉的地方。于是乎，长长的屋檐下，是清一色的椒红，微风拂过，一阵阵轻声地摩挲，像是在窃窃私语。

这是一道风景，一道变换的风景。一到深秋，圩区农家的屋檐下常上演着这些生活的气息，这些生活的资料，像艺术品，也像演员，不断地表演着各种剧本与故事，形成了圩区农家屋檐下的一道道深秋的风景。

除了屋檐之下的椒红，还有人家在地上晒着扁豆干，那是一色的青，五六天过后，又是一色的黄。还有黄豆，还有黑芝麻，有好事者，或浪漫心情的人，其实都叫穷开心的人，还用这些不同色彩的果实拼出八卦图，或五角星等图案，实在让人叫绝。

秋天了，池塘的故事开始登场，随着水车的数转声悠扬而出，那一个个塘口就只剩下鱼和螺蛳。那鱼也是要晒秋的，只是鱼的秋晒不好看，不震撼，因为，圩区农家鱼塘的鱼，都是自然生长、没有规律的杂色鱼种，而且七上八下，所以，咸鱼的秋晒难以让人有唏嘘的效果。

晒种是晒秋的最后一个动作，各类种子都要在入库前作最后一次晾晒。

晒种的时候，农人更加严谨而认真，大簸箕里，不同的种子各占一小块地方。远远看那大簸箕似乎晒着一朵花，家家的大簸箕连在一起时，就成了花的海洋，只是这花不似春日里的花来得艳，来得美，来得水嫩，来得轻盈，但这秋日里的花却是一副成熟的面容，这成熟的面容里包裹着希望，孕育着未来的生命。

2022-03-29 于大境天鹅湖

打　宝

在农村长大的孩子，都曾拥有过一书包以上的宝。有的长大了，或上大学了，或结婚了，那宝还一堆堆地码在家里的某个角落。直到某一天，他的妈妈或他的妻子，把那一堆宝解开成一堆废纸，或称重卖了，或当作烧锅料烧了，宝的存在才随风而去，但记忆却时常在脑子里闪现。

宝是玩具，也是一种游戏工具，一种智力加体力的游戏工具。宝是用纸叠成的，五至十厘米见方，厚薄不一，薄的是用单层纸叠的，厚的是用多层纸叠的。在宝中，最高端的宝应是用彩纸或牛皮纸叠成的宝，厚且重且结实，还不怕湿。最没有文化底蕴家的孩子，只能用报纸叠成的宝参与游戏，那种宝，身轻、皮糙、没质感，是很少有赢的时候。

比赛规则其实简单，当一方把另一方置于地上的宝打翻了，对方的宝就归自己了。另一方就得再置一个宝于地上，再由赢方打，如果没有翻过来，则由被打一方捡起刚置于地上的宝，再打另一方的，直到再一次一方把另一方打翻。

打宝场上不仅是一对一地打，还有多个人一起参与打的。都把宝置地上，打宝的人可选地上的任一个宝去打，打翻过来了就收起来，一直往下打，直到有一个宝没打翻过来，则要由另一个人开打。

宝在孩子们的心中是财富，谁的宝多，谁的财富就多，就有地位，就是赢家；赢家的宝不仅要数量多，还要质量高。真正的赢家一定会有几个铜版彩纸或厚厚的牛皮纸叠成的宝，被称为王宝。王宝一般是不轻易用的，不到万不得已，或输红了眼，都不会让王宝上场，以防被别人打翻而抢去。

打宝也是有讲究的，打厚宝呢，力气比较重要；而打薄宝呢，技巧更加重要。一个厚厚的宝放在地上，很难从宝的边上用另一个宝的风把它掀翻，那就要用力，用另一个厚宝砸，砸正面、砸边或砸一个角，这样都可以让厚宝翻身。

而打薄的宝，则要从宝的一边去扇风，用风力去把那个宝给鼓起来从而翻过来。这个时候，就要观察地上那个宝的缝隙，或某个边上，或某个角上。找到缝隙后，用多大的力也是个讲究，用力恰到好处，则宝刚好可以翻过来。否则用力过小，地上的宝可能被吹移动一截但没有翻过来，或用力过大，地上那宝翻了两跟头，也是赢不了的。

在打宝的过程中，规则、技巧与赖皮，往往难以拎清，打宝中的扯皮或吵架或抢夺甚至打得头破血流也是常有的事。有人打宝时用长袖子扇风，有人打宝时敞开上衣扇风，还有的打宝恰到好处地用手去扫别人的厚宝，这些动作都是犯规的。但有时候难以分辨，因为，有些犯规动作实在是娴熟到你根本看不见。

本庄的强外号大懒毛，是个打宝的高手，也是赖皮行家。他家的宝多如山，天晴时就搬出来晒，那一大片的地上铺满了宝，大的小的厚的薄的，牛皮纸的，彩纸的，还有质量最差的报纸宝，可谓是个宝的博物馆。他的宝都是赢来的，因为他家几代文盲，家里根本没有书，因而也就没有原始宝，只能靠赢。

他打宝的特长在于赢厚宝，赢厚宝的秘诀在于那只右中指。当他开打时，站在宝的上边，高高地举着拿宝的右手，人成半蹲姿势。当他的右手在空中划过一道弧，快近地面的时候，以极快的速度让右手的宝擦过要打的宝，就在这擦的过程中，他的中指已触到别人的厚宝，并在甩出自己宝的同时掀翻别人的宝。

这一招很管用，因为很难被发现，当越来越多的孩子知道大懒毛的秘诀时，都偷偷地去练习。但没有一个成功的，因为分寸把握不好，就会触到地上，或浅或深。浅的时候，指甲上都灌上了泥土，深的时候，那中指就成乌黑的了。那是因为中指碰到地上，无论深浅，那厚宝仍岿然不动，但手已经受到冲击。

尽管孩子们没有学会用中指翻宝的诀窍，但这个秘密被戳破了。于是，只要大懒毛赢宝时，都会有人立即抓住他的右中指看是否有泥土，或指甲碰到地面的情形。但每次大懒毛都不让看，因为他不仅会赖，拳头也硬，不让看也就没有人再追究，只是每次打宝尽量不喊他。

有一次，隔壁队的一个大来子，来我们庄子打宝。他是他们队里的宝王，可今天在这里输得很惨，主要输给大懒毛。他想不通，每次大懒毛打宝时，他都认真盯着大懒毛的手，可也看不出什么问题。直到我们队的一个小家伙不断用眼神和肢体语言示意大懒毛的犯规动作。大来子明白了，又一次输了以后，大来子摆上了一个大宝，很厚很重也很大，宝也叠得漂亮。可仍然被大懒毛一宝就翻过去了。

大来子这次看得更清楚一点，他发现大懒毛在捡宝时，手中指碰到地面时轻微地动了一下，他意识到大懒毛的手应有伤。于是一把抓住大懒毛的手，大懒毛不让看，极力挣脱。可大来子人高马大，劲也大，大懒毛也不敢太耍威风。手被大来子从肩上反捏着伸在背后，并喊大家都来看，原来大懒毛也不是手艺精湛到没有失误的地步。他的右手中指指甲里也是装满了泥土，而且，手指内侧还有伤疤，只是他平时忍着而且也不让别人看。不像我们一旦手中指扫到地面有点痛，就迅速举着手大摇大晃大叫，还转着圈以减轻痛苦。

大集体时代，什么都紧缺，纸也是紧缺的，当时农村小孩子叠宝用的纸，主要来源就是上学时的课本和作业本。有的家伙，课还没有上完，书已经撕得差不多了，以至于上到新课时不得不把宝打开，上完课再把宝叠起来。

我们那个时代的宝以及打宝的游戏，已完全超出了宝本身的内容，宝是孩子们地位和财富的象征，是孩子们的门面和装饰品，是智慧与力量的象征。打宝的技艺也被用来衡量一个孩子的聪明程度，更重要的是宝还充当了货币的角色。孩子们之间时常用宝来换东西，一个宝换几个小甩炮，或几个糖豆，或一个孩子喜欢得到的别的什么东西。宝的成色，比如大小、纸质、重量、新旧等决定宝的价值，而宝的价值又决定了能换到东西的价值。俨然，宝就成了类似货币一样的充当等价物的角色。

其实宝并没有实际用处，除了烧锅或用来引火以外，几乎一文不值。但宝却是孩子们的心中除了钱以外的最重要的东西。因为孩子们用心灵赋予了它们价值，这样宝就变得有了价值，一个虚拟的价值，并没有实际的东西去支撑这种价值，使它长期而真实地存在。当孩子们的认知发生了变化或转移，宝也就一文不值了。

宝就好似几百年前荷兰的郁金香，几十年前中国的呼啦圈，20 年前的保龄球，以及当下的许许多多新物质、新花样、新手段或新想法一样。它们的价值都是别人用心赋予的，一旦别人的心变了，这些东西也就变得一钱不值了。

2022-02-16 于合肥机场（合肥至珠海 CZ3666 航班）

看电影

改革开放前农村的精神生活中，看电影是最重要的，是最受欢迎的，也是最少的。那时候落后的地区，两三个公社才一个放映队，每个村一年都轮不上两次放电影的机会，能看上一场电影是件愉快的事。所以，当一个村某日要放电影的时候，消息会在一天内传到二十公里外的地方，有的还会派人去送信儿给更远处的亲戚。

一个大队的放电影的机会是由公社统一安排的，当然大队干部会争取也很重要，一般一个大队一年可以有一次放电影的机会。大队有了一次放电影机会后，也要落实到哪个队里放，这个也重要，安排不好会闹出许多矛盾的。

电影场地一般会选在生产队的打谷场上，因为场地大，那时候的一场电影至少有上千人观看，附近的大队或邻近的公社社员都会赶过来，最远的差不多有二十多公里外的地方。

放电影的那个下午，大队就让生产队派人去挑放映机，放映队一般为三个人一组，其中一个专门负责跑片的，就是负责送或去取电影的胶片，有时一个热门电影，片子刚放完就要送到另一个地方。

傍晚时电影的特有标志——电影幕布就挂好了，在晴空之下显得格外亮眼，一块约三米见方的幕布，有点像粗布做成的，但比粗布白多了，经纬线也细密很多。四个拐角是四个金属圆圈，拴绳子用的，两根柱子，四米多高的样子，银幕的四个角就拴在两根柱子上，而柱子又分别用四根绳子固定在场地上。

银幕一挂，不管多早，就有人用板凳排队，不过大家都比较自觉，小板凳排前面，大板凳排后面，还有人从草堆上拔点草绕成一团放地上占位子，一般都是帮别人占的。银幕一挂，一块方方正正的白色幕布在一马平川的田野上格外显眼，差不多一公里远的地方都能看得见。

白白的银幕就是符号，一次文化活动的代表，一小片精神的载体，阳光下，它是一片空白，可夜幕的灯光照射下，这一小片白幕却演绎着别样的人生。这也是一小片窗口，透过这个窗口，可以看到外部的世界，甚至外国的世界，一些年长的村民，就是通过这个方正白幕了解三十公里外的世界。

放映员的生活安排也是由生产队承担的，主要是一顿晚饭，放映机摆好，发电机调试好，影幕也挂好，放映师傅就该吃晚饭了。一般由大队主任陪同，这样的晚饭是简单的，简单的主要原因是不能喝酒，在中国有无酒不成席之说，一顿饭不喝酒，这顿饭就会简单很多。

天很快黑了，场地上已是人头攒动，人声鼎沸，抢位子的争吵声渐起，外地来的人都在寻找有利位置，有人爬上草堆头，有人爬到树上，还有的就直接爬到生产队的牛屋或仓房上。这时就会有更大的争执声，队长肯定不同意上房顶的，不仅踩踏屋顶，还可能造成人身危险，草堆的主人更是不干了，堆个草堆也不容易，一上人就会弄得乱七八糟，有的草堆主人干脆就站在草堆边看着，不让人上。

电影正式开始了，开始前要放一小段毛主席语录，然后是正片，正片开始的标志是四周闪出光芒的“八一”两个字，那是八一电影制片厂的标志，记得小时候看过的大部分电影都是八一电影制片厂的。

“八一”两个字光芒四射时，场地上立马安静起来，那投向银幕的光柱在漆黑的夜晚下显得那么光亮，有人好奇地跑到放映机边上偷看，看看银幕上的人是怎么出来的，还有那些声音，负责秩序的人会是一番呵斥：“看什么看，搞坏了你赔不起。”

正幕一边，基本在放映前就坐满了人，迟来的人就只能站在影幕的背面看，声音是一样的，但电影里的人与物都是反的，还有字幕上的字也是反的，但不影响对故事和人物的了解。有时一场好看的电影，背面也站满了人，有人就站在场地外边的农田里看。

每次放电影都会生出一些是非来，是非最多的是别的大队来看电影的人与放电影的这个生产队的人，主要的冲突就是看电影的人对财物的损失或搞乱，比如爬上人家的草地堆头上，或者爬到牛屋顶上，还有的就直接站到庄稼地里。其次是看电影的人之间对电影里的不同观点，边看、边争、边吵，有时还会打起来的。

记得有一次，唐老圩里放电影，放的是李谷一演的《打铜锣补锅》。我们去得晚，看的是背面，同样站在我们身后的几个小伙子，不知怎的就相互推搡起来，继而就有大声的争执，原来他们是在抬杠，一个说那个电影里的补锅匠，补锅的方法不对，还举证说自己的爷爷就是补锅的，以此来证明自己的观点。而另一个人就说，补锅有很多种方法，这种方法也对，说自己家的二大爷也是补锅的。

除了看电影的争执引起的混乱外，意外事故也是常有的。有一年，在隔壁公社，我们走了十几里路去看电影，我们到时电影已经开始，那晚放的是《地道战》，电影里的日本鬼子正在用烟熏地道，突然有人大喊："草堆着火了！"原来有人坐草堆上看电影时抽香烟，不小心点燃了草。

一场电影过后，生产队里都要议论好多天，也要兴奋好多天，尽管更多人都不能深刻理解片中的故事，但不妨碍他们去讨论，去争执，去传播着自己的理解，有时还会有模仿。

电影在那个年代，是最高贵的精神享受。尽管有时看一场电影要跑好远的路，或者要等待很长的时间，但稀缺的精神活动，却给人们留下了深刻记忆，几乎每一个电影里的经典人物都会成为人们心中的典范，电影里的每一个故事都会让人长久地铭记于心。尽管腹中有时会空空，但心中或脑中常驻着经典，人们的精神世界却又丰富了很多。

2022-01-08 于珠海鱼林村

食 堂

20 世纪 70 年代中期，我走进了袁店中学。每次一进校门，我心中便有了两个中心。一个是教室，每一个学生走进学校都会直奔教室，虽未必都在学习，但玩也在教室居多。所以，学生在学校里的故事大都发生在教室里。

食堂是另一个中心，恐怕现在的孩子难以理解。家里可口的饭菜都不想吃，何况是食堂的呢？但在那个时代的孩子心中，把食堂作为中心，原因只有两个字——饥饿。

刚入学那会，食堂还在五房圩的大礼堂里。食堂很大，讲话的声音大一点都会有回音。地面是带点黄色的磨花石做成的，操作间在大礼堂的东头，即靠近东壕沟的那头。几个卖饭的窗口黑洞洞地朝着大堂里，像一张张饥饿的嘴巴，永远都吃不饱的样子。

后来记不清什么原因，大礼堂就没了，说没就没了。

新建的食堂在五马转角楼的东南向。砖瓦结构，食堂的操作间和售饭的台子是连着的。没有了大堂的食堂，学生吃饭时都各自散开，有的去了操场后的竹园里，有的就蹲在高大的泡桐树下，也有的回教室里，还有几个小女生喜欢待在操场中的那棵文梓树下。更多的就直接去了东壕沟，那石台阶上一排排的全是人，吃完了往下走一两个台阶直接刷碗了事。

每天上午上第一节课时，我心里就盼着最后一节课快点到，而最后一节课还没开始就想着快点下课。因为，下课之后就能奔向另一个中心——食堂。食堂由此便成了心中的挂念，就像不上学时，家里的锅台是我心中的挂念一样。

估计快到下课时，那耳朵就竖起来了，张开的双耳寻找着那下课的铃声。当然，不是我故意要这样的，而是肚子怂恿耳朵的。王校长规定的铃声也有些问题，集合为“当当当”一串铃声，上课为“当当”两声，都非常有力量，而下课的铃声就一个“当”，那是一种有气无力的“当”，是一种让人饥饿的声音，更促使我们加快了冲向食堂的速度。

那时饥饿是一种状态，也是一种常态，无时不在。所以，也就无所谓此时的饿与彼时的饱。但真到与食物有关的节点，那能动性还是要爆发出来的。由此，在我所有的跑动中，包括体育课在内，都比不上我下课时冲向食堂的速度。

站在窗口的最前面，心中更加纠结。有一毛钱的米粉肉，那种土窑碟盛着，有十来片的样子，很是扎眼，它基本上是老师以及家境好点的同学的专供。家境一般的同学和我一样只能偷偷地看上一眼，目光便紧接着迅速地转向了“贫民菜区”。

也有两分钱一份的豆腐蒸腌菜，有些香，但更多感觉的是咸。吃的同学也多，不过更多的同学都会选择五分钱的红烧冬瓜。暗黄的色彩，带些汤水，放到饭里，很是下饭，可能是因为汤的作用吧。说是红烧冬瓜，其实是烀出来的，一口大锅里放入好几个冬瓜，用比锹还要大还要长的铲子在大锅里搅动着，不久便搅出一锅冬瓜汤来。

当然，任何东西吃多了都会感觉不好吃。班上有位黄同学，后来告诉我，在他离开学校后的 38 年中再也没有吃过冬瓜，也许是颇受了吃冬瓜的伤了。

就快到窗口了，吃两分的菜还是吃五分的，心里仍举棋不定，手也在小荷包里不断地摸摸索索。想摸出五分的菜票又有些舍不得，太贵了。掏一张两分的，心里却惦记着那冬瓜汤的味道。直到那手拿铁勺的“大锅头”不耐烦的声音飘进耳朵时，才最后下了决心，来份两分的豆腐蒸腌菜吧。然后，便是那“大锅头”一脸不屑的神情刻进我幼小的心灵。

刷碗的时候，我不止一次地专注地看着那水面上的情况。一大群同学的碗都洗完了，但水面上仍像冬天的星星一样，只有极为稀少的油珠在浮动。食堂的油水实在是少，难怪那时没有胖子。虽然油腥极少，但仍有同学舍不得在大塘里把油水涮掉，而是冲点开水在碗里，再用筷子搅一搅，一口气把刷碗汤给喝了，口中自嘲：“油水啊，不能浪费。”

食堂是同学们心之所向，是一个和谐的地方，但有时也会闹出些风波。有一次，有一大锅菜炒好了。那个眼睛不太“扎扛”(敏锐) 的“大锅头”在把菜从大锅里往大盘子上装的时候，有一团黑乎乎的东西在锅里滚来滚去铲不上来。旁边的一个“大锅头”过来一看是团狗屎，随手把它拣出来的时候被同学们发现了。一下子食堂里就炸开了锅，再饿也不能忍受狗屎的味道啊！

校长来了，安抚了大家的情绪，后来听说那个“大锅头”被解聘了，原因就是那团倒霉的狗屎，更因为他那不太“扎扛”的眼睛，不讲卫生的用厨。

世上的事往往都是这样，知了未必好，而不知未必不好，正如板桥先生的名言“难得糊涂”。

2017-10-12 于珠海半山居

木桶饭

现在，快餐店有一道美味叫木桶饭，不知是哪个地方的特色小吃，我时常光顾。木桶饭很干净还有木香味，有传统的味道。其实，我钟情木桶饭，还有一个原因，那就是在享用的时候，木桶饭能勾起我很多回忆，特别是用勺子刮着木桶壁的时候。

1982 年的那个初秋，歪斜的大门、齿状的围墙把我们箍在了一起，箍在了山南中学的一个班里。少年们的羞涩与微笑几乎挂满了每一个树梢，屋檐下也藏了很多责怪。当然，这些都和胃有关。

不知什么缘由，柱先生就让我当上了生活委员，也许我看上去比较会干活。何同学高一时就说过：“这家伙整天跑来跑去像个狗颠子，将来可以当经理。”他真是前卫，那个时候就知道“经理”这个词。当然，也可能因为先生觉得我在山中的理科班混过一年，对食堂比较熟悉吧。就这样，我承担了同学们的订饭琐事。

订饭是个麻烦活。周五、周六这两天需要订下一周的饭。有的人订五天，有的人订四天，也有的订一顿、订三顿，不一而足。麻烦的是，如果有的同学订得不准，到时就吃不上饭。菜基本上是自己从家里带来的，一般都是咸菜。家境好的同学有时在私人菜摊上买。

带菜的同学，打好饭就回到宿舍享用各自的美味。有的比较省，到周六了菜还没有吃完；有的比较大方，懂得与人分享，还没到周五菜就吃光了。余下的两天，基本上就到处找菜吃，从别的同学的坛子里夹；脸皮厚的在没人时，还从床肚底下掏别人的菜罐子，也不管是谁家的缸子，有时忘记盖盖子，连同老鼠也分了一杯羹。

那时，每顿订几两饭也是要经过思量的，更计较每次分饭的多寡。所以，分饭是最重要的一件事，也是一项功夫活。记得一开始时没有经验，经常分到最后就不够了。于是，我就带着几个没有饭吃的同学到食堂和大师傅交涉，大部分情况都能“开个绿灯”再给一些，也有好几次没要到饭，我和几个没饭吃的同学就咽了咽唾沫挺到晚餐。

随着时间的推移，经验也多了。总结起来就是：前紧后松，前面尽可能抠点，后面才有保证。有时也看人，女同学常可以抠紧点，因为她们饭量小而且还有零食，此外面子薄，一般不会当面嚷嚷。个头小点的男同学也会少给点，因为他们吃得少些，也不会太计较。此外，家境好的也会少分点，因为他们在家里吃的东西更丰富。

我记得最清楚的就是锐同学，他兼具后面两个条件，所以基本上属于被“克扣”的对象。但他一般情况下少有微词，有时最多把打好的饭在碗里抖几下，以示不悦，因为越抖越少，就很难看。比较担心的，就是五大三粗、食量惊人的同学，那家伙，要是给少了就“现场直播”，当场给你难堪。我记得好多次都被翻白眼，弄得我很有负罪感，好像我是在“克扣粮饷”。殊不知，我正是在力主真正的公平，尽管这种公平看上去却是那么不公平。

其实分饭技术高低也不是完全取决于我的水平，和食堂大师傅也有关。那时饭是称重的，一般五两米，得煮出一斤一两重的饭。但饭煮得软时，不仅重且体积小，结团又不好分，还特别费力气。更重要的是，分了饭的同学一生气就把饭抖得老高，几次抖下来，饭还没有拳头那么大一小团，而且相互交换看法，声音还比较大，那是故意让我听的。

饭还没分完呢，不能分辩，委屈着吧。当然，哪一天饭煮得比较干，很散，那就好分了。三下五除二，把饭从桶底翻一遍，基本饭粒就变得非常松散，分起来不仅省力，更主要的是体积大，在每个人的饭缸里显得多。这时大家笑声就比较多，脸色也好看，都认为今天分得多了，其实是一样的，只是饭的松散程度不同而已。

但大师傅每天煮饭也像天气变化一样不稳定，某一天很干，某一天就很软烂。我们各班的生活委员曾就这个问题和食堂交流过。经过一通的解释之后，结论是：饭煮得干或软就像这夏天的天气，谁也把握不住。有一个又高又胖的师傅说话很粗糙，说煮饭就像生孩子，生男生女谁能把持住？对这种谬论，我们谁也不敢理论。但问题总得解决呵，于是几个班的生活委员经常在一起交换分饭的经验。

记得二年级的一个委员比较有想法，他总结了几条经验：第一，不能用同学们自己的碗打饭，碗有大小不好把握，得用一个统一的量具。第二，量具的底部最好窄一点，这样堆在碗里显得高一些。第三，每次分饭前要对大桶里的饭有个基本的干湿度判断，不要急于分，若是比较干就一次性从底部开始向上翻，叫松饭；若是很湿呢，那就分几次刨。最后一点就是用小铲子，用小铲子分饭显得好看很多，可以把饭堆得高且松。这些经验我在后来的分饭过程中基本上都用上了。每次分饭时，同学都叫着快点分，但我不能急，要围着木桶转几下，看软烂程度让心里有个谱，把握下今天的饭怎么分。

除了分饭，生活委员日常的工作也不轻松，比如每次叫人到食堂里抬饭就是个头痛的事。很多时候叫不动，谁愿意呢？又不给工分。所以我平时就多留心和几个男同学搞好关系，万一哪天叫不动人了，就能派上用场。除了抬饭，那抬饭用的大木棒及锅铲的管理、木桶的洗刷也比较麻烦，搞得不好就不干净。食堂师傅不管那么多，你若把锅铲扔到食堂的地上，他们就会在上面踏来走去的。木桶的清洗他们更是不管了。我一般都会给最后一两名同学多点饭，博得好感，他们才愿意陪我把大桶抬回食堂洗刷好，并放在一个干净的地方。

账簿是订饭的记录，也是分饭的依据。每个人的名字和订饭的多少都写在簿上，不得马虎。每隔几周我就要去先生那里领取一本，而写满的那本就保存起来。这些记载着我们生活的文字，我一直保存到 1991 年的夏天，直至一场大水把我们的“家产”连同回忆冲刷得一干二净，为此我忧伤了好久。当然，也许记忆不太准确的过去回想起来会更加美好。是啊，那些年的那些木桶饭，连同木桶被锅铲剐下来的木屑，不仅带给我们营养，还有那深深的情谊。

2011-07-13 于深圳盛名阁

第二辑 乡愁

坚忍的乡愁

我曾到过很多的地方，有国内的，也有国外的。有时被外部的美景吸引，有时被外部的精彩迷糊，时常有乐不思蜀的神往。但不管在哪里，不管有多远，甚或远到地球的南半部，可一进入梦乡，那梦里就全是西乡圩区的农田、庄台、圩堤、沟渠、村庄，还有附着在上面谋生活的人以及除了人以外的动物。

我在这阡陌之上行走了万千次，我的童年和少年的时光都是在这里淌光的，还有我的青年也是在这里蹉跎了不少时日。这些圩田的景象烙在大脑的深处，现出深深的轧沟，这轧沟里藏满了记忆，有时想用扫帚清理一下这沟里的乡结，可就像豆腐掉进稻草灰里，越清灰越多。

童年时的圩区，用一个字概括，那就是水，是洪水，是可以收缴你家全部财产的那种洪水。洪水一来，我们就随大人们逃难，任由那滔天之水碾压庄稼、摧毁房屋，顺手掠走我们的猪与鱼，还有鸡和鸭。

圩区的童年生活，是与一头牛分不开的。牵着牛去河堤之上，牛吃草的时候是孩童们最快乐的时候，可以打宝、可以跳绳子、可以掼泥炮、还可以打架。回家时都是骑在牛背上的，牛绳绕在牛角之上，把自己假装成牧童的样子，可缺了一支横笛，吹不出那优美的笛声。

青年时的圩区，既要与田为伍，也要与犁为伴。犁了田，还要耖；耖了田，还要耙；耙了田，还要车水；最后才是插秧，那是最累的一种活计。青年人的早期腰杆子弱，是队长说的。所以，干一天只给五工分，五工分可以值二毛钱，但这不够一天的食粮，因为青年的早期时段是最能吃的。

圩区的村舍与众不同，它位居高高的庄台之上，庄台是挖塘堆土而成。最早期时，两头的塘坝还有吊桥，庄台之上都有瞭望塔。高高的庄台是圩区人应对洪水的智慧之举，有实力的人家在庄台之上都建了四马落地房，这些都是水的杰作。每个庄台之上，户户房屋相连，每每夕阳西下时，那一柱柱炊烟就冉冉升起，那升起的烟雾带着庄稼人的苦涩与辛劳飘向了空中。

圩堤是圩区人的城墙，是守护圩堤人的战场。每年的汛期来临，这里都是日夜沸腾，挥汗如雨地劳作。即便如此，有时也挡不住那大自然的洪流，天河一怒，万田归零。待秋冬来临，扛着锹，提着筐，那圩堤就成了疆场。圩堤越来越高，那庄台就变得相对低矮，洪水越来越大时，那圩人的财产就变得毫无安全可言。

池塘是圩区的眼睛。天高云淡时，那池塘就泛着波光，像多情少女的秋波。池塘不仅美丽，也很生动，有鱼、鳖、虾、蟹，还有田螺姑娘。它们在水里其乐融融，和谐得像一个家庭。螃蟹横行、螺蛳直路、鱼翔浅底、米虾躬跳，各行其道。这里没有头领，唯有和睦共生。还有那一言不发的塘泥呵，是水田最可心的营养，就像红烧肉之于一个饥饿的人。

狗吠鸡鸣的晚上，村庄里热烈而忙碌。猪进圈、鸡上笼、狗入窝、鸟入林、孩子进家门。掌灯时分，每家门口都发出豆大的光。这豆大的灯光之下，是一家人围桌而坐的晚稀饭，那稀溜溜的粥，也丝毫不影响家人们的热情。不时又开心地笑，穿门而出，顺着屋檐飘落到很多人家，又引来了更多的笑声。这笑声里有饥饿的味道，但更多的是快乐，一种清泓般的快乐。

过年了，那廖渡口每天都有远行而又晚归的人。回家的心情是迫切的，家里有娘、有妻、有儿郎。一年了，就这一次的团圆，谁的心不是想着要飞？可廖渡口的船，却时常在漆黑的对岸，等着对岸的来人，是这无人之船唯一可行的方案。

正月初八之后，游子们的远行又要开始了。扯着褂角的孩童，摇着父亲的手，一脸的问号，可否不再走？女人的泪挂在腮上，拖着孩子的手往家里走，这是一年一度，圩区里最常见的早春别离。

圩区的一天由灯光来扫尾。在漆黑的夜中，当所有的豆光都熄灭了的时候，圩区就进入了梦乡。梦乡里与我相撞，此时或许我在旧金山，或许我在悉尼，又或许在巴黎，但不管我在哪里，只要触碰到枕头，那梦就属于圩乡。

2022-03-01 于鲍家庄

檑　子

檑（léi）子现在算是生僻词。可在几十年前的农村，檑子却是个高频词，还是一件宝贝，是日常生活中最重要的农具之一。檑子的最主要功能就是给稻子去壳，把稻子的壳去掉。檑子就像现在的碾米机，但又不同于现代的碾米机，可以把稻子与糙米分开的同时，还能把糙米中的精米与米皮也分开。檑子不行，只能将稻子去壳形成糙米。然后，还要人工用碓槌在石臼里砸几百下，直到把糙米外面的一层米皮给砸分开，这个过程叫舂（chōng）米，是农民一年中比较耗时、耗力的农活之一。

檑子，类似石磨的长相和原理，更是类似的操作方法。所不同的是，檑子是以竹材为主，和部分木头做成的。有的地方也全部用木料来做檑子，而石磨则用石头做成的。

檑子的整个结构与石磨基本差不多，但檑子要高一些，一般有一米高，磨盘也大很多。它的直径约是石磨的一点五倍，内部构造也与磨子相类似，由上扇、下扇、支架和檑杆组成。上扇由竹子做成，而它的下半部分是用竹子做成的齿，中间有一个孔是漏稻子用的。上扇的内部用泥巴灌注，以增加自重，上扇外圆处有一个带孔的约二十厘米长的柄，这是插檑杆推檑子用的。

下扇和上扇的厚度与直径一样。下扇的上半部分也是用竹子做的带齿的平面，与上扇对合，形成齿合面，中间有个顶柱，也叫转筋。当上扇绕着这个转筋转动时，上下扇齿面的相对运动就可以把稻壳搓掉。

檑杆是丁字形的，檑杆的顶部有一个丁字形的钩，插进檑子柄里就可以推动檑子转动。檑杆的另一端是一个一字形的横杆，两端用绳子拴在屋子的房梁上。推檑子的人，一般为两人或三人，也有一人的。双手握住檑杆，前后推拉就可以推动檑子的上扇，这样，檑子的齿合面的相互磨搓就把稻壳给去掉了。

推檑子比推石磨轻松一点。因为檑子是竹料或木料做的，自重就轻很多。去稻壳的也比用石磨磨米或面来得容易一点，尤其是用石磨磨粑粑面，那黏性的米浸泡之后在磨子里的阻力更加地大。有时手一软磨就会停下来，因为两扇石磨粘住了。所以，以前每年推磨做粑粑时，都抱怨说："我长大分家另过以后就不做粑粑。"父亲则常讥讽说："那当然，你这么不事农活，以后根本就没有米去做粑粑。"

我几岁的时候，我们庄子还有两台檑子，一台在西头的程家，一台在东头的我家。每当深秋过后，农活渐少，檑子就开始忙活起来。队长要为各家做个简单的计划，也就是大概排一下序，一般每户一次性要用四五天的样子，然后再排到另一家。

檑稻子的时候，都是几家合伙干的，一是时间长，二是工作量大。尽管是合伙檑稻，但当谁家檑稻的时候还是要安排饭食的，和请人帮忙干活差不多的待遇。从檑稻的第二天开始，舂米也随之而来了。舂米是单人工作，但要增加石臼的使用率，也是请人轮换进行的。每当舂米的时候，就会从室内传来一声声的闷响，那响声就是碓槌砸向石臼里糙米的声音。有人舂米时还喊号子，但更多的是把喊号子和数碓槌数结合起来唱。

舂米时，每一臼装多少米以及这一臼米要碓多少槌是有规定的，只有达到这个碓槌数才可以把米皮去掉。舂米是个比檑稻子更累的活计，因为一个碓槌至少也有五十斤重，用力高高举起，再狠狠地砸下，这个过程十分耗体力。即便是冬天，舂米的人也是汗流浃背，舂完的米再用风车把精米和米皮分开。

我家的石臼一直保存到1991年发大水的那一年，至今还躺在老宅基地的深土里。自从村里引进了碾米机，檑子就退出了历史舞台。当檑子退出江湖后，这个石臼也被弃在前厅屋的大门右后边。躺在石臼边上的是碓槌，那不是一个一般的红砂石石臼，而是青石的石臼，算是十分豪华的石臼，碓槌也是青石的。

一个竹木檑子、一个青石石臼、一个青石碓槌，1991年以前的几十年就一直闲在那里。

2022-02-28 于珠海鱼林村

石 臼

每当看到我家那个闲置的石臼的时候，我时常会问起我父亲，这么重的石臼是怎么运进来的。我父亲说：听他的爷爷说，是用船运来的，运到庄台的时候再请十几个人抬进家的。

每当父亲这样解释的时候，我的脑海里就浮现一个景象：十几个人，抬着一根碗口粗几米长的大木杠，木杠下面是手颈粗的绳索拴着石臼，他们边走边喊着“一二，一二”的口号以统一步伐。

我家的石臼是用青石做成的豪华石臼，升了形状，上下都是四方形，上大下小，上口边长约一米二。石臼的臼窝直径约六十厘米，深度约为五十厘米，一次可以装六七十斤糙米。下口边，边长八九十厘米。纯一色青石的，里面的纹理是白色的丝纹，也有云朵一样的图案。经年累月地使用，那臼窝里面光得像玉一样，擦干净后会有玉一般润的感觉。

石臼边上的碓槌也是青石的，看得出是一个组合买回来的，碓槌一头大一头小。大头处都是呈半圆形，小头处是方形，长约

30 厘米，宽约 20 厘米，重量约 60 斤。在离小头三分之一处有个石孔，这里是安装碓槌把用的，舂米的人就是双手握着这个把柄，把碓槌高高举过头顶，再狠狠砸进臼窝的。

在礌子很繁忙的时候，石臼也是一样的忙，而且是更忙。因为石臼的生产量远小于礌子，一个礌子一天的产量要够石臼工作好几天的。不仅如此，舂米的活累且长，所以李白在《宿五松山下荀媪家》中写道："田家秋作苦，邻女夜舂寒。"李白看到了邻家女人都在寒冷夜晚舂米，说明男人已经累得不行了，女人接着干。

有礌子的地方还算是先进的。有的更落后的地方，连礌子都没有，就用石臼舂稻子，把稻子直接舂成能吃的精米，那劳动效率是非常低的，工作量也是非常大的，按现代的生活形态是不可以想象的。所以，才有李白的诗句中"邻女夜舂寒"的描写。

在西乡的圩区里，碾米机还没有普遍使用的时候，一个农民一年的工作量主要集中在两个地方，一个是给水田上水，另一个就是舂米。秋天以后，除了冬修、扒河，就是在家舂米。

在我最早前的记忆里，每年深秋过后，我家前面厅屋里就开始繁忙起来。家家户户都把礌过的糙米挑过来，在这里日夜不停地舂，把糙米舂成精米。西头的那个石臼也忙，但我家的这个更忙。因为西头程家石臼是红石的，表面粗糙，所以每次舂完后从臼窝里往外掏米的时候都很麻烦。此外，臼窝也小，一次只能舂30 斤。而我家的石舀是青石的，几天舂下来，那臼窝里就磨得发光，非常光滑，从臼窝里往外舀米非常方便，而且臼窝也更大，一次能舂六七十斤。

每晚掌灯时分，我们都在前厅屋里看舂米。前厅还有很多孩子，更晚点的时候，孩子们都睡去了，只有舂米的人。在哼哧哼哧地举槌落槌，那一声声的闷锤声响，往往掺和着汗水在飞舞。有时深更半夜了，一觉醒来还有那闷槌声响。

大约在上中学的时候，村里有了碾米机，柴油机动力的。一开始还有人不接受，找了很多理由，其中最大的理由就是碾米机碾出的米，碎米多，而櫑子櫑的再用石臼舂的米，整齐，少有碎米的情况。此外，碾米机碾的米也没有舂出来的米表面有光泽。

可谁也挡不住体力减少所带来的快乐。几百斤稻子，稻壳与米糠和精米分得清清楚楚，不用一个小时就全部结束了。不到半年的时间，最守旧的老古董们也用上了碾米机。

碾米机来了，櫑子和石臼及碓槌也就退休了，被弃在一边。櫑子是竹子做的，就像人一样，劳动惯了，一旦不再劳动，身体会衰老得很快。所以，碾米机来了差不多两三年时间，那台櫑子就莫名地不行了，今天掉一根竹片，明天又断一根木头，就这样不知不觉地散架了。

倒是那个石臼和碓槌，躲在门洞儿里，一个较为黑暗的地方。没有人关心它，它也没有显示出衰退的迹象。一段时间不管它就灰尘蒙蒙的，但只要一擦又显得精神抖擞的样子。碾米机来了，石臼和碓槌虽是落寞了一些，但仍在前厅里没有经受日晒雨淋。

不知何年，突然发现碓槌不见了。不知搞哪里去了，也找了好长时间，一直找不到。每当看到孤零零的石臼失去了伴侣，我都为它伤心。没有了石臼，碓槌有什么用呢？可现在没有碓槌，石臼又有什么用呢？真不知谁这么无理，生生地拆散了一对情侣。

1991 年的一场洪水，冲毁了我家的房子，那孤零零的石臼就埋在了废墟下面。30 年过去了，我无数次地梦见我家的青石石臼，还有它的伴侣，我想着它永久地躺在这里了，也好。几十年前的几十年里，它一直冷眼观看着世间发生的一切，几十年后的几十年里，它一直听着这世界所发生的变故。

上次回乡，看到美好乡村建设的其中一个内容就是庄台整理，我想着若有任何机会或可能，我都会把它从地底下拯救出来，不知它是否愿意重回这纷扰的人世间。

2022-02-28 于珠海鱼林村

箩 窝

箩窝，就是床，是婴儿的床，文雅的名字叫摇篮。其实它也不是用来摇的，而是用来晃的。婴儿小时候好哭，也离不开大人；白天也好睡，但要哄着睡。妈妈有用手拍着后背让孩子睡的，也有抱在怀里晃着睡的。但好不容易哄睡着了，往床上一放又醒了，然后又重新开始哄。可大人哪有那么多闲工夫呢，于是箩窝就发明出来了。大人可一边纳鞋底，或一边打毛衣，或一边干着别的事，只要嘴上哼哼，脚上动动，一会儿孩子就睡着了。即便没睡着，有大人在边上陪着，孩子也会安宁的，或自己睡在箩窝里玩东西，或一只小眼盯着大人，此时双方都是自由的。

箩窝，一种木头与竹编的结合体。四根立柱，上面椭圆形的木框子，底下两根木脚。木脚朝上的一面是平的，朝下着地的一面是弧形的，这样便于摇晃。而木框子里面是一个竹编的篮子，长方体，里面放满草，草上放一个竹编的花筐，上面冬天放被子，夏天放席子，一张婴儿床就成了。

小孩睡箩窝，不仅是解决了妈妈的时间问题，更重要的是摇晃着的箩窝更容易让孩子入睡。孩子的睡眠时间要绝对充足，而且孩子也更享受着妈妈的摇晃，这种快乐或宠爱可能与被抱着有差不多的感觉。婴儿般的睡眠是让人羡慕的，但婴儿般的睡眠来自妈妈的守护，大人之所以难以有婴儿般的睡眠，我想跟自己长大了，边上没有妈妈守护有很大关系。

小时候常围着妈妈跑来跑去，其中经常被呵斥的原因之一就是把摇篮里的妹妹弄醒了。妈妈有时要唱好长时间的摇篮曲才把妹妹摇睡着，可我时常会跑到箩窝边用小手推一下箩窝，或对着箩窝大叫一声。至今也回忆不起来当初这个动作的目的。想来想去，大概是想获得一些存在感吧，因为妈妈总是把精力放在箩窝里面更小的孩子。

渐渐大一些的时候，摇箩窝的事儿就成了我的作业了。几乎每个家庭都一样，大的孩子一定会给小的孩子晃过箩窝。可大点的孩子也毕竟是孩子，一遇到同龄孩子来玩耍时，妈妈的再三叮嘱都会被抛到脑后。任凭箩窝里的啼哭上演着，只有听到妈妈的脚步声或很远处的呵斥声，才会赶快跑去把个箩窝晃得都快要翻的节奏。

关于箩窝最深刻的记忆仍然是妈妈的哼哼声，或文雅点叫摇篮曲。妈妈从来不唱歌，可她的摇篮曲，我却很喜欢听，并且记忆在深处。每当她在纳鞋底或剪格巴做鞋底，或坐着缝补衣服的时候，妹妹就会睡在箩窝里。有时很调皮，不睡，妈妈就使劲儿地用脚晃动着箩窝。那箩窝左右晃动的幅度很大，我清晰地记得，好几次我都担心箩窝会翻掉的。但妈妈心里是有数的，晃那么大是想让妹妹快点睡着，或许要去隔壁家聊天呢，刚才就有人在门口招呼一次了。

更多的时候，妈妈都是轻轻地哼着摇篮曲哄妹妹睡觉。这时整个家里都特别安静，只有我蹦跶来蹦跶去的，但响动也不大。这时妈妈的摇篮曲就开始了，一开始声音很大，渐渐地变小，直至小到听不见了。妹妹的眼睛也闭上了，箩窝完全停下来了，哼哼声也完全停下来了，妹妹看上去已经睡着了。可小嘴一嘬，小手一动又醒了，妈妈又要从头开始唱。

一开始妈妈唱的词我总是听不懂，也听不清。后来上小学了，妈妈唱摇篮曲给小弟听的时候，我才记下了妈妈的唱词：瞌睡金来瞌睡银，瞌睡来了就入眠，你不快快闭上眼，瞌睡老头要打人。

人过中年，我时常有辗转反侧的时候，每每这时我自然就想着小时候睡箩窝的感觉。可那时太小了，任由我调动全部的记忆也搜不出一丁点儿记忆的影子。于是就开始调动想象的大脑去模拟那段记忆，我就躺在那里，边上妈妈晃着，有时真的有点困了，但是调皮地硬是睁着眼像是要和妈妈作对一样。妈妈并不恼，只是一遍遍地唱着她的摇篮曲，直到睡着。那种睡眠呵，是无梦的，是贪心的，也是无忧的。无忧并非年龄小，而是边上有妈妈在。有妈在，妈就是座房子，外面是冰冷的，而里面却是温暖的；有妈在，妈就是厨房，饥饿的时候，妈总是可以变出食物；有妈在，妈就是箩窝，躺在妈妈的箩窝里，才是最安心的时刻。

每次回老家，都要去老宅看一下，那个满是灰尘的箩窝在一束阳光下显得格外陈旧。每次去，我都要拿把扫帚给它扫下灰尘，可下一次回去又是满满的灰尘，我知道我做的是无济于事的。好多次我都有一种睡一下箩窝的幼稚想法，可终究是不可行的。因为，箩窝不仅盛不下我，也经不起我，所以追寻箩窝里的梦终究就是个梦。

2022-01-13 于珠海木头冲

灶 台

灶台，在合肥西乡，乡里人称之为锅台或锅灶，是每家每户的设施中，最为重要的一个地方。它居于房子里面，但它比房子更重要。一个农户，农活在田里，而生活，一半以上的内容与灶台有关。农人生活中的柴、米、油、盐、酱、醋、茶，都是在这一方灶台里演绎的。一户人家的生活水平，集中体现在灶台的档次以及灶台上所上演的锅碗瓢勺交响曲的水平上。

合肥西乡在20世纪70年代中期以前，使用的灶叫闷锅灶，就是没有烟筒的灶，一把草塞进锅洞里，烟和着火苗就从锅洞里往外喷。所以，每家每户的屋子里，墙与屋顶都是黑的。这种灶还特别浪费烧锅草，锅洞里拉不起风，燃烧就不充分，烟和火就往外跑。后来政府组织推广省柴灶，也就是带烟筒的灶，在锅洞口的上方，砌一个烟筒，在锅洞的下方放一个铁栅栏，再下面是个通往锅灶外的通道。这样，锅洞里燃火以后，热气带着烟顺着烟筒往上跑，形成烟道效应。如此一来，不但火大，烟少，而且燃烧充分，省柴火。

西乡人的思想是保守的，就这么一个先进的灶，推广起来却很难。农民识字的少，讲道理也没人听，也听不懂，政府就组织宣传队下乡宣传。宣传的形式很多，快板、顺口溜、三句半、唱戏，有的还带着模型演示。我还记得有个流传最广的顺口溜：省柴灶、省柴灶，烧得快、还省草，煮饭软、蒸肉香，不冒烟、不熏黑，灶神西天多好言。

其实，西乡人不愿意用省柴灶也有别的原因，那就是太费劲了。过去建闷锅灶，只需用造房子的土砖就可以了，而建省柴灶却要用专用的灶土砖，规格也多，正方形和长方形的灶土砖为主，其中正方形的烟筒砖很薄，特别难制作。烟筒砖不仅制作难，砌烟筒时更难。30 厘米见方的烟砖，厚度只有两厘米，用这么薄的烟砖砌烟筒，而且要砌三米多高，确实是件困难的事。

因此，建省柴灶就成了一门手艺，乡下原先的一些瓦匠就改成了锅灶匠。专业的锅灶匠对省柴灶的推广起了极大的作用。因为，越建越多，越建越有经验，越建越方便。专门用来制作灶砖的条几（木框子）也越来越好用，因而，制作灶砖的速度也越来越快。

不仅建灶更方便，而且灶也建得越发漂亮，功能也越来越多。原来的闷锅灶就是家里的一个减分项，而现在的省柴灶却成了一道风景，形式也更丰富。有双烟筒的，也有单烟筒的，有单口锅的，也有一大一小两口锅的，还有人家在两口锅之间安装两个热水坛，主要是利用烧锅时的余热来温水。

两个烟筒之间一定要造个神龛，一般高为 30 厘米，宽约 20

厘米，这是灶神待的地方，要更讲究些。有些大户人家，还会在神龛里供奉着木制的灶神像，那灶神与一般的神差不多，没有更多特别之处。一般的农家里，灶神往往更受崇拜。一方面，灶神离他们更近，另一方面，农耕时代，食之艰难。所以，和灶神搞好关系，肚子里就会少受点罪。此外，灶神一年一度的上天述职，也会为来年的风调雨顺带来机会。

每到春节期间，家家户户贴门对，大门门对和神龛对联最难写。大门门对，因为门朝外，门对水平如何，外人一目了然，每家都会想尽办法写好大门门对。其次就是灶神对子，灶神对子写得好坏，不仅会影响灶神的情绪，也会影响家庭运气。从某种角度讲，一般人家会更重视灶神对子，包括对子的内容，还有字写得是否漂亮等。还有人家利用春节写门对的时机来改变运气。

那一年，村里的王风屡考不中，他爸就专门请了一个颇有文采的高中老师，为他家的神龛写对子。结果就是那一年，王风考上了大学，一家人欢天喜地，宴请那天，好多人都抄下了那副对子：阁中供书文，房中出贵人。横批是：今年能成。

省柴灶建得更多了，而家中女人也对灶提出更多的要求。有的要求灶台面用水泥，有的要求灶台下的锅洞口带风门，也有要求把风箱设计在灶台里面，这样更简洁好看。还有特别会过日子的女人要求在灶台的某个位置留个洞，名曰：省米洞。每顿饭淘米前，女人都要从备好的米中再抓走一把，这一把米就是这顿饭省下来的。

农民在灶台里过着日子。平时忙忙碌碌，每天围着灶台转，谁也不会关注灶神。直到农历腊月二十三这一天，再忙的人家也要把时间交给灶神，因为灶神就要回西天了，回西天讲好话，来年就会有好运。那天夜里，很隆重，鞭炮声声送灶神，更有细心者还会在这天一大早就在神龛里放上好吃的。这真的有点平时不烧香，临时抱佛脚的感觉。其实，还不止这些，还有点贿赂的意思，至少是有点小恩小惠的小心思，好在灶神一向心宽性仁，不计较。

大年三十这天，也要热火朝天接灶神，炮声隆隆迎灶神，安安静静坐神龛。从大年三十的这个夜晚到腊月二十三的那个夜晚，人们在忙碌着自己生计的同时又忘记了灶神。而灶神却没有忘记这个家，认真而负责地呵护着这个家。尽管一年只有两个晚上属于自己，但灶神仍然忠于职守，这也许正是灶神受人膜拜的原因吧。

2021-10-17 于湖山大境

中 灶

灶就是锅灶，灶与锅，也可作为一个概念。灶是个名词，是一个器物，是一个装置，上面可以做饭。也正因为灶上面是锅，这也是一个建筑，灶台是土砖建的。一说到灶就会联想到吃，联想到生计，联想到中国几千年的烹饪技术，甚至还会联想到满汉全席，还会联想到灶神，锅灶神仙上西天，好话多言。

灶在国人的心目中是至关重要的，与吃相关，是生活的基础条件，是一个家庭的中心。尤其在那个贫穷时代或生活艰难时刻，灶就是最重要的所在，以与锅灶相关的词语为证，像揭不开锅、扫锅刮灶、清锅冷灶、等米下锅，这些都表达了人们生活的窘境。用锅灶来表达生活的艰难，表明锅灶的重要性。

灶在国人的心目中不仅与吃相关，国人还把锅灶引入到人们的价值观中，关乎为人德行以及行事风格等。有词为证，比如，砸锅卖铁与拔锅卷席，说的是背水一战的决心；一锅粥、一锅煮、打破砂锅问到底和连锅端说的是行事风格；吃大锅饭与开小灶，说的是劳动的分配方式，也是指特殊化；吃着碗里的，瞧着锅里的，基本说的是一个人的德行与心态；还有“十家锅灶九不同”用来表达人们思想的不统一或个性化的特征。

以上是国人心目中锅灶的概念。沿传几千年，不仅是个生活的概念，而且还是个哲学的概念。但把灶作为量词用，作为一个标准来用，那是新中国成立后的事。刚解放时，物资匮乏，体制内实行的是配给制，而与配给制配套的供给标准却是用灶来划分的。

一共分三个等级，大灶、中灶、小灶。小灶是指县处级以上干部或相当于县处级以上级别的干部；中灶的资格条件是，县级正、副职及八年老革命并职务相当于县级的干部；大灶就是普通干部。

据肥西县志记载，当年肥西中灶干部的物资供给标准是：生活费每人每天0.64—0.69元，菜金与燃料费每人每天0.3元。大灶干部的物资供给标准是：生活费每人每天0.45—0.5元，菜金与燃料费每人每天0.15元。生活费一般不变，而菜金与燃料费随市场波动而调整。

中灶老柳，是我们村里的。今年98岁了，身体好、说话响、腰板也直。他曾在县里任职，享受的就是中灶待遇。20世纪70年代时不知什么原因，调回到我们公社上班，在公社上班不知吃什么灶，但他曾经确实是中灶待遇。所以，他的口中时常就会冒出中灶两字，以显示身份。特别是回到公社后，更是随时随地表明他的中灶地位。

时间一长，大家都叫他中灶老柳，或者干脆就叫中灶。中灶做事有点拎不清，时常莽动，用“灶”的语言来说，就是：想事，一锅粥；干事，一锅端；遇到问题扫锅刮灶也提不出方案。刚到公社，一开始还是书记，两年之后只做些辅助性工作，他的威信越来越小。但他不认为自己的能力有问题，而是强调说“十家锅灶九不同”，意思是他的想法与别人是不同的，用他的办法也是可以的。

有一次，他和公社的另一个干部发生冲突，争执起来。那个人就说，你什么中灶呵，我看你还如一个大灶。老柳接受不了这个结论，认为这是在侮辱他，两人还打了起来。

2022-01-19 于珠海鱼林村

洋　炒

洋炒其实就是密封的带压力的炒锅，呈葫芦状。原理是锅外加热，让食物受热受压然后突然放开释放压力，从而爆发产生出各类米花。洋炒的外形和一个长条形葫芦差不多，一个U形支架托起洋炒的葫芦状部分，底下置一个炉子加热，一只烧煤的炉子，与炉子平行处是一个风箱。因为炉子在洋炒下面，太矮产生不了风吸，不便燃烧，所以只能用风箱鼓风。

当食物放进洋炒肚子里后，洋炒师傅右手握着手柄转动着洋炒以让食物均匀受热，左手拉着风箱杆一拉一推，右手作绕圈运动，左手作前后运动。两手不一样的动作其实很难把握，但洋炒师傅专业，亦卖油翁所言“惟手熟尔”，但整个身体还是随左手作前后运动的。

洋炒进庄子里也是要吆喝的，一般为：炒米呵、炒豆，炒米呵、炒豆。也有用拨浪鼓的，还有吹笛子的，但更多的是“炒米呵、炒豆”地叫。一听到这叫声，最先冲出来的是孩子们，这跟过年差不多的喜悦。因为爆米花所耗粮食不多，一小把米或玉米或别的什么作物，都可炸出一大包的米花儿，大人们很少有阻止的。但于孩子们来说，更重要的恐怕还不是那一大袋的爆米花儿，而是那个场面、那个过程、那“嘭”的一声震天响，还有那升腾的雾也让人多少感受点战场的硝烟味。

洋炒师傅对每锅都是认真的。每一锅炸后都要重新拿着一根长铁条，最前端绑着一团布，在油壶里沾一些油就往葫芦形的锅肚里擦一次。特别在锅口处要反复好几下，这是为了不粘锅。

洋炒师傅在炒制过程中，更加认真，一脸严肃，也不准小孩子们乱捣蛋或乱说话。他说洋炒也讲风水，口无遮拦是要闷锅或炸锅的。闷锅就是嘭的一声之后，米还是米，没有炸开。而炸锅就严重了，轻则锅口的压力锅盖处脱落，米花未等放炮时就蹦出来。重则连锅都炸了，还会伤人的。所以，洋炒师傅就非常在意小孩子们乱动。

一家一锅，一家一个小碗，碗里装着要炸的食品，还排着队，谁家的炸成米花儿了，都要抓点让别人品尝一下。一堆地笑，还相互评论着，你家的好黏呵，你家的有点甜，你家的玉米花儿真好看，像完全开了的棉花。评论中有些恭维的成分，但这个气氛很好，平日里那一点点不协调都会在一小把米花儿的媒介下化为泡影。

洋炒本是与农耕文明相伴而产生发展的。农民进城以后，原本想洋炒也会像其他的农业文明现象一样地消失了。可不承想，洋炒的生命力如此强大，居然在城里生存了下来。走在一条条不大的小街小巷子里延续着这个古老文明的记忆。

每次看到洋炒，我都要从洋炒师傅那里买点食物炸一下。一方面支持一下这个古老的技艺，另一方面也是重温一下自己儿时的心情。虽然同样的一声“嘭”，但我的心则不太为所动。“嘭”的声响乱不了我内心的静，这就是老了的象征吧。其实，每次看到洋炒，我所做的就是炸一锅米花儿。而我的思考与担心却一直难以释怀。我担心哪一天，洋炒会消失，连同消失的还有那些洋炒师傅的饭碗。

2021-12-23 于珠海接霞庄

马 灯

在没有蜡烛之前，人们走夜路主要靠点火把。那时火把是一种商品，专门有人做火把，当然更多的人还是自己做。当有了蜡烛之后，就出现了灯笼，出门行夜路，手持一个灯笼。再后来，煤油灯出现了，接着马灯就出现了，马灯就成为夜幕下活动的照明工具。

清末民国初年，马灯是从美国传来的，它是美国西部牛仔挂在马鞍边上夜间骑马行走的灯。

马灯，铁架子，上面是出气口装置，烟能出但风不能进，否则有风的夜就不能外出了；底部是油壶，装煤油用的；中间夹着玻璃罩，玻璃罩内油壶座上有个控烟器；里面就是灯芯。灯芯是用来吸油的，把壶里的油输到灯芯的顶部燃烧从而发光。一个小旋钮是调节灯芯长短的，通过调节灯芯长短从而调节光亮度。

有了煤油灯，很快就有了罩子灯。罩子灯有两种，一种是室内用的台灯，一种是室外用的马灯。它们的使用环境不同，但使命相同，都是用来照亮漆黑的夜。分工不同，内涵就不同。室内用的台灯精致漂亮，你看那流线型的身材，灯罩呈波浪形，曲线甚是好看。那灯座则呈葫芦状，像婀娜多姿的女人，是内当家的、主内，显示的是内秀的特质。而马灯则显得粗犷、大气、浑厚，像灯中的伟丈夫，能顶风雨，敢于担当。

夜里行路，马灯实在是个好工具，不怕风、不怕雨，拎着也方便。记得小时候和爸爸起早去舒城卖米，都是要带马灯的。因为凌晨四点不到就出发了，天还是黑的，卖米就要赶早，否则，去迟了就卖不掉或者卖不上价。春节前的打年货时段，几乎在每个天没亮的时分，那盏盏马灯，从廖渡口外的五百米处就开始聚集，从而形成一条灯光带，一路延展到渡口的深处。

有人挑着重的担子，又没有孩子们陪伴，自己拎又不方便，就把马灯挂在扁担头上并用绳子捆住。当挑着担子起来的时候，那马灯也随着晃动，这时那条光带似乎又跃动起来。还有的把马灯拴在稻箩绳子上，因为挂在扁担上，换肩就有了问题，有时把马灯就换到后面了，照着自己形成长影，倒让自己走在自己的影子里，有人就说在自己的影子里走不出来。

天麻麻亮时，马灯就要熄灭了。熄灭马灯还是有点费劲的，要用手把灯罩提上来再伸头去吹，甚是麻烦。在电池灯还没有普及之前，马灯不仅用来行夜路，还是夜间干活时最重要的照明方式。当夜里车水时，一盏马灯就挂在大锹拐子上，也有的挂在树枝上，照着车水人一前一后，一仰一合地通过车拐子传力到水车，把水从沟里提到田里。那疲惫而嘶哑的数转声，一小片马灯的光，以及吱呀的水车响，无不在诉说着土里刨食的艰辛。

我记得最清楚的事是夜间打场。一场地的稻把子，牛拖着石磙，一圈圈儿地转，直到把稻子全部脱下来。在这个过程中，马灯就是方向，有了马灯，牛才知道按顺序一圈圈儿地转，直至把稻子全部不漏地碾压掉，这样才能脱粒。

生产队里的马灯经常是挂在牛屋里的。一是看牛人要用灯，二是双抢的早上赶早犁田时拉牛套犁都要用灯。所以，我们要偷用生产队的马灯，通常就去牛屋里拿，有时拎着生产队的马灯跑到十几里外的地方去看电影，但更多的还是偷用马灯去夜间捕鱼。

有一次是夜间坐在鱼盆，即腰盆里用丝网捕鱼。两个人坐一个盆，一个提灯并协助，另一个人收网。因为是丝网捕鱼，只要发现有鱼就必须把鱼从网上面摘下来，否则网就会乱。而且从丝网上摘鱼也是个功夫活，要用双手动作，同时还要划水让盆前进，两个人的配合相当默契才行。这次突然就收到一个大鱼，还没有提上来的时候在水里动静很大，小伙伴一下子慌了，身体一扭盆就翻了，好在我们都是水鬼，但也危险，因为丝网很容易把人粘住的。

人是上来了，盆也捞到埂边，网也拖上来了，可马灯却掉在塘里没有办法找到。此后的好多天都不敢去牛屋的方向，自那后好长一段时间都没有再去偷生产队的马灯用。

马灯已去了，但我还是保存了两盏。一盏挂在书房里，每当我写作的时候，累了就看看马灯。想着马灯能在漆黑的夜里顶风逆雨，能在马背上引导方向；也想着在农村生活时与马灯的那么多故事。另一盏挂在前院的檐下，让马灯站在历史的位置上展现自己。马灯虽已成为历史，但马灯是牵我穿越的灯塔，盯着它看一小会儿，我仿佛就回到了几十年前，进而感到亲切、美好而年轻。

2022-01-15 于珠海木头冲

喇 叭

大约五六岁的时候吧，突然家里就装上了喇叭。一个碟子一样的东西，黑色的，正面呈喇叭形，背面是一块圆形磁铁石，一根铁丝从庄子外面接进庄子里面。在进入我家的时候，还在门前的大栗树上拴了一道，以达到加固的目的。

喇叭安装在我家堂屋，铁丝穿过前厅和院子一直拉到后面的一排房子里。我一时也搞不懂为什么要装在后面呢，那么神秘。后来才知道，一个生产队只装一个，就装在生产队长家，而且要装在环境最好的地方以免被搞坏了。

喇叭就两根线，是很粗的铁丝，差不多有五毫米那么粗，这个叫天线，还有一个是地线。天线是从庄子外面接入的，天线一头通到我家，另一头通哪里不知道，反正是一眼望不到头的扁形水泥杆支柱，一根连着一根。地线也是铁丝做的，也很粗，一头从喇叭里引出，另一头插在地面的土里。土而且要潮湿的，干的还不行。所以，没过几天就看到爸要给地线浇点水。

正式安装的那天，是个下午，好多人来看呵，差不多生产队的人都来了。他们也只是看热闹，不知道这个东西干什么用的，那个时候还没有人见过能发声音的器件，更不要说能唱了。但在安装喇叭前就有人传说，这个喇叭能说会道，能唱会叫，讲故事、唱歌、念报纸都会，讲的人眉飞色舞，听的人云里雾里。

安装好了之后，公社负责安装的人说，今晚七点就可以听新闻了。大家也不知道新闻是什么意思，也没有人在意。但大家对他的后一句话却十分在意，那就是新闻之后是天气预报。哎呀，这个太重要了，几千年来的农耕文明，农民种田就靠二十四节气和农谚来指导。还有就是夜观天象，还有就是背口诀来判断天气，从而安排农业生产。

什么猫洗脸、狗吃草、没三天雨就到；大热三天要变凉，大冷三天要变阳；春雾雨、夏雾热、秋雾凉风、冬雾雪；火烧乌云盖，有雨来得快；日出围黑云，主雨不主晴；东虹日头西虹雨，南虹北虹干河底；天上鱼鳞斑，地上晒草不要翻；天上鱼鳞云，地下水淋淋；有雨四方亮，无雨顶上光；晚上火烧云一场空，早上火烧云等不到中；日落乌云长，半夜听雨声；八月前后一场风，重阳前后一场雨；大雪年年有，不在三九在四九等等。

在没有天气预报的时代，农民在农业生产时主要靠这些谚语。二十四节气的气候及作物生长、大地变化等情况来安排生产活动。在农村，人们见面聊天时，聊天气的时间是最多的。相互提出自己的判断，给出自己的分析，预测近期的天气与一年的气候变化，以便作出农业安排。

那个傍晚，天还没黑，喇叭里先是好一阵的滋滋声。停了一会儿，又是好一阵儿的滋滋声。突然喇叭里就传出了声音，在场的人没有不惊讶的，只有队长显得满不在乎，原来他在公社开会时听过喇叭叫。所以，他说这是公社的广播站开播了。现场一片安静，一个女孩的甜美声音就出来了："社员同志们，现在开始今天的广播，请先听袁店公社新闻。"新闻有点长，是报道西大圩工地上的战况。已记不清详细内容，但有几个词还记得清楚，什么红旗招展，争先恐后等，再后来就是中央新闻，然后是天气预报。

"今天白天到明天中午……"天气预报报完了，人们就开始轻松起来，讲话的声音多起来也大起来，还有抬杠的声音。有的说这个报得不准，他说报得不准是与农谚或二十四节气对比说的，有的则说科学的东西肯定有道理的。这时女人们基本都端着自家的小板凳回家了，而男人们还要坐在一起聊一会儿。聊一会儿的开场白是老九分，还自嘲说：小白棒打动天下，意思是香烟是人际关系的重要联结点。

这边在聊天，烟雾满屋，喇叭里开始唱起了歌曲："公社是个常青藤，社员都是藤上的瓜，瓜儿连着藤，藤儿牵着瓜，藤儿越肥瓜越大……"一曲唱完又是一曲。男人们聊天没完没了，就有女人来叫着："还不爬回来扫晚饭（扫就是吃的意思）。"还有更凶的女人们冲着自家的劳力们大喊大叫，意思是还不回家，吃饭还要来喊，也有的女人们派孩子们来叫的。不一会儿劳力们就散去了，我们家也开晚饭了，饭桌在前屋，只留下喇叭及喇叭里的歌声或播音员的声音在屋后。

刚开始通广播的时候，每天晚上都有很多人。大人们是来听天气预报为主，孩子们纯粹是赶热闹的。一屋子的人，男人们来得稍晚些，后来基本都是吃了晚饭再来，听广播不是主要的，重要的是来呱蛋（聊天）。

一开始广播的声音还是比较清晰的，后来就差一些，再后来听起来还断断续续的。去问公社的人，说是把地线拔出来，用剪子把铁锈刮掉。因为有锈，铁丝和大地接触不良，这一招还真管用。记得有几年广播里开始播讲故事，这个人人都爱听。可有时一到关键处喇叭就断断续续地响，我就会用老办法，以最快的速度拔出地线，用刀除锈。

这个小喇叭给无声的农村世界带来了太多的欢乐，天气预报也改变了农民的生活习惯。自从有了天气预报，农民就不再夜观天象，也不再要求下一代去掌握二十四节气的内容，也没有人去背农谚了，一切听天气预报的。天气预报不仅改变了农民的生活习惯，也改变了思维模式。农民对科学的认知，也许是从天气预报开始的。

小喇叭与我为伍多年了，但我一直心里不明白，那么一个碟形喇叭怎么会发出那么美妙的声音。尤其那播音员的甜美声音，从哪里发出的呢？这根天线的另一端通向哪里呢？直到有一天，我跟着长圩大队（廖渡大队的曾用名）宣传队的一个人，去公社里还一个锣。那时公社的办公地总在唐祠堂。一座好高大的建筑，砖墙瓦房，中间是个四合院子，祠堂门口有两棵几百年树龄的银杏树。我蹑手蹑脚地走进四合院子里，有点像红楼梦里刘姥姥进大观园的感觉。正发愣地看着四周，突然从四合院后门边的一个厢房里，传出一个熟悉的声音，那么甜美，那么近，极像喇叭里的声音，但更像人在屋里讲话。我更加小心地循声走去，原来一个女孩正对着红布包着的一个东西讲话："社员同志们，现在开始今天的广播……"

我惊呆了，那一根线原来就通往这里呵。我又往前走了两步，那个女孩端坐在里面。此刻她的话讲完了，里面已传出革命歌曲，声音很小，原来在这个源头的地方，声音还可以调的。姑娘二十岁不到的样子，脸很白，白得不太像个农村的孩子，文静地守在房子里。看到我一个小家伙，她还微笑了一下又转过头去盯着桌子上的那些机器。

当我想再往里多看几眼的时候，同行的那家伙大声地叫着："你跑到广播站去干什么？"原来这里是广播站，但神奇仍在脑子里盘旋。直到后来上初中，学了物理，心中的好多个问号才一一解开。也是上了初中后才知道，那长得白皙的脸蛋的丫头叫潘文英，是公社的广播员。

后来公社又在户外安装了大喇叭，一个村一两个，社员们在干活时也能听广播了，边干活、边听、边议论、边抬杠。广播的时间延长了，次数也增多了，早上和中午也会播，特别是中午的广播几乎代替了队长的哨子。以前出工与收工都要听生产队长吹哨子。哨子不响是不能离开田的，否则就是早退，就要扣工分。

可自从中午有了广播节目后，广播一响，锄头一搁，女人们就回家做饭了，当中午的新闻都播完了的时候，劳力们也回家吃饭了。从此，社员的作业时间更加有规律，生产队长的哨子用处减去了一大半。

2022-01-15 于珠海鱼林村

鱼鹰子

鱼鹰子正名叫鸬鹚，只有我们那里的人叫鱼鹰子。因为它在水里可以捕鱼，而且是全天候的水域，不管清澈的，还是混浊的，也不管是池塘还是河流，只要有鱼，它都可以捕到。

记得小时候就经常看到渔人挑着两只细长的小船，小船用木头连接在一起。下水时渔人就站在船上，一只脚踏着一条船，是真正的脚踏两条船。

渔人去捕鱼时就挑着两只船，那鱼鹰子就站在船上。船下到水里时，鱼鹰还在船上，要等渔人给每个鱼鹰的脖子拴根细绳子，拴得很松，目的是限制鱼鹰偷吃。但也留有一定的空间，让那些更小的鱼能通过这个绳子进入鱼鹰肚子里，算是鱼鹰的工钱了。

拴好绳子后，渔人把鱼鹰从船上扔到水里。鱼鹰一下水并不是立即干活，而是要进行一番娱乐。几只鱼鹰在水面上，或打斗、或调情、或拍着翅膀做起飞状，双脚就踏着水面，那情景像武打电影里的飞人一样。

渔人一声只有鱼鹰听懂的声音大叫之后，鱼鹰立马安静下来。头一律朝渔人这边看，只见那渔人，用脚晃动着两只船，水面就起了巨大的浪花。渔人手中的长竿也不断在空中飞舞，那竹竿的梢部拴着绳子。那绳子是用来套鱼鹰爪子的，有时鱼鹰不听话，渔人就用竹竿尖的绳子拴住鱼鹰的爪子拖到船边进行惩罚。当竹竿尖的绳子像弹簧一样扭动的时候，鱼鹰知道，它们要干活了。

晃动双船造浪是激活水下的鱼跳动起来，渔人那手中的竹竿就是指挥棒。当渔人在做这些动作的时候，那鱼鹰子就停止了一切活动，盯着渔人的竹竿。当渔人的竹竿往水面一点，鱼鹰们就集体潜入水中。它们潜入水中的姿势很优美，有点像花样游泳的动作，先用掌拨水，让半个身体立于水面之上，然后再一头扎入水中，这样做的原理有点像跳远时的助跑。

不一会儿就有鱼鹰抓住了鱼。浮出水面时，鱼还在鱼鹰的嘴上胡乱挣扎，其实是徒劳无益的，鱼鹰的嘴是带钩的，咬上了根本跑不掉。这时鱼鹰将头对着渔人，而并不是快速游到船边，它在等渔人的指示，这条鱼是否要往船里放，还是让它吃了。

渔人和鱼鹰都是很聪明的。一般一天的开头一会儿，如果鱼鹰抓到的鱼不是很大，而且可以通得过鱼鹰喉咙拴着的那根绳子的时候，渔人都让鱼鹰吃了那鱼，这是在调动鱼鹰的积极性。而鱼鹰也有智慧，有时它明知道有的小鱼可以通过喉咙的，但还是很绅士地请示一下渔人。渔人用手中的竹竿在空中一晃，意味着同意它吃下这条鱼。如果渔人不同意吃，就会把竹竿伸到鱼鹰的脚下，抓住竹竿，渔人把鱼鹰拖到船上，并从鱼鹰的嘴上把鱼放到船里。

有的鱼鹰比较狡猾，在水里就偷吃掉一些较小的鱼，再抓到一条大鱼时才浮出水面。但渔人一看就知道鱼鹰偷吃了，因为鱼鹰的脖子胀得很粗。鱼鹰往往会因为吃不到小鱼而生气，生气的时候，或抗议的时候，它就在水上浮着，不下水抓鱼。渔人也会和谐关系，每当这时，渔人会从船上抓一条小鱼往鱼鹰的嘴边一摺，鱼鹰吃下小鱼愉快地潜入水里捕鱼。

鱼鹰在水里有多种本领。清水塘里鱼鹰可以用掌潜游，也可以用翅膀游，用翅膀游时速度会更快，在水草较多的水塘里它只会用掌潜游。鱼鹰捕鱼时，有时用眼力，有时用听力。清澈见底的水里，鱼鹰都是用眼睛去发现鱼，而在混浊的水塘里，鱼鹰就用听力。鱼鹰的听力十分灵敏，用耳朵来给鱼定位，一旦定位，就会快速出击。

鱼鹰本可以生活在大自然，那样更自由。但鱼鹰却选择与人共处，虽有些约束或不自由，但能得到较好的照顾和情感的呵护。所以鱼鹰选择与人共生，是它智慧的地方。

2022-02-23 于珠海鱼林村

第三辑 乡情

扫 盲

扫盲是指扫除文盲的意思，是对文盲半文盲进行最基础教育的一项活动。以前，文盲是指不识字或识字不足五百个的人；能认识五百个字，但识字数没有超过一千五百个的为半文盲。

截至2020年，文盲率从新中国建立时的超过80%，到现在已不足4%，文盲率等于12岁以上的文盲人数除以12岁以上的总人口数，目前这4%的文盲大部分应是新中国成立前留下来的老文盲。

扫盲最早由毛主席于1945年提出来。提高识字率一方面可加速不同民族之间以及不同方言的区域之间的交流；另一方面提高识字率就是增加知识人口，提高国民能力与自信。与此同时也可以开化民智，接受新思想、新观念。

新中国成立后，大规模的扫盲运动有四次。每次都集全民之力，教的与学的都极其认真，都投入了物力与精力，还有热情与耐心。扫盲是学校教育之外的重要补充，在那个极为困难的年代能开启这样的行动，我想世界上除了中国应该没有第二个。

扫盲活动主要集中在农村，一方面是因为农村人口占绝对大的比例，另一方面农村受教育的孩子少，好多地方都没有学校。新中国成立前，私塾和新学基本都是有钱人家的孩子去读，另外那时受落后的封建思想的影响，女孩子不上学，女孩子是人家的人，女子无才便是德，这些都直接影响了女孩子入学比率。据统计，建国初期妇女文盲率为90%以上，女童入学率不足20%。

扫盲运动期间，为缓解识字人口太少，师资力量严重不足的现状，提倡全民参与。全民动员的口号：以民教民，能者为师；识字就能教文盲；培育十字先生，百字先生；亲教亲，邻教邻，学习认字，不羞人。

许多地方的农村办起了“冬学”，即冬季学校，因为冬天是农闲季节，时间多。政府统一组织师资下乡去指导和参与冬学，有的大村都有两个冬学，政府还成立扫盲委员会，组织编著《速成识字法》，书里主要是结合汉字的象形文字的特点进行讲解，极大地加快了学员认字的速度。

有些地方还探索性地办起了快速脱盲实验班，就是用最快的办法让学员记得住，写得出，认得了。为此还拟定了脱盲标准：会认、会写、会念、会用。全国刚解放那会，政府叫干啥都是一呼百应，老百姓都欢欣鼓舞，干什么事都是热情高涨，扫盲也是一样。田间地头、家里家外、打谷场上、行走的路上，你随时都会听到人们在讨论与比画学字、写字、念字以及字义等识字活动。

孩子教父母的，夫妻相教的，有更热情的学员，走在任何地方看到什么就问什么。比如看到一头牛过来了，马上就会问边上的人，牛怎么写的，另一个人马上热情地蹲下来找个小硬物或折个小树枝在地上就写起来，直到教会。

据肥西的有关资料记载，全县最高峰时有4645个冬学，冬学老师近万人，学员达到峰值时为20多万人，几乎占全县人口的39%。

除了冬学，还有红夜校。红夜校时期，是扫盲的后期，最大规模的扫盲已告一段落，农村的识字人口已有了根本性的改变，正规的学校越来越多，在校的学生也越来越多，农村中后来通过上学而识字的人口量在快速提升，这又为农村的正规基础教育和扫盲工作带来了更多的教师资源。

像民办教师，就是那个时代的产物。虽然民师吃着草，挤着奶，以微薄的收入维系家庭，却用脆弱的肩膀扛起农村基础教育的重任。一脚在讲台，一脚在农田，在讲台上治学，在农田里耕作。与民师一样，那些在冬学扫盲的老师们，那些在红夜校里讲课的老师们，还有政府的组织者，还有识字的非老师们，一个个个体，一个个庞大的群体构筑了中国农村教育的基本力量，是农村教育的柱石。所以说中国的教育是从扫盲开始的，是从田间地头开始的，是从互为人师开始的。到今天，我们的国民素质已达到很高的程度，但我们不要忘了来路，我们的最大众化的基础教育其实是从扫盲开始的。

2022-01-15 于珠海鱼林村

红夜校

全国的扫盲号令一发出，就影响到我们公社、我们大队、我们生产队。

鲍庄队也成立了红夜校，设两个班，一个成人班，一个小孩班。以七工分为界：在队里拿七工分及以上的进成人班，主要生源为拿七工分的大孩子、拿七工分的妇女及拿十工分的男劳力；拿三工分的小孩子及还未拿工分也没有上学的小孩子进小孩班。成人班人多，共有 26 六人，小孩班有 9 人。

成人班由我们队的民办教师程老师上课，他在学校里也给我们上课，执教十几年，教学经验丰富。小孩班安排我当老师，那一年我上小学四年级。当时我们队有四个孩子上小学四年级，但我平时好说话，当然更主要的还是因为我爸是生产队队长。

为了汲取教学经验，成人班开课时，我观摩了程老师上的两节课。程老师在成人班上课与在学校上课完全不一样，一是没有教材，二是协商式教学。

第一节课，生产队队长和大队书记分别讲了话，算是开班仪式吧。大队书记从国家形势开始讲起，讲到识字的重要性时结束；生产队队长则主要从实际生活出发，讲识字的必要性。其实，生产队队长也不识字，由于是干部，他还不愿和社员坐一起学认字。但这不影响他的动员讲话，他口若悬河的样子，不知底细的人不可能认为他是个斗大的字不识一个的人。

两位领导的发言结束时，油灯里的油差不多耗去了一半，程老师终于上台了。其实是没有台的，教室是在刘副队长家的大厅屋里。

程老师一改在学校上课时的样子：夹着书，拿着教鞭——其实就是一根小棍子，还板着脸，多少年不变的上讲台模式。今天他却面带微笑，开口便问："大家想学些什么字呢？"而不是在学校时的开场白："今天我们上××课。"我想他大概想调动大家学习的积极性吧。

"先学'男''女'两个字吧。"老四开口了，"我上次去舒城赶集，跑到女厕所去了，被人逮住了，捶一顿，还说我耍流氓。"老四是在解释先学"男""女"这两个字的原因并举了例证。

话音一落，大家哄堂大笑。程老师也笑了："好，就从'男''女'开始学。"

他开始板书。粉笔是从学校里带来的，而黑板则是生产队里的，就是打谷场上收稻用的木板，一般一米多长、六十厘米宽的样子，往墙上一挂就是黑板了。

他先写出一个"男"字，并解释说男就是田里的劳动力，是队里的劳力。在袁店一带，常称成年男人为劳力，大概与“男”这个字有关系，男人是田里的劳动力，在田里刨食以延续生命，田是资源也是命，所以“田”字在劳力的头顶上。

程老师写完了就带着大家读，抽查了几个，发现基本会读了以后，又写了一个“女”字并解释道：“‘女’字就是躬身跪着的女人的形体，像不像呵？”

“看上去真有点像。”底下有人嘀咕起来。

程老师开始更详细地解说。古人造字那会儿，人类已进入父系氏族社会，女人在家里没地位，多为双手扶膝、弓腰前倾的形象，“女”字就这样诞生了。

底下一片寂静，像是听懂了，其实更可能因为老师讲得太深了，而且深得无处发问。

讲完了便是写。学写字往往比认字更难点儿，那一双双荷锄或扶犁的手实在过于粗糙，拿起笔来心理上都有些不过意。

最先上去写字的是二犟子，刚拿七工分的一个年轻后生。他拿锄的手有力，而拿笔的手却显笨，字一写出，底下就窃窃私语，因为，他把“田”字与“力”字写得分开了。程老师启发他：“想想呵，劳力和田不在一起怎么种田呢？”有人写的“男”字把“田”下面“力”的那一撇伸得非常远，老师又说了，种田不要种到别人家去了。

每个人都要上去写，不一会儿，那块黑板就翻了过去，那五花八门的字大得惊人，一面写不了几个字。

第一节课就在领导的动员声和“男”“女”二字的学习中结

束了。虽然大家写字写得不标准，尤其那“女”字写得十分狰狞，但看得出大家的学习热情还是很高涨的，回家时还边走边讨论着字的写法与读音。

第三天晚上开始了第二节课的学习，这节课程老师是从家禽、家畜开始讲的。他先在黑板上画只猪，然后问：“这是什么?”

“猪。”大部分学生回答。

“老师，这猪怎么没有尾巴呵?”一个叫稳子的家伙问道。

老师一看是没有尾巴，随即加了一条尾巴，然后补充说：“从今天开始，我们学家里的东西，先学活着的，然后是家里用的东西。”

程老师为了方便教学也真是下了功夫，每天坚持画画，主要是画上课要教的动物和家里用的各种物件。尽管课堂上他画的动物常缺胳膊少腿，有时画鸭子少画了眼睛，有时画的大公鸡脖子与腿不成比例，但这种形象的教学模式极大地提高了学生们的认字速度。

听了程老师的两节观摩课，该我们小孩儿班上场了。同样是开班仪式，同样是大队书记与生产队队长讲话，同样是滔滔不绝，但内容与成人班相比略有不同，毕竟学生不同。比如，书记在讲话中加入了对社会主义接班人的展望；生产队队长讲了认字的许多实际功用，比如认识字后可以查工分，也可以出远门等。

小孩儿班就在我家的大厅屋里，九个孩子挤在一张大桌子的三方，矮点儿的就蹲在大板凳上，高点儿的就坐着，但一律是认真的样子。这九个孩子都因家里缺劳力没上学，生产队里照顾他们，每家放养一头牛，挣些工分，有两三个比我还大点儿。白天大家都在一起光着屁股玩泥巴或者结伴去偷瓜摸枣，晚上我们却是师生关系，一开始多少都有些别扭。

黑板在成人班用，我们只能用木锨，这是一种翻晒谷物的工具，往墙上一靠，作为黑板。木锨面积很小，一次只能写五六个字，还不能写得很大。

学习程老师的经验，也学着程老师的样子，我先在黑板上画个图。我第一次画的也是猪，然后用粉笔写了一个大大的“猪”字。我还没转身，就有人说这不像猪，腿太短，下雨天肯定走不了路，另一个说这猪毛画得也太长了。各种议论这头猪画得像不像的声音不断出现，还有的说这猪画得太瘦了，像狗。我急了，就说：“这只是比画一下，便于认字。”显然这话他们不能认同，还在争论着，似乎这猪画得不像，这个“猪”字也不好学一样。

啪的一声，我用教鞭打到桌子上，目的是拿出老师的威风来威慑一下，同时说道：“不要说话，这就是猪。”可这一招也不见效，猪画得像不像的争论仍然停止不了。

我开始“杀鸡儆猴”。“大宝子，你叫什么叫？这明明是猪，你捣什么乱？我画猪的目的是教‘猪’字怎么写，你要不学就爬回去。”我生气地说，脸涨得通红。

“回家就回家，你中午摘了二红家的菜瓜。”他还反攻我了。

“你也摘了。”我说。

“你前天放鹅时，你家的鹅偷吃了生产队的稻子，我要去报告。”没想到小虎子也“起义”了。

我怒不可遏地冲过去抓住大宝子的衣领，小虎子也冲了过来，三人扭打在一起。其他几个家伙在一旁也不拉架，围着看着，好像在观看一场斗牛表演。

啪的一声，黑板倒了，谁也顾不上停手，继续战斗。哗啦一声，用墨水瓶做的煤油灯掉地下了，屋里一片漆黑，只有呼哧呼哧的拉扯声。

“你们不上课，黑灯瞎火的在干吗？”父亲回来了，我们都在黑暗中停了手，但都没有回答。

父亲划了根火柴点亮灯，我们几个相互看了一下。“不教了。”我说。“不学了。”他们几个几乎异口同声地说，比集体朗诵还整齐。

父亲不吭声地走向了堂屋。他们几个打开门鱼贯而出，从身影看得出，他们都很快活。小孩班红夜校就在第一次课中结束了。

红夜校，一个时代的产物，出发点无疑是好的，一个不识字的民族如何立足呢？但过程是艰难的，难的不是物质条件与文化基础，难的是人们的意识呵。

2018-10-14 于丁香园

赤脚医生

“赤脚医生好阿姨，一顶草帽两脚泥，身背红药箱，阶级情谊长，千家万户留脚印，药箱伴着泥土香。”这是电影《春苗》里的插曲。20 世纪 70 年代的赤脚医生是乡村的一道风景，不像现在乡村卫生室以坐诊为主。那时的赤脚医生都是公益性的，是行诊，走村串户，寻诊问药，解决农民的疾苦。

赤脚医生是清一色的阿姨。那个年纪的我误以为只有阿姨才可以当医生。长大后见到医院的医生好多都是男的，一下子脑子还没转过来，特别惊讶的是，好多医院的妇产科也有男医生。赤脚医生是从农村妇女中挑选出来的，由大队推荐，公社党委批准，条件要过硬。

赤脚医生的标准装备是一顶草帽和一个红十字药箱。药箱有大有小，并不统一，但里面的内容大同小异：一根针管、几个针头、几支消炎用的红色或紫色药水、一卷胶布（是那种不透气的胶布）、还有些纱布。

赤脚医生的医学知识大都来自公社统一组织的在公社卫生院

的培训，医疗知识基本是肤浅的，也只能打个退烧针或包个伤口之类的，当然这也能解决了很多现实问题。因为那个时候擦皮伤骨是常见的事。

在大型工地，如农民建筑水利工程的工地现场都会有医疗点。四根柱子顶着一个草棚，再挂着红十字的标识，一个临时诊所就成立了，与工地指挥部遥相对应。工地上的诊所不仅具有医疗功能，也是社交中心，干部们、大社员们，或者其他人员，都会尽可能找机会来医疗点，喝着茶，聊些天。

赤脚医生的行医活动中，最难的恐怕是打吊针了。打屁股针一般问题不大，找个部位一针下去，总能把药水挤进去。而打吊针就不一样了，是个功夫活，因为针头必须插入血管里。有时候赤脚医生一连扎了好几针也没能把针头插进血管里，脸上挂不住，嘴上就不好意思起来，埋怨这血管也太细了，或者说你的肉太多血管真不好找。其实那时农村真没有肉多的人，有一次我看到赤脚医生好不容易把针头扎入血管里，用胶布把针头固定好后，直接放开吊管的开关。不知道是动作太大还是怎么的，针头从血管里翘出来了，盐水直冒。边上一个人笑着说好像缝衣服呵！大家都笑了，包括那个病人，氛围轻松了下来。在又折腾了一番后，针头终于扎入了血管。

随着改革开放，赤脚医生连同那些诊所和岗位一同消失了，一同消失的还有那红十字药箱、那顶草帽。那双带泥的两只脚也早已穿上鞋了，农村真的变了。

2017-07-09 于山水郡

门　锁

三南馆西村的大老头的门锁着，锁着门的小屋是砖瓦结构，一大间20多平方米，砖瓦房的边上还拖着一间草房。这是大老头的栖息地，但也不是全部。因为，他还要按月到六个孩子们的家里去栖息，只有轮到三儿子的时候，他才能在这所房子里栖息。

大老头有六个儿女，四男两女，大老头的老婆40多岁就去世了，他一人撑起一个家。既当爹又当妈，好不容易把孩子们拉扯大的时候，却发现自己已经很老了，老不可怕，是人类的自然规律，谁也回避不了。只是不能老无所依，老无所依应是人生最惨的结局，可大老头儿就是老无所依的一个老头儿。

大老头儿的老是突然的，最后一个儿子结婚前一天他手脚还很麻利，不知疲倦地忙前忙后着。可小儿子结婚的第二天，大老头就叫着身体不行了，吃不下饭、睡不好觉、走不动路、干不了活。大家都说尽管大老头儿80多岁，但身体并不老，硬朗着呢，只是心老了——六个孩子的生活、六场婚事的张罗、六个家庭的协调。所以说，大老头的老是操心操老的，不是干活干老的。

大老头儿确实老了，小儿媳抱怨说大老头儿连扶个扫帚都扶不动。于是，赡养的问题在小儿子婚后的第七天摆到了桌面上。

两个女儿和大儿子及三儿子分别提出了四个方案：方案一是送养老院，有专门服侍的人，而且人多不孤单，但费用很高；方案二是在城里离几个孩儿都近点的城中村租个房子，这样看望和照顾老人要方便点，但费用也有点高；方案三是仍住村里的老房子，雇个保姆，费用最低，但离孩子们太远，万一有什么事，赶过来时间太长；方案四是轮流去孩子们家里住，每家两个月，其中，春节到谁家，费用单独增加点。

第一个方案因每月五千元的费用被四个媳妇和两个女婿在第一轮就不约而同地否定了。第二个方案也因为费用较高，尽管两个女儿都同意，但四个媳妇坚决不同意，四比二，最终也被否定了。方案三看似不错，讨论时间最长，但三媳妇提了一个问题，生活费及菜金怎么管。让保姆管不放心，大老头儿年龄太大上街也不方便，最终也被淘汰后，只剩方案四了。方案四是老二家提的，严格上来说是二媳妇提的，可三媳妇与二媳妇向来不和，凡是二媳妇说的事三媳妇都是反对的。

经过一天的讨价还价，最终达成一致意见，老大、老二、老四及两个女儿，每家两个月接到城里的家里照顾，而老三家的两个月，得把大老头儿接回农村那个锁着门的砖瓦房里住，三媳妇回老家照顾，好在他们两家的房子只隔不到两公里。

赡养大老头儿的方案终于落地了，一时间相安无事，大老头儿开始了“流浪式”的生活。一开始大老头儿进城里，吃着不同口味的饭菜，住在不同的小区，走在不同的街道，生活还有许多新鲜感。可好景不长，孩子们在城里的生活也很艰难，房子都不大，有的还几代人住一起，代沟与生活习惯的不同都让大老头儿越来越不适应，特别是遇到月大月小，好几次三十一号那天都“断了粮”。最后老大出面规定，月大的最后一天以中午饭为界，早饭与中饭在上一家吃，晚饭在下一家吃。

月大月小的问题解决了，但大老头儿内心的不适应感则越来越强烈，导致家里经常发生口角与摩擦。多数主要是与媳妇们的冲突，儿子夹在中间，差不多都是充当“和事佬”的角色。日子艰难地过着，多家都觉得越来越不方便。而且，孩子及孩子的孩子们也都在城市里艰难地生活着，虽然艰难，却都想过好自己的日子。但所有人都想过好的时候，可能就都不好了。

终于，大老头儿病倒了，还病得不轻，在医院住了好长时间，医疗费成了新的争论的起点。因为，都不富裕，掏钱是件困难的事，也是痛苦的事。如老人所言，钱通心呵。最后争论的焦点又集中到，要不要治、在什么级别的医院治、用什么档次的药治。12 个人，又用了一天的时间做了几个决定：一是要继续治，如果不治而亡，那孩子们是要背负名声的，会抬不起头的；二是回县里的医院治；三是用普通药治。其实这个决定的意思就是瞧瞧看看。

大老头儿接到这个通知和决定的时候，没有表情，没有悲也没有喜，没有谢意也没有抱怨。其实他不是没有观点，而是他知道他的意见不重要，说了不如不说，于是便默默地收拾着东西从市里的医院转到县里的医院。

大老头儿今年 84 岁，是他的坎年，常言道：73、84，阎王不请自己去。说的就是人在 73 岁和 84 岁的时候是个危险的年龄。可大老头儿命大，居然给他扛过了这危险的一年。似乎大老头儿比以前更加结实了一些。

时间就在孩子们的家里流淌着，每到转家的时候，看那大老头儿委实有些心酸，转家前他都要提前准备，收拾好东西。因为，孩子们都忙，没有时间等太长。当一声鸣笛响起时，大老头儿就艰难地弯下腰，用一根竹竿串起六个大大的塑料袋，一头挂三个，那里面全是他的家当——日用品和衣物，都不能落下。否则，到下一家就没有用的了，所以大老头儿对这些“宝物”特别重视。

快 90 岁了，大老头儿真的越来越老了，老得腿突然不能动了，又去了医院，回来后，就用上了拐棍。其实拐棍在城里也用不上，都用电梯来上下楼，当然也几乎不出门。只是每次轮到老三家，大老头儿回来住的时候，拐棍才派得上用场。

又一次轮到老三家的时候，照例是三媳妇回来照顾，就在第二个月结束后的一天上午，老三和老四吵起来了。原来老三家的最后一个月是月大，多了一天，按规则，三十一号下午老四就应在午饭后来接，可老四忙忘了，一号上午才来接，老三家媳妇不干了，觉得吃亏了，多煮了一顿晚饭，见老四一来就吵上了，老三也上来帮吵，于是老四更气了，他的意思是媳妇说说就算了，儿子不应为一顿饭去伤了老人的心。大家都各不相让，各讲各的道理，那声音很大，大得像快打起来了。

这吵嘴的声音，大老头儿听得一清二楚，他们吵架时常不避大老头儿的。大老头儿听着、哭着，当最后一滴泪经下巴落下的时候，他起身开始整理自己的家当，把那六个塑料袋捋了又捋，最后又从别处找了点什么加进去，然后爬到床底下，哆哆嗦嗦摸出一瓶农药，认真地看了看。这是他上半年买的，买来干什么用，他可能也不坚定，但今天他坚定地找到用途了，摇了摇，拧开瓶盖就往嘴里灌，恰巧一个路过门口的人发现，夺过瓶子的时候，大老头儿一边大叫着不要救我，一边死死地把药往嘴里倒。

吵声息了，老四载着大老头儿回城里了，一切又归于平静。只是大老头儿想一了百了的愿望更加难以实现了，因为他彻底瘫痪了。

大老头儿95岁的时候，思维还很清晰，牙好、胃口也好，但尿在床、屎在床。也就在那一年，老大走了，老二走了，老四在一场车祸中也走了，大女儿患老年痴呆失踪了。大老头儿真的想走了，可大老头儿真的没有能力走了，他好几次后悔过，为什么不在有能力的时候自行了结呢？

大老头儿又病了，这次是心肺衰竭，呼吸困难。老三和三媳妇及小女婿和小女儿一同商量，同意接着治，但总费用控制在三千元以内，超过这个数就得拉回来，三媳妇还补充了一句，人固有一死，但不能死得别人不能活。

大老头儿终于走了，走的那一天是大年三十，离 100 岁还差一个小时，他是高寿了，但寿高，质量却不高。那把门锁要长久地锁上了，连同那六个他捋了又捋的塑料袋子以及里面他全部的家当。

2016-05-01 于山水郡

一碗蒸鸡蛋

子女不孝顺父母的现象，是从什么时候开始出现的，可能没有一个清晰的时间界线，但的确在一些地方子女对父母越来越不尊重。几千年的传统文化在农村一直延续得最为完整，那些几世同堂的家庭就是明证，但近年来一些子女变了。首先是变得自私，这种自私是有先后顺序的，一般从老大开始，而父母对孩子们的爱心与责任心始终未变，直至今后，甚至未来。

孩子一生下来父母就忙开了，操心开了，呵护长大、造屋、结婚……忙得腰弯了、眼花了，连泪都稀少了很多。那全家竭力给大儿子娶媳妇的团结一心在新媳妇进门的第二天便发生了动摇，因为想法发生了变化。父母及其他儿女觉得多了个劳动力，希望大家再捆在一起多干几年，帮弟妹再成家，同时家里的条件也可改善一下。

但新入门的媳妇心里全不是这样想的，这个穷家是个无底洞，还有那么多的孩子，何时是个尽头？于是就想着尽早独立，早日进入小康生活，分家是他们的第一个梦想。可农村的传统观念影响还是很强大的，心里想分也不能直接吵着分，那会让人说不近人情，也会让别人取笑，没有合适的理由就不好开口。所以，新媳妇一进门，寻找或制造分家的理由就是一个重要的任务。她们各显神通向着分家的方向走去，全不顾公婆及弟妹那期待的眼神。

一般多数都是由儿媳妇与婆婆的矛盾开始，闹些意见，儿媳妇生气就趁机回娘家住着。那婆婆就急了，拎点东西到儿媳妇的娘家去。儿媳妇回来后，不久又找一个理由生气回娘家，婆婆便又要再去一次。如此几次大家都累了，累的时候往往能想通或想明白很多事，于是分家就开始了，儿媳妇的梦想实现了。

也有比较刁的新媳妇，鼓动丈夫出面制造矛盾，一般都是丈夫与公公间的矛盾为多，进而达到分家的目的，当然也有因姑嫂矛盾而分家的。矛盾的原因千千万万，但目的只有一个，那就是分家。

邻庄的周大在家排行老大，兄妹五个，他制造的分家理由是吃，因为一碗蒸鸡蛋。那时家家都穷得食不果腹，几个鸡屁眼都是母亲每天关注的洞口。鸡蛋可换来生活中的油、盐、酱、醋和针头线脑，母亲一般都舍不得吃，只是偶尔才给大家解解馋。一家八口人，一枚鸡蛋，一碗稀得如汤的蒸鸡蛋只能塞牙缝。

父亲一般只取浅浅的一勺，母亲只是望一下，闻闻味道，很少舀上一勺放自己的碗里。兄妹们按从小到大的顺序分，从多到少，儿媳妇也只是碍于面子取不多不少的一勺。有一天，周大的母亲蒸了一只鸡蛋，距上次的那碗蒸鸡蛋差不多三个礼拜了，大家心里都盼着。这一天中午，周大因为瞅田水回来晚了一小步，最小的弟弟在最后一碗饭的时候没扛住，趁别人不注意多舀了一勺。周大瞅着那只空空的鸡蛋碗生气了，其实不必生气，用这只鸡蛋碗把饭一拌，残留的蛋花也不比一勺鸡蛋少，但他还是生气了。这生气当然也有些别的目的。他上了桌子但并没有端起碗吃饭，而是转身回房睡觉了。那个下午，连同第二天，他都没有上工，一天半有 15 工分呵。

矛盾就这样开始了。父亲终于憋不住了，大吼着不孝的东西，断了奶就忘了娘，分吧！分吧！于是喊来了老公亲。农村分家都要老公亲来主持，这是乡俗。老公亲主持分家比较公道，一般儿媳妇的娘家人不得参与，那会容易偏袒。但有时一些强势的娘家人也会介入，引起乡邻的一片指责。周大媳妇的娘家就比较强势。分家的那天，老公亲的队伍中也出现了她的娘家人，双方吵了三四天。终于周大父亲嫌烦了，甘愿吃个大亏多分了一只老母鸡给周大，一场激烈的分家才到此结束。

分家的第二天，相邻的几个庄子里就流传着周大的幸福言论："分家真好呵，过去蒸一只鸡蛋又稀又淡，我还吃不上一小勺，现在蒸一只鸡蛋我和媳妇手都舀酸了，还没吃完。"

2017-07-15 于珠海半山居

风绞着雪

小辫子爹妈过世得早，他就跟他姐姐过，爹妈在时惯孩子，所以，留了很长的辫子。在我们那里只有特别惯的孩子才会留着长长的辫子，长大时才剪掉，爹妈走了，辫子也剪了，“小辫子”这个绰号就伴随着他的人生。

小辫子个子不高，也不曾上学，但很聪明，公社食堂时好多人都不会用算盘，那数据的加减乘除，就由小辫子承担，大人报数字，小辫子就或加或减或除或乘。每次数字都是对的，后来人们更加相信了小辫子的算术能力，他就变成了“算盘”。

小辫子渐渐长大，快到谈婚论嫁的时候了，他的姐姐、姐夫就张罗着给他说亲，小辫子家条件一般，被姐姐一家照顾得也不错。可在农村找对象，先决条件就是房子，没有房子是难以成亲的，况且，他姐姐一家七八口人都挤不下了，于是他姐姐、姐夫决定给小辫子盖房子。

地址就选在生产队仓房的东边，那里地势较高，在圩区里盖房，最重要的条件就是地势，地势越高越好。因为，无论决堤还是内涝，只要地势高，风险就小，抵御洪水的能力就强。

因为是结婚用房，生产队和大队批准得很快，生产队还特批了一块稻田专用的造房用土。一家人马上开工了，农闲时节，队里的人都来帮忙，那时候帮人干活没有工钱，只有一天三顿饭，早上吃油炸粑粑，中午吃饭，晚上必须有酒。

那时经济条件差，肉食品很少，但毕竟是干重活，大肉是必须有的，一般都是三荤，其中必须有一黄盆渣肉，那肉块要大，差不多半个巴掌那么大，否则人家会说你家小气。当然还要有一些其他的菜，其中，豆制品是一大类，豆腐、干子、千张、豆腐泡等，都是不错的菜。

农村造房子从垒墙脚开始，先把生产队安排的那块稻田用水润透，再用牛拉石磙反复碾轧，这泥是用来堆墙根基的。余下的田泥用来制作土砖，土砖制好后一般要三个多月才会自然干，同样墙根基堆好也要好几个月才能承重，好多都是跨年度才能干透的。

干活没有工钱是普遍现象，因为没有市场经济，乡风民俗代替市场规律，虽没有工钱，但在那贫穷的时代，帮人盖房时的饭食还是不错的，特别是那顿晚饭，不仅丰富，更重要的是热闹。一顿晚饭，一个村庄的人都会来看热闹，那酒桌上的故事就时有发生。

酒是六毛七分一斤的山芋干酒，素菜是最丰富的存在，农村妇女大多会种菜，还会做素菜。鱼也是丰富的，那时候鱼特别多，随便抽干一个塘口，或撒张网，就会有几十斤鱼的收获。但那个时候，鱼不算重要的菜，并不是鱼不好吃，而是鱼太多，多而不贵。所以，鱼尽管多，但凡有人家请客的，鱼类菜都只是适可而止。由此我联想到市场经济条件下，人们只买贵的不买对的，一直认为这是市场经济造成的，其实，这是在市场经济开始之前就已经存在的一种现象。

经过几个月的垒墙根，制土砖，备木料，造屋巴①，选屋顶草之后，又砌土墙，终于到了上梁的那一天了。现场很热闹，当大梁挂着红布架到山墙顶尖时，鞭炮齐鸣，道好声不断，都是极尽溢美之词。

主持人站在山墙尖上，向地面撒糖果，这是上梁活动的高潮。小孩子们早已盯着主持人的手，当主持人把手伸进装糖的袋子里，还未掏出糖时，孩子们就已经蜂拥而至屋内。糖，终于像下雨一样洒下来了，孩子们你推我搡抢着糖，此时的地面，还是坑坑洼洼，好多糖就掉进土砖缝里，但孩子们不嫌累，搬开土砖去掏缝里的糖果。

那个时候的糖果是稀罕之物，除了节日，平时是难以吃到的，所以孩子们个个奋力争抢。不久就有人被挤倒了，便有了骂声或相互指责的声音，不过没有打起来，毕竟都是一个村庄的，抬头不见低头见，所以每个孩子都是克制的。

孩子们开始抢了之后不久，大人们也参与进来了，现场更加混乱。不过，大人们抢糖要文明得多，不叫抢，应该叫拾糖吧，只捡土砖缝里的糖果。大人们拾到糖很少往口袋里装，要不就往嘴里送，要不就扔给山墙上的人。

---

① 屋巴：指屋顶部用芦苇或高粱秸编制的帐子，用以承载上面的泥巴。

上梁是造屋最重要的环节，风水、运气，甚至命运都在这里了，农村有古人言：一个家庭的发达程度，一靠祖坟，二靠祖宅。所以，农村人造房子十分重视选址以及每一个重要环节。所以，上梁之日，主人家是断然不敢懈怠的，红绸布选择好后，有的还要请最有文采的人在红布上写上字，糖果这些食用之物的选择都是大方的、认真的，数量也是充足的。

尤其上梁之日的那顿晚饭，必须是整个过程中最为丰盛的，因为，这里有风水，有彩头，有口碑，有人情。做得好，人人夸赞，那就是风水，就是运，就是抬举，也就是人缘，更是主人家在这个村庄立名、立信、立言的重要基础。大梁架放的时间点也是特别重要的，要结合主人家的生辰八字，以及农历时日而选择出来何日何时何分何秒。

上梁日的晚宴，所有参与者都能海吃、海喝、海吹，吃的是大块头的肉，喝的是六毛七分钱的酒，吹的都是让主人家开心的吉利话，好听的话，恭维的话。说者实心实意，听者心花怒放，场面热烈，就在这热烈的场面，喝酒进入高潮，这边是一组实力派，相互间都在炸罍子，那边几组实力稍弱，但有点文墨，所以就动手猜拳，还有几组是大老粗，那就只能捣杠子，虎吃鸡，鸡吃虫的那种。

与主人家关系不错的女人，酒宴到酣处便过来观战，看着自己的丈夫与别人对垒，一方面过来给丈夫助威，另一方面也是给主人家面子。在农村，面子比命值钱，好多人寻死觅活皆因面子。与主人家关系一般的女人，也会过来看一会儿，凑个热闹，以示尊敬，但很快会找个鸡笼门忘记关之类的借口离开。

上梁是件大事，在村子里，这和别的大事一样，这样的大事活动是村里有矛盾人家冰释前嫌的好机会，即便矛盾再大，遇到这样的事，都要走动一下的。这一走动两家的结就解了，这是乡风乡俗，不是法律，是智慧，冤家宜解不宜结的道理人人都懂。

开始有人现场直播了，酒场也进入高潮，那呕吐声，引起阵阵掌声和欢呼声。胆小的女人就拖着老公往家回，边走边说："没有酒量，酒胆倒还不小。"而胆大的女人却怂恿着丈夫吐了再干，要把对手喝倒。

贫穷的时代，物资匮乏，但笑点很低，就这喝酒的场景都能调动一个村庄的人参与，不管吃得怎么样，但那种发自内心的笑却是真实的，人与人之间的关系也确实是纯洁的，人们的满足感也很容易获得。

酒场接近尾声，那牌九就支起来了。牌九，三十二张牌，每人四张，比花色大小，还比牌点大小，循环很快，每年一次的冬季水利建设工场上，有些人会输得倾家荡产。当然，这种在村庄里的酒后小赌都是小规模的，因为，女人们就在边上，是不可能大赌的。

烂醉如泥的人当然不参与牌九活动，有的就在一边胡言乱语，有的被家里的女人拽着往家里走。有两个单身汉，醉了，可没有女人往家里拖，就瘫在地上与狗为伍。

大梁架上完后的造房工序多而复杂，上椽子，捆竹篾，铺屋巴，如果用的芦席巴还简单一点，如果用的是泥草巴，那工序更复杂。屋巴之后是上草，这也是个关键工序。不同的家庭经济条件是不一样的，不一样的经济条件从屋面的草就能一眼看出来，经济条件好的家庭都用荒草做屋面，而经济条件差的基本都用稻草，介于两者之间的家庭造房子，则用麦秸做屋面。荒草是从山里砍来的野草，结实而不易腐烂，而稻草则是最容易枯烂的。

扎屋脊是个功夫活，要高大圆满有威风，同时还要防漏，新房漏水都是从屋脊开始的，扎屋脊也是力气活，力气不够是扎不紧的。除此以外，还要讲风水，否则于人于己都不好，西边与别人家屋脊交界处要一样平，不能高于别人家，东边与别人家屋脊更要一样平，若高出一点点都会引来冲突。因为，此家的东屋脊正是对着别人家的西屋脊，风水中有言：不怕青龙高万丈，就怕白虎抬头望。

小辫子家亲戚多，在村庄里人缘也好，所以，盖房子时来帮忙的人就特别多，没多久，一座崭新的房子就竣工了。地势很高，远远看去颇有威风。有了房子就可以说亲了，于是大家都在期待着喝小辫子的喜酒。

一天下午公社的波书记来廖渡视察，走到鲍庄中心路上的仓房时停下了脚步。大队干部和生产队长在前呼后拥中也停下了脚步。只见波书记双眉紧蹙，两眼微闭，良久才开口问道：“这仓房边新盖的房子是干什么用的？”队长如实汇报说是庄子里一户赵姓人家新建的房子。

波书记不说话，继续往前走，视察快结束的时候，他面露不悦之色且十分凝重地说：“风绞着雪啊。”风绞着雪这种有些禅意和诗意的话，生产队长当然听不懂，大队书记也听不懂。但看着书记那严肃的面孔谁也不敢问。

书记回公社了，生产队长和大队书记还站在田埂上，好大一会儿，生产队长问大队书记："风绞着雪是什么意思呀？"大队书记说："我也不知道呀，反正不是好话，因为，他脸色不好看。"其实，风绞着雪的意思就是公与私扯不清。

第二天一大早，大队书记来找生产队长，两个人讨论半天，最后就讨论出一个结论，不管风绞着雪是什么意思，波书记不允许在生产队仓房边上盖私房，这一点是肯定的。队长问："怎么办？"大队书记说："房子收归生产队。"队长说："那怎么行啊？人家花了那么多钱，还有那么多心血，况且，人家还等着房子相亲呢！"大队书记说："上意不可违呵，现在不处理好，下次再来可能问题会更严重了。"

经过讨价还价，大队书记答应，给小辫子家的两个整劳动力记一年的工分，算作工钱，也就是补偿款，其中，大队承担一半，生产队承担一半，新盖的房子收归生产队当作牛屋。

得知消息，小辫子一家一下子蒙了，委屈的泪挂在他们家每个人的脸上，但没有抱怨地接受了这个难以接受的现实。就这样，波书记的一句话，让千辛万苦盖起来的一座新房，一座小辫子的婚房就变成了牛屋。

2023-02-06 于合肥天鹅湖

分粮之夜

在农业经济占主导地位的农村，自给自足是一种常态，粮食除了食用，还是一个家庭的经济来源。粮食便是命，是生活的全部基础，是肚皮最欢迎的一种物质。不管是早稻还是晚稻，也不管是精米还是糙米，只要能在胃里生成能量，能撑起那一个个大大的皮囊，人们都不会嫌弃。谁家有粮食，谁家就是快乐的。

一年辛勤地劳作之后最欢悦的时刻便是分粮那晚，为什么要趁夜色分粮？大人们都不会明白地说出来。我曾多次问我爸，为什么不能白天分粮呢？他每次都是笑而不答。

晚上分粮确有许多不方便，黑灯瞎火的。尽管有的人家有马灯，但多数情况下都是在摸黑，摸着黑挑着两大箩筐的稻子，从生产队送到每一家的稻屯边。这段路其实不容易走，那田埂很窄，两边的作物还要调皮地阻挡一下。特别是塘坝，只有一步之宽，漆黑的夜，对面来人只能快碰上时才看得清。于是，每个人都小心翼翼，背贴着背换位转身才能走过去。

到了家里也并不顺利，每家都只点一盏灯，而且，只会放在储存稻子的那一间里，其他屋子仍要摸黑通过。时不时就有人一脚踢到大板凳上，“哎呀”一声，但并不会停下来。直到把稻箩筐高高举过头顶，把稻子倒进稻扎子里，那人才会弯下腰揉揉那条被撞的腿。

尽管，摸黑分稻十分麻烦，但一想到那薄如蝉翼的肚皮，没有一个人是抱怨的。其实，稻子不仅对肚皮很重要，也是一户人家一年的生计所在，是生命延续的力量，是一个体面门庭的基础。

一个阳光充足的下午，微风之下，几把扬掀，扬着全队人的收获，杂质去尽便是那黄灿灿的谷子，像黄金一样扎眼，更易让邻队人眼红。

山一样高的谷堆，分多少是要商量的，但最终还是生产队队长说了算。一般一次分掉一半儿，剩下的都藏着，找机会再分。

丰收是件快乐的事，但丰收后分粮却是个头痛的事。上面盯着，邻队也盯着，而队里也有人盯着，分多了粮食，有人会偷偷去汇报。所以，考验队长的不仅是生产管理能力，还有分粮的智慧。倘若分多了被告密了，那就要退粮。在食不果腹的年代，到家的粮食再往回退，那种揪心的事，谁都接受不了，但却时常发生。

我们队长的分粮智慧，总结为四个字就是“化整为零”。每个人都在盘算着自家能分到多少，有的人家不会算账的还请队里的会计帮着算一下，那迫不及待的心情，写在每个人的脸上。但队长有自己的想法与安排，那就是先分基本口粮，这部分是固定的，然后，再化整为零，如同蚂蚁搬家。

丰收之年，各家分了基本口粮后，那稻谷堆仍然太大，没办法放到仓库里，就放在场地上。分完一批后，盖上草灰印。草灰印，是一个木盒子，上面是活动的盖子，底部的板上镂刻出“鲍庄粮食”四个字，里面再放上稻草灰。沿着圆锥形的稻谷堆，在底部、中部各印上一圈“鲍庄粮食”四个字，就形成两条带子，锁着这个稻谷堆，然后再用稻草盖上，队员每夜轮流值守。每天早晨，队长都要来亲自揭开稻草看看那几个字还在不在。若不在了，就说明有人偷了稻子。即便在那个饥饿的年代，这样的事还真没发生过。

队员的心就一直念挂在那稻谷之上，而那稻谷却安心待在稻草下，像准备出阁的新娘一样静静地等待着，丝毫不张扬。分粮一般会选在一个月色不太亮的夜晚，白天先算好这次每家分多少。待黑夜来临，分粮开始，那上小下大的圆木斗，在一阵阵的抹平声中，上下翻飞，一担担的稻谷就流进社员的家里，笑容堆在大家脸上，更堆在大家心里。

第二次分粮后，一般要停一段时间再分。一是听听外面的动静，看看是否有人去告密；二是实施化整为零的战术，不能一次分太多。第二次分粮后，一般会隔一两个月再分一次，夜幕下分粮便由此形成。

分粮之夜是快乐且热火朝天的。男人们一人一副箴箩担子，一家一户地送粮。女人们在家里拿东拿西，稻谷进家时，还要持灯向导，把一箩箩稻谷引入那巨大的稻仓里。一有空闲，女人就钻入厨房，红红的稻草火燃烧在每家灶台的洞里，也映红了女人的脸，像那天边的彩霞。

分粮之夜，厨房是另一个主场。一年中，分粮之夜无形中成了一个节日，不同的是，这个节庆只在夜幕时分上演。

分粮之夜，小孩子们更是异常兴奋。尽管他们还不懂这一箩箩稻谷对一家生计的全部意义，但只要黑夜里还点着灯火，孩子们就有足够的理由上蹿下跳了。一会跑到谷场上，一会又跟着大人们挨家挨户地去送粮，这时就不断传出大人们的呵斥声。

最后一批粮食送到最后一户人家时，差不多每家门口都会飘出咸肉的香味，有的是咸鸭子香，有的是咸猪肉香。此时，孩子们都聚到自家的灶台边，守在母亲的身旁，央求着先尝一块咸肉，央求声之后一般都会听到刷的一巴掌打在屁股上，后面跟着母亲喊出的一句话："你爸还没吃呢!"

分粮终于结束了。场地、田埂、水塘上都静得只剩下鱼、鳖的游水声及蛙鸣虫叫声，还有微风吹拂田草的沙沙声。每家每户的大桌子边就热闹起来，昏暗的灯光只能照亮桌面连同桌上的几个菜，一家人的脸都是模糊的，但这丝毫不影响那低调的快乐。每户人家的大门都虚掩着，交流声也很小，极似窃窃私语，大人、小孩似乎都懂得这夜幕下的秘密。尽管，这会儿深更半夜不会有人来溜墙根，但大家还是不动声色统一地低调着。

人人都懂得，这些粮食不仅关乎肚皮的感受，更是一年生计之所在。

2017-08-27 于武夷山甘润度

大　雪

那一年，我们村包括我在内有四个是必须“皇榜高中”的人，最终，我一个人落榜。那一年，我们洪桥中学尖子班的 17 个学生中，也只有我一个人落榜。正准备张开双臂迎接胜利，却被告知胜利属于别人，那种无奈、无助、落寞、自责、快到终点又被拉回起点的感觉，难以用语言描述。

那一年的整个双抢季节，甚至说整个假期，父亲的脸都是阴沉的，没有一丝笑容，家里的气氛也是压抑的，没有一丝活力。村里的人也是冷嘲热讽，这些风言风语，没有刃，却比刀子割肉还痛，只有母亲显得从容一些，偶尔给家里的氛围带来一些清新的风。

双抢结束了，人生的出路问题又摆在我的面前。不！是摆在我们一家人的面前，在农村能挣脱出来的极少，但不挣脱出来就基本上没有好日子过。这是每个冷静思考过人生的人都明白的道理。尽管家庭会还没有开，但我的主意已经定了，不再去学校读书了，到外边去，边谋生边复习，然后来年再参加考试。这个外边到底是哪里，我也不知道，其实就是流浪，那时想着尽快脱离这个环境，于是就有了流浪的冲动，这种冲动一旦萌生出来就快速疯长且难以掐灭。随着冲动的生长，就有了行动方案。

有一天，我对父亲说，我不读书了，我要去文同学那个六安轮窑厂里干活，读书的路走不通，因为，命运不可违。父亲一向对我是散养，也就是说父亲对我干的事一概不管，只要不是坑人的，不是犯罪的。父亲抽着烟，丰收牌的，又叫老九分，因为九分钱一包。

烟灰已经很长了，他没有弹掉，显然他在抽烟也在深思，烟屁股快烧到手了，他扔掉烟站起来走了，我知道这个动作表示他没有反对我的决定，母亲也知道，父亲不反对的事基本上就表示支持。于是母亲就开始到处借钱，给我作盘缠用，一共十元钱和十斤全国粮票。

母亲在给我钱和票的时候，看上去是比较犹豫的，是那种比较担心的犹豫，钱塞到我手里的时候轻声地说："在外面要小心点，不要太累，也不要太紧了，不行就回来，庄稼活也是人干的。"母亲那似乎有些胆小而轻微的声音让我一阵心酸，但我没有说话，更没有表示出任何悔意。此刻，家里的气氛已达到冰点。

原来一家人都还沉浸在希望中，希望家中出个吃"皇粮"的人，不说兄弟姐妹沾多大的光，至少给家族带来荣光，可现在不读书了，就相当于一场球赛的终场哨声响了，一切都有了结论，不再读书就意味着希望不在。没有了希望的家庭，两眼就只能盯着农田，盯着庄稼，盯着渠塘，盯着锅灶，再也不会盯着远方，哪怕是丰乐河大堤都不会多瞅一眼。

弟弟妹妹说不上话，母亲基本以父亲意见为主，关于我的事基本以我与父亲的对话为主，而父亲又基本以我的意见为意见。这个关乎家庭命运的决定就在父亲的一支老九分的烟雾中决定了。回想几年前的失学，又种田又上学，又失败，又耽误了几年，我一个人耗着整个家庭的财富，这种没有希望的消耗，我的良心不允许再这样下去。几年的十工分劳动力的耗费呵。要不然，早已娶了婆娘，盖一两间婚房，生两三个孩子，种三四斗薄田，父母也早已交差了，而自己也早已承担了家庭的责任。

还清晰地记得，几年前与父亲的对话，我说不读书了，父亲说再读一年吧，我说读不动了，于是就不再读书了。后来我干不动活了，太累了，我又对父亲说我要读书，父亲说想通了？我说想通了，父亲说那就再读吧，于是我又上学了。今天我再次说我不读书了，父亲说离目标很近了，再读一年吧，我说不读了，命运不可违，于是我就去流浪了。我真不知父亲的宽容心到底来自哪里，我更不知天底下还有没有像他这样宽容的父亲，这样宽容的家庭。

双抢基本结束了，一个凉爽的早晨，四点不到我就提着行李出门。行李简单，几件夏季衣服，加一整套初中课本，那时还没有复习资料。出门的动作很轻，父亲用沉睡表示沉默，弟妹们仍然呼呼大睡，只是母亲听到轻微的响动就起来了，送我至鲍家庄西塘坝，因为我是谎称去六安轮窑厂的，其实应从东边的塘坝出去。

别了母亲后，我径直走向村中心路，回头看时母亲仍站在那里望着我的背影，我的心更酸了，向母亲挥挥手示意她回家，还可以再睡一会儿，可我知道母亲可能都看不见我在挥手。上了中心路快步向东而去，可快到裤裆六斗的一块田时，看到有人在起早犁田，怕被认出就急忙改向丰乐河大堤走去。

天快亮时就到了桃溪镇，站在 206 国道边伺机扒车去合肥，不一会儿来了一辆货车，速度慢，我把行李扔车厢里，双手一抓，双脚一蹬就跃上车斗里。到合肥转公交去火车站，到南京后，开启了 18 天的流浪生活。

外面的世界远不是想象中的那个样子，到哪里谋生活呀，根本找不到事做。一开始在城里还比较讲究，没几天就变得蓬头垢面，白天寻寻觅觅，夜里露宿车站广场，再后来就只能到饭店里找客人的剩饭吃。又一天下午，跑到南京的燕子矶，坐在半山上看着滔滔而浑浊的长江水，思绪万千，梦碎一地。现实告诉我，除了家，除了父母弟妹，除了鲍家庄，我没有任何生根之处。

我要回家，这是我在流浪后几天的强烈愿望，好在警察帮忙，免费回到合肥，又扒车回到鲍家庄。回来后才知道，我走后的第三天，文同学回村时，才知道我“跑路了”，父亲着急了，母亲以泪洗面，还派人去舒城及合肥的汽车站、火车站贴了寻人小广告。

回家的那个晚上，父母是一如既往的宽容，灯光是一如既往的昏暗，一身叫花子装束的我，埋头吃着母亲单给我准备的一顿大餐，似乎我并没有犯错，似乎我是凯旋，是荣归故里。我边吃边说着外面的故事，以及我的饥饿。弟妹站在两侧，像守护的卫兵，母亲的眼里闪着泪花，那是在心疼我。父亲抽着老九分，一支接着一支。

这一餐填补了几天来的饭缺，母亲催我去洗个澡，可能是看不下去了。我却打开一张南京地图，又说起了大城市的事，我全然不知，我的出走对他们的伤害，对他们心里的打击，对他们造成的压力，面子、尊严，还有我父亲曾引以为傲的教育方法。离家出走，就是大逆不道，就是不孝之徒，也是家教的失败，又言子不教父之过，所以好面子的父亲，压力比山还大。

过后的几天，来了不少亲戚，都是来慰问的，以示关心，千篇一律地说着："孩子回来了就好。"这种没有力量的安慰人的话。当家里一切又恢复正常的一个灯光昏暗的晚上，父亲的老九分又燃起来了，接连三四支之后，父亲开口了："不要压力太大，再读一年把握很大的，考个粮校，分到粮站当个看粮员，你也吃上了国家的饭，我们卖粮也沾点光。"

当时的农村孩子都想考粮校，当看粮员，几乎每个人都偷偷地这么想，家长更是这么想的。因为，那时去粮站卖粮太遭罪了，不仅受罪，还受侮辱。所以父亲的眼界里有这样的认知是可以理解的，这就是现实主义，而且看粮员也是吃皇粮的。

我看着父亲，脱口而出："我要上高中考大学。"父亲十分吃惊地看着我。他的吃惊我明白，其一是我终于又想读书了，这一点很重要，只要想读书那希望就在；其二是考大学简直是天方夜谭，因为考中专都这么吃力。但父亲并不武断，听了我离谱的想法并没有过激的言辞，只是又点了一支老九分，抽了一口，吐着烟雾，慢腾腾地说道："大雪呵，到冬天就有了。"

这是调侃，也是讽刺，更是一种极度的否定。我们沉默了一会儿，母亲收拾着房间，弟妹一言不发，我和父亲就大雪的事又斗了几句嘴，然后各自睡觉。那一夜，我们每个人都有了心思。气氛仍然有点压抑，但明显心里都轻松了一些，因为，在讨论读书的事，只是初中与高中的问题，只要读书，希望就在，那终场的哨声还没有响就有赢得比赛的可能。

第二天中午，家里一下子热闹起来了，两个教书的表叔、一个打铁的表叔、一个榨油的表叔、一个从部队退役的排长表叔，齐刷刷地到我家吃午饭，母亲忙着做饭，妹妹在打下手。原来是父亲搬来的兵，这些都是我家重量级的亲戚，有力量型的、有智慧型的，他们来的目的就一个，说服我在初中再读一年，尽快考上中专，吃上皇粮，端上铁饭碗。

中午饭，吃的菜、喝的酒都不如讲的话多，他们不遗余力，从大的、小的、远的、近的、深的、浅的、粗的、细的道理来开导我。我向来不逆长辈之言，这是自小父亲就教导过我的。他们说完，我立马表态在初中再读一年考中专。皆大欢喜，场面更加活泼而热烈，长辈们每个人都有成就感，每个人都认为自己的话对我起的作用大。那热闹劲儿似乎我已皇榜高中，似乎这就是喜酒，祝贺我考取的喜酒。酒足饭饱之后，长辈们带着快乐与自豪，一一作别。

这顿酒后的第三天，我去了洪桥中学，提着档案与分数条直奔山南高中而去。纸是包不住火的，不到两个月父亲就发现我读高中了。宽容的父亲得到这个消息很震惊，但没有暴跳如雷，仍是一如既往的宽容，只是脸色多了些难看。因为，我去读高中考大学的消息很快就传开了，村里的人都认为在做梦，一个亲戚就在背后嘲笑说："大雪，到了冬天才会有。"

父亲是个要面子的人，这些人在背后指指戳戳，冷嘲热讽，他是有些受不了的，压力很大，不仅是心理上的，还有经济上的。在农村男大当婚，女大当嫁，父母交差，子女独立。这几乎是千百年来农村家庭的基本套路，没有例外的。

我也听到了那个亲戚的嘲讽话："大雪，到了冬天才会有。"一开始还心有不服，平添了些许干劲儿，再而就有了些生气，继而更是生出了怨恨，当天晚上做完作业，就拿出两张白纸，一张用蓝笔，一张用红笔，上面写着大大的一行字：大雪，到了冬天才会有。下面标注上某年某月某日，谁在什么地点和什么人说了嘲讽我的这句话。写好后叠好塞进房子前窗外的土墙缝里。

三年后的 8 月 10 日，我收到了录取通知书，一家人都兴奋着，眉飞色舞，扬眉吐气。三年了，我们家的每个成员都承载着巨大的压力，这种压力不仅是经济上的，也不仅是农田的活计，更多的则是村里人的那种等着看笑话的眼神，那种"大雪，到了冬天才会有"的冷嘲热讽。

通知书是村里的大喇叭喊去拿的，所以，当晚家里就来了很多人，是来祝贺的。是啊，在那个时代能从农村里走出去的实在是太少了，而我是个幸运者，而这种幸运来自父母的宽容，来自弟妹那双肩与双手的承载，来自所有家庭成员的奉献与付出。

夜深了，来的人都走了，家里静了下来，我们一家人又憧憬了一会儿未来，然后各自散去。我走进那个曾作为书房的房间，坐在窗下，静静地想了好大一会儿，想着今晚来祝贺的人中，有的带着尴尬，有的带着妒忌，还有的带着复杂的心情，尽管我家的事和他们没有任何关系。

脑海里突然就想起了那个说“大雪，冬天到了才会有”的亲戚。继而想到了那两张纸，还在墙缝里呢，我站起身拿了一双筷子从缝里夹了出来。三年了，没有虫蛀，字尚清晰，只是纸条外边变黄了，里面的仍然洁白。反复看了几遍，感到幼稚可笑，不相信是自己写的，三年后才感觉到这种心理的不成熟之处，而这种心理现象在现实社会中却又普遍存在。

其实，“大雪，到了冬天才会有”这句话最早是我爸说给我听的，可我听了就像没听到一样，可同样的一句话，从别人嘴里说出来，心里就受不了，有种被伤害感，有损自尊，进而生出怨恨。人呵，有时就是这样，有些心理的活动不是基于事实而是依据身份，就像婆媳关系，同样的一句话，若是妈妈说的，什么问题也不会有，要是婆婆说的，可能问题就比较大。同样的一句话，要是女儿说的可能啥事也没有，若是儿媳说的，就要上纲上线，穷追猛打。

看着两张纸条，我思忖良久，人的苦恼、怨恨、负面情绪，甚至伤心，往往都是自生的、虚拟的。它没有形状，没有颜色，没有体积，没有重量，没有味道，甚至并非真实存在。只有当我们赋予它们生命力的时候，它才会产生出巨大的负面能动性，能使人去杀人放火，去自残，去消沉，去自废武功。

看着手中的两张纸，我再次笑了，笑自己的浅薄与狭隘，随手把纸放到煤油灯上，在笑意中，两张纸化为灰烬，犹如心中的两座大山被移走了，顿时敞亮许多。

2020-02-03 于大境天鹅湖

远 行

从老家廖渡到合肥的距离，几百年来，没有加长，也没有缩短，只是从桃溪到合肥的路宽了许多。从廖渡到桃溪的路也由羊肠小道变成了沿凤落河（即今天的丰乐河）堤的水泥路，起点没有变，终点也没有变，但我的心理距离缩短了许多。

过去从家去合肥，像去天边，不仅恐慌于那遥远的路途，更心慌于那大城市的喧闹与威严。而现在，无论从合肥回廖渡，还是从廖渡去合肥，就像去自家的后院般从容与便捷。推开门，迈开脚，揪把青菜就回到厨房。

大城市的威严似乎也由于日渐增高的混凝土丛林而饱受争议，而那被人抛弃的农田及鸡屎遍地的农家小院却受到与日俱增的尊重。

1977 年的那个冬天，不知什么由头，我就有了去远方的冲动，去合肥，去省会，去大都市，去那繁华的地方看看是怎么回事儿。

同班的稳同学支持我的想法，他说他的姑姑在合肥，他可以与我同行，但路费我们要自己出。远行的冲动让我们开动脑筋，母亲塞在墙缝里的鸡肫皮、牙膏皮，父亲放在门拐里的旧铁锹头，还有队里烂掉的旧犁耳，都被我偷来。我用化肥袋装好，趁大人不注意的时候拿到袁店老街的店铺里卖掉，一共换了两块七毛五分钱。稳同学家里在桃溪开早点摊，搞钱比我容易多了，也搞得多，一共有六块多钱。

从家里到桃溪是步行的，经过龙潭河上的最后一座桥，就到了桃溪，但我们舍不得掏钱坐车，好在 209 国道上拖拉机很多。那时的拖拉机手都是“大牛”，没有关系是开不上拖拉机的。而且当时在农村，拖拉机也算是最过劲（厉害）的交通工具了，相当于现在的豪车。

我们商量扒车，省点钱，到了城里用钱的地方多着呢。但拖拉机手都很轴，一看到路边有人有扒车的企图便加速行驶，不给你机会，有时还开出 S 形路线，让人望而却步。

扒拖拉机也有技巧。从后面扒，危险小些，但速度跟不上；从侧面车厢扒，容易抓住车厢板，但有危险，且脚没有支点；从车头与车厢的连接三脚架上扒，容易得多，但危险也最大。

一辆拖拉机来了，我俩从侧面跑过去，那司机照例加速并开出“S”形，我还是一跃而上，站在了三脚架上。而稳同学个小，胆儿更小，从后面怎么也够不上后厢板。无奈，我又跳了下来。我们总结经验教训，决定下次两人同时从后面扒。

又一辆拖拉机来了，不紧不慢。我俩蹲在路边的大树下面，背对着路装着聊天的样子。显然，那司机没有警觉，仍是晃晃悠悠地开着。当司机的目光转到了看不到我们的角度时，我们一跃而起，以最快的速度冲到车厢后挡板边。我双手抓住车厢板，双脚跟跑了几步便腾空收起，一个转身翻到车厢里。

稳同学还在挣扎着，我爬起来，双手抓住稳的一只手，狠命地拖着，心里想着一定要成功。终于，他的身体也在车厢里了。这时那司机发现了，加快速度开着“S”形，但为时已晚。司机边上坐着的那个人还冲着我俩笑，像是在鼓励，又像是在责备，太危险了。

那个冬天很冷，能冻掉耳朵的那种干冷。但大人们常说：“孩子的屁股有把火。”是的，此刻这句话就成了动力，因为，我们的屁股有火。

迎着寒风，可不觉得冷，有种快感，像考试考了一百分一样自豪。双手抓着车厢的前栏杆，目视一排排向身后退去的大树，有一种将军检阅部队的感觉，很是威风。

可好景不长，刚过四合乡，在水库大坝下的那个上坡路段，车突然就熄火了。我俩吓得要死，以为司机要赶我们下车，心里盘算着打死都不下车，好不容易才扒上来的。

司机走下车，并没有赶我们下车的意思，而是绕着车头转了几圈儿，又上车启动了一下，只见那车头抖动几下又熄火了，原来车出故障了。司机就冲着我们喊：“下来推车。”

下车后，司机让我们找块石头把车后轮给抵住，他把三脚架放了下来。司机扶着方向盘，我们三人就在后面推着车往前使劲儿，已有好几下“突突突”的声响了，可又一下子熄火了。一而再，再而三，重复了好几次，那司机就不断地喊："快点，再快点，差不多了，要把吃奶的力气用上呵。"我们真的把吃奶的力气都用上了，汗都出来了。终于，"突突突"的声响没有停下来，打着火了。

我们再次站在车厢里的时候，心里感觉和第一次完全不一样。身子热了不说，那偷偷摸摸的意思没有了，很是光明正大，因为，这辆车的开动有我们的功劳。于是，头抬得更高一些，脖子也挺得更直一些，更不觉得冷了。

到南七的砖窑厂时，车又停下了，这次是到站了，天也快黑了。我俩继续赶路，边走边问，公交车一辆辆从身边闪过。我们没有坐车的想法，一是不知坐哪路车，二是也不想多花钱。

天完全黑下来了，路灯也全亮了，漆黑的夜被灯光照得通明，在农村生活十几年，没有见过这样的阵势。我们兴奋着，就这么不知疲倦地走着。两个多小时后，我们终于来到宁国路 81 号，稳同学的姑姑家。

稳同学的姑姑一见我们，先是大吃一惊，这么晚了两个孩子跑过来了，接着就热情地张罗着饭菜。

姑姑家两间房，里面一间隔成两个卧室，外面一间为客厅与厨房。姑姑做菜时，我就在旁边看着。城里人做饭显然与我们家不同，烧饭的锅那么小，不像在农村，不是牛二锅就是牛三锅，有的大户人家还用牛一锅做饭。

农村的锅大，柴火又有限，很少炒菜，基本都是烀菜或是蒸菜，那菜看着像剩菜，也没嚼劲，不筋道。姑姑家的菜都是小锅炒的，色鲜味脆，口感很好。

这是我人生中第一次在城里吃饭，那吃相一定是难看的，不懂城里的规矩，而且已是饥饿难耐，用“狼吞虎咽”形容应是比较恰当。姑姑就坐在边上看着我俩吃，一脸微笑。我知道那笑容里藏了太多对农村人粗陋的包涵。

次日早饭后，我们便迫不及待地走了出去。宁国路，一条不到两公里长的街道，两边的房屋与农村的差不多，不同的是墙为夯土墙，屋面不是稻草而是荒草。街的两边，两排房子的大门相对而开，一排门朝东，一排门朝西。冬天晒太阳时，上午，邻居们把椅子搬到西边那排房子前，一字排开，聊天闲谈；下午，又都把椅子搬到东边那排房子前。

那时的宁国路还是石子路面，又旧又脏，但这是城市，即便脏且旧，也是洁与新。街上有个公共厕所，一大早上就有男男女女出入，当然女人居多，拎着做工精细的各类木质尿桶与屎桶往厕所里倒。

那时的宁国路没有下水道，街面比家里的地面高。所以，家家户户的门口都有一个小坝，下雨天挡水用的。

没走几步路，就到了宁国路尽头。接着是芜湖路，那场面就完全不一样了，车很多，特别是两边那高大的法国梧桐树，遮天蔽日。但更让我感兴趣的是地上的废铁，有钢锯条、螺丝钉、各类不规则的铁片。我们向东走，一路走一路捡着放进口袋里，去供销社里卖，好几分钱一斤呢。几条街下来捡了有两斤多铁，还看到一个骑自行车捡铁的人。那真是奇思妙想，他把几块磁铁绑在木条上，木条上再拴着绳子，自行车就拖着木条顺着地面吸附废铁。

到淝河时，正在清淤，河水快见底了，河里好多人在抓鱼。我们太激动了，干这种活城里人不行，我们没有想多久就卷起裤脚下去了。

城里的河与农村的河并无二致，但毕竟是城里的河，河床里的东西要丰富得多。我们在河里除了抓到鱼，还捞到许多有用的东西，比如一条小板凳、一把菜刀、一把剪刀，还有硬币，都是几分的那种。

城里人逮鱼显然不得要领，跟着一条鱼跑了半天还是弄不到手，有的用手捧，有的还举着石头去砸。一块石头下水，水花儿并泥浆四溅，那人的脸都成了花脸。鱼呢，悠然自得地在他的身边转来转去，有点戏弄的意思。那人火了，用力更大了，水花儿也更大了，鱼呢，仍在水里招摇。

抓不同的鱼要用不同的方法：比较大的鱼一定要轻手轻脚地靠近，然后突然用双手死死地把它摁在泥里，让它不能动，然后再摸索到鳃的部位，抠住，紧紧地抠住就可以了，不会失手；而小鱼呢，也是轻轻靠近，两手分别从头尾下手，一抓一个准。

城里人不光不会逮鱼，由于没干过农活，双脚站在水里往往平衡感不好，在水里行走像只跛脚的鸭子，一歪一歪地，想想看，鱼还会等你不成?

一晃已是黄昏，我们折了柳条枝，从鱼鳃处把鱼串起来，有鲫鲦、鲦、草鱼。经过城里大人的身边时，矮小的身子挺得笔直，小小的头也仰得很高，那一连串羡慕的眼神让我们的自卑感消失了不少，只是苦了双腿与双脚，冻得由红变紫。

野生鱼真香，姑姑的手艺当然也很好，那鱼香就成了宁国路那晚的芳香。

晚饭后我们沿芜湖路走到金寨路，最后来到四牌楼。四牌楼真高，那高大的形象让我多少年后都感到四牌楼是最高的楼，是的，第一印象真的很重要。

这是当时合肥市最热闹的地方，也是安徽省最繁华的地方。商店鳞次栉比，商品琳琅满目，口袋里的钱不够买任何一件像样的商品，除了几粒扣子，但这并不影响我们的兴致。从一个店逛到另一个店，营业员对乡下人那种不屑一顾的神情钻进了我的每一根神经里，但我只是来看看，态度和眼神都不曾影响我的心情。

最让我心动的仍是大街上的灯光，那街灯发出的黄色的光，把黑夜的路照得通亮。这是我人生中第一次见到大面积的非自然光。尽管初中物理已讲到非自然光的成因是电，但真正搞清楚是怎么回事儿，还是在我上了高中之后。

但光的吸引力，像磁铁，像风洞，难以抗拒，进而使我生发对城市的无限向往，这种向往并不仅仅因为物质，还因为光。

夜晚这么亮，而且亮到每一个角落。在农村，在没有明月的夜晚，到处都是漆黑的。每一个门洞里只有如豆的灯光，人生四分之一的时间，都是在那如豆的灯光下度过的。光便成了农村与城市第一道显而易见的鸿沟。

光不仅给人带来方便，而且带来希望。有了光明就有了希望，农村后来正是因为有了电，有了光，才渐渐变得美好而富裕起来。

三天一晃而过，从虚幻般的合肥回到现实的廖渡，那硬邦邦的柏油路只存在于大脑之中，而眼前尽是软溜溜的农田。夜晚坐在如豆的灯光之下，眼睛里全是那城市中通亮的光。心里就一遍遍地思索着城市的好，偶尔也会有走进城市的想法，但很快就安慰自己，这是相当没有根据的想法，但常常还会偷偷地想一下。

这种偷偷的想法在一项制度的出台后变成了动力，一种强大的动力推动着一个渺茫的希望，在农村的田地里匍匐前行。

远行源于好奇，是一种向往，更是一种动力。读万卷书，行万里路，大概就是这个意思吧。

2017-10-15 于山水郡

第四辑　乡野

- 一九七八年
- 自留地
- 西大圩
- 田　埂
- 农家肥

一九七八年

1978 年，中国发生了几件大事，十一届三中全会召开；《新闻联播》开播；中美建交（1979 年 1 月 1 日）；《实践是检验真理的唯一标准》大讨论；攀钢开工、宝钢开工。这一年肥西县也发生了一件大事：特大干旱，终年无雨。夏粮已严重减产，秋种却无法开播。

一锄下去土冒烟，如何安排秋种呢？各级干部每天围着农田转，但沟底朝天，塘底开裂，谁也没有办法去秋种，尽管每天上面都要求上报秋种的面积。

10 月 15 日，肥西县山南区委书记汤茂林正在柿树岗公社黄花大队蹲点，召开全大队干部和生产队长大会，研究秋种如何开展。主要是研究如何理解与落实省委的“社员可以借地种保命麦”的指示精神。

会议开得很晚，每个人的精神都是低迷的，因为面对几十年一遇的大旱，谁都知道后果是什么，但谁也不知道办法是什么。天，黑定了，会议还在进行，汤书记今晚看样子要弄点办法！

于是他清了清嗓子说："大家把思想放开点，省委的指示上说农民可以借地，我们可以让农民向大队借地，种一季麦子后再还回来，还回田地的时候，要按约定交粮食。""那交不上怎么办？"有人开腔了。"只要能借到地肯定能交得上。"另一个队长很有把握地说，一时间七嘴八舌就热烈地讨论开了。

经过差不多一夜的讨论，终于讨论出一个"四定一奖"的包产到户责任制。所谓"四定一奖"就是"定土地、定产量、定工分、定工本费和超产奖励、减产赔偿"，这是区委书记带着公社书记和大队干部及一些生产小队队长在一起讨论出来的办法。具体还没有细则，只是一个方向，一个框架。

16日一天，各生产小队回去向社员们解释这"四定一奖"办法，谁都没有想到，几乎所有的社员都认为，只有这么干这秋种才能种下去。有的队长马上就向大队汇报，大队又向公社汇报，公社向区里汇报，答复是肯定的。从16日下午开始借田，到17日上午，黄花大队的1700亩耕地就被社员借去1420亩。

借到地的社员像发了疯一样玩命，16日的那个当晚，借到田的农户，一家家老少齐上阵，翻地刮渣。关系不错的或田地相近的，几户一合作，日夜挖井取水，16日正是农历九月十五，皓月当空，月光之下，农田里也是人声起伏，农田干涸着连草都不生，借到地的农民却没有一点畏难的情绪，都是信心百倍地认为，种好保命麦，拿到超产奖。

农民被激发得疯了一样的斗志，区里和公社干部们都没有想到。因为，在此前每次开会抓秋种，困难总是挂嘴边，没有水就是个死结，似乎谁也解不开，秋种是个无解的数学题。没想到，田地一借到农民的手，办法就比困难多，没水就挖井，劳力不足就全家上阵。

这种势头，这种干劲，这种热情，让区委书记汤茂林的大脑一片兴奋。他 17 日、18 日两天基本就在田埂上转，看着农民所借到的田地，一块块地完成了秋种。他从一道田埂走到另一道田埂，不言不语，行走着，思考着，想着下一步更大的行动。

18 日下午，他转到一个生产队长家的田里，两人就聊了起来。书记问："照这样的速度，你家几号可以种完？"那个队长说："我家借了十亩田，差不多在这个月底就可以种完了。"书记高兴地说："那真的是太快了。""书记呵，这不仅是快慢的问题呵，更重要的是质量，我家的每一凼麦子里都放上了充足的农家肥。""你哪来那么多农家肥？"书记问道。"我把我家的锅灶拆了，三年的锅灶土呵，那个可比猪粪都肥呢。"他还补充说，他们队里好几家都是拆了家里的锅灶来做肥料的。

这两天对书记的刺激很大，秋种会都开了一个月了，愣是没有任何办法。可田地一借到户，什么问题都没有了，有的只是信心与决心，还有干劲。书记走在田埂上心里在盘算着一个更大的行动，因为他认为路找到了，找到了路就要赶快走，时间不等人。19 日汤茂林书记在柿树公社黄花大队开现场会，全区大队以上的干部绝大部分参加了。会议就在田头开的，文件就是那两三天时间内已种下的麦子的田，那一块块田就像那一张张白纸，那一凼凼的麦子就是白纸上的一行行字，这麦凼和田地就已经形成了文件，真理都是由实践检验出来的。

全区的干部们站在田头面对黄花大队的农田和农民，很多人心中都有了答案，也有不同意见的。但面对生存的压力的时候，选择生可能是每一个人都会作出的决策。现场会结束后的两三天内，黄花经验全面推广，全区大部分地方实现了借地到户，实行“四定一奖励”政策。

从 10 月 19 日下午现场会并推广黄花经验到 11 月 15 日，在不到一个月的时间内，全区完成小麦和油菜播种面积达 16 万亩，比不干旱的 1977 年还多了 8 万亩面积。黄花经验成功了，在这个农田干得都要冒烟的大地上，用手脚和汗水拟定了一份“文件”。此刻，安徽的另一个地方，小岗村也于 1978 年 11 月 24 日，十八户农民摁下红手印，开始偷偷实行联产承包责任制并相继开启了一个伟大的创举。

2022-01-17 于珠海鱼林村

自留地

据父亲说，1961年下半年至1962年下半年，我们那里实行了一年多的分田到户政策，也叫单干。后来查阅资料证实这是安徽省在部分地区实行的政策。

在这单干的一年时间里，农民的收入提高很多，种田积极性以及田间管理的有效性都有极大的提高。于是在取消单干政策要将农民分到的田全部集中到生产队的时候，我们那里又恢复了1955年政策规定的自留地政策。一开始是每家在退田的时候，按队里的规定面积留下一块作为自留地。后来发现自留地与生产队的田在一起不好管理，于是队里专门选一块田，作为自留地专用田，把队里所有人家的自留地集中到一起。

“自留地”这个沉重的历史名字诞生于1955年11月公布的《农业生产合作社示范章程草案》。解放之初农田是分到户的，后来发展集体经济，走合作化道路，田地成为集体财产。作为集体经济的必要补充，决定每户分一块自留地。当时主要的出发点是照顾社员种植蔬菜和发展副业等方面的需求。自留地的权属归农村集体，使用权归农民自己，但不能转让、转租、转卖，自留地不交农业税，这一部分田的公粮任务从生产队的总征购粮任务中扣除。自留地作为集体经济的必要补充可解决富余劳动力，或在自留地上完成副业。

自留地的面积有明确的规定，不超过一个地方平均人口土地的百分之五至百分之七。但在实际执行中各地的差异较大，有的地方干部较认真，那里的自留地就分得少，有的地方干部大胆些就分得多一点，还有就是丈量面积时也有很大出入，有的地方还分给农民一块饲料地。自留地的命运也是一波三折，1955 年实行自留地制度，后来有的地方在人民公社化运动中提出“一切归公”时，自留地就又收归集体。1959 年 5 月中央发布了《关于分配私人自留地以利发展猪鸡鹅鸭问题的指示》以及《关于社员私养家禽、家畜、自留地等四个问题的指示》。两个文件的出台，部分取消自留地政策的地方又恢复了自留地，并允许开展家庭养殖活动。但对养殖数量各地方都作了严格的规定，我们大队的规定是：鸡，人均不超过两只；鹅，人均不超过一只；猪，户均不超过一头等。1960 年春天全国性地取消了自留地政策，1960 年 11 月，中央制定《关于农村人民公社当前政策问题的紧急指示》，明确宣布全面恢复自留地、小自由市场。

自留地，一小块田地，只占全部面积的百分之五到七。但在那个特殊的历史时期，发挥着非常大的作用。首先是个精神寄托：我家有块地，有了地就可以经常性在里面站一会，站在自家田里的感觉是不可言喻的。田地在中国的农村，那是命、是根、是精神支柱，类似于城里人的房子，没有房子就没有根，就没有认同感，你连这个城市的新闻都不会看。

自留地不仅是一个精神寄托，还是一座宝库。自留地的使用权归私人，每户都会把自留地发挥到极致，四周的田埂一年四季都安排了作物，或蔬菜或豆类或芝麻，没有一点空着的时候。那一小块田与一埂相连的公田，在每一个季节上都形成鲜明的对比，每一户都会把智慧和心血更多地用到自留地上。

自留地的利用率更高，不仅体现在田埂上，还体现在复种指数上，公田一般都是一季稻子，一季油菜或小麦，一年两季作物。而自留地则一年种三季庄稼，早稻、晚稻和油菜。这样可以获得更大的收成以弥补那撑不起来的肚皮。

虽然自留地的使用权是自己的，但家家户户都没有大农具，像犁、耙、耖、水车等，也没有耕牛。当自留地也要耕作时，生产队长会统一协调这些农具，一般是把每家的耕作时间与生产队公田的耕作时间作调整。但再调整也难以自由使用，所以大部分的情况下，自留地的耕种都在晚上进行。一到播种的时候，自留地里都是灯火通明，几户相互帮助，谁家有牛了，或有水车了，或有犁了，其他家就会来一起帮忙。

公田的收成低，一是农民出工不出力，二是出力不用脑，这就是公私之间最大的区别。同样面积的田，同样的地块，同样的种子，一般自留地收成是公田收成的二点五到三倍左右。生产队干活时，出工时想走在最后，收工时又想走在最前，尽管每人的肚皮都很薄，但谁都不认为靠自己多干活就能吃饱饭。

自留地可不一样了，自己可以做主，种什么，怎么种，何时插秧，何时薅草，薅几遍草，什么时候施肥，施什么肥，还有用农药呢，这些都不是靠拍脑袋，而要根据科学，根据田里的实际情况。

当然，农民对公田和自留地的情感也不一样。公田和田里的庄稼是生产队的，是公的，是别人说了算的，说不定自己还一点都没有的。而自留地却真实地归自己管，收到的粮食，可真真正正地就可以往自己家稻扎子里挑，谁也不能说什么，就可粮食下锅，直接就能填饱肚子。

感情不一样，行为就不一样。每家每户，没事就往自留地里跑，起早贪黑地在自留地里，虽然就那一小块地方，但是每家在里面倾注的心血最多。自留地就成了一道风景，任何一个生产队，只要庄稼长得最好的那一块田就一定是自留地。

小时候我常跟我爸一起去我家的那块自留地，爸下田里干活，我就坐在与公田相连的田埂上。自留地与公田一埂之隔，可是完全的两道风景。有一次，爸在田埂坐着抽烟的时候，我就问了一个问题："爸，这边的公田也归你管，我家的自留地也归你管，可庄稼长得为何差这么多呢?"爸又吸了一口烟看着我说："这边是公田，这边是私田，那肯定不一样。"我现在已不记得当时是否听懂了爸的回答，反正一道田埂分隔着两个世界。

农村实行大包干后，自留地并入到承包的田里，而那些还没有承包到户的地方，国家规定仍然保留着自留地。1984 年国家以文件的形式结束了断断续续二十多年的自留地，自留地自然而然地结束了他的历史使命。

自留地，一个时代的产物，当大门紧闭的时候，那块小小的自留地就是一扇开着的窗户，是希望、是念想、是最艰难时的一束光亮，是你饿得奄奄一息时的一碗米汤。

我们从自留地走过，从公田走过，从承包田走过，今天我们又离开了农田，走进工厂，走进城市，从农民变成市民，从贫穷走向富裕。有时走了一小步，有时走了一大步，有时一步走得很顺，有时一步走得特别难，然而，从历史的脚印看，似乎每步都是不可或缺。

2021-12-26 于珠海鱼林村

西大圩

西大圩，位于肥西县西南，丰乐河北岸，柿树岗乡境内，两条八字形的截水沟，把圩区北面的岗上来水从东西两个方向导流，一条向西导入丰乐河，另一条向东导入龙潭河，与此同时，龙潭河直接流入丰乐河，不再穿过圩区。西大圩的内部有一条古水利工程叫十里长荡，古名叫轮车挡。另外还有一条排洪沟，东西向，还建了两个排涝站。西大圩由廖渡圩、大湾圩、荡南圩、荡北圩等十四个小圩组成，总面积 1.4 万亩。

西大圩在兴修之前，从 1949 年到 1975 年，26 年间 8 次破圩，圩区不仅颗粒无收，有一年还房屋全倒，数万人口无家可归。自新中国成立以来有四个年头的洪水特别大，分别为 1954 年、1969 年、1984 年、1991 年。其中，1991 年的洪水最大，在西大圩的最上口余家圩那里决堤，相当于悬壶倒灌，自西向东，一路冲下去，整个圩区不留一片田，不留一间房。好在政府组织得力没有造成人员伤亡，但每一户基本都是倾家荡产，一切要从头再来。

1984 年大洪水最具戏剧性，西山在连续一周的大雨之后，丰乐河的水位就迅速上涨，乡里立马启动应急预案，紧急调动圩区就近的人员前往防汛，夜里的圩堤以及通往圩堤的小路灯火通明，黑色的夜里形成一条条光带。

圩堤上的局势更加紧张，圩堤上已加了反水埂，但水还在往上涨，好多地方都在漫水了，漫水的地方一定要加高，否则洪水一冲刷，大堤很快就会溃破。凡有漫水的地方，那灯光都是舞动着的，嘈杂的人声也最热烈与响亮，每个人的脚步都是在跑，一个个装着泥的草袋子压在了漫水的那一段。

西山的水实在太大了，次日的中午时分，整个西大圩至少有二十来处在漫水，过水圩堤的长度加在一起，少说也有一公里多。但社员们仍然不放弃，与河对岸的舒城县对垒着，谁也不言败，可公社领导的心里明白，这一次凶多吉少，于是开始了圩区内人员的转移工作，从全部扑向圩堤到抽调精干力量去转移群众，也看出了公社干部的心态。

先转移的是老弱病残，大堤上仍然是战天斗地的热烈状况，哪里漫水就冲向哪里，几天不合眼的人员实在累得不行了，路也走得慢下来了。见到越来越多的漫水的地方也见怪不怪了，河对岸的人都开始准备收获胜利了，当又一个洪峰过来时，在廖渡口，一个大拐弯的地方，水一下子全线漫堤，那势头十分吓人。

总指挥一看完全控制不住了，发出放弃的命令，一下子人员全部撤离。漫长的河堤上，白浪浪的水如入无人之境般地越过大堤，而整个大堤像个无人把守的关口，大门洞开。

西大圩内一片紧张的撤退景象，圩区内已是一片汪洋，圩区内的水也已接近一个个庄台，人们顺着尚可辨认的路面尽可能快地逃跑，大小运人的船越来越多，哨子声一阵阵地飘过，还有大声的喊叫和责骂，狗与猪也有跟着跑的，有人家用自家的腰盆运着自家的鸡与鸭。

天渐渐黑了，人声与嘈杂声也渐远去，人们在心里已认定这又是一次摧毁，又是一次掠夺。夜更黑了，远远地都能听到丰乐河水声的咆哮，除了水声，圩区里已没有了别的声音，所有的人都撤离了。

大约在夜里一点多的样子，突然河对岸的舒城圩区传出了喊叫的声音，是那种意想不到的惊恐的喊叫声，原来他们那边决堤了，决堤处就在廖渡口上游一点儿的柏林公社境内，溃破口少说也有三百米长。

西大圩除了决堤，就是内水泛滥，在两八字形的截水河没有完全修好之前，西大圩不仅要防丰乐河决堤，还要防内涝，有时内涝的水也非常大，可以淹没庄台。

20 世纪 70 年代末公社规划水利，西大圩内沿东西向修了一条排洪沟，排灌站向龙潭河排水，还有在三叉河建一排灌站向丰乐河排水，同时，让龙潭河直接入丰乐河，不再穿过西大圩，十里长荡也得到修缮。

我们在学校上学时就参加过两次以上的西大圩治理工程，学生在学农时的必修课之一就是扒河，两个稚嫩的肩膀抬着一小筐土，晃晃悠悠地行走在工地上，力虽弱小，但那种精神与意志的本身就是一股强大的力量。

2022-01-20 于珠海鱼林村

田 埂

在巢湖流域的圩区，水田是最主要的元素和价值体现。那一块块形状不同，高低错落，大小不一的水田都是由田埂来分割的。田埂不仅是田块的分界线，也是水田的拦水坝，把不同田块，不同作物，以及高低不同田块里的水拦住。

大生产队时，田埂是有些荒芜，田埂的两边往往杂草丛生，两边田里的稻秧离埂边一般都有二十多厘米远，这样当稻子长成时不至于倒到田埂上影响行走。有的草都长得很高，这也给孩子们玩恶作剧提供了条件，就是趁大人们不注意的时候，把田埂两边的狗尾巴草或别的什么草头对头拴成一个结，当大人们上田里干活时，行走在田埂上就会被绊得摔跤，有时候肩上扛的工具也会抛得很远。此时躲在一边的我们就会大笑着冲出来向反的方向跑去，大人们跌得越狠，我们就会越开心也越有成就感。

每到秋天时，生产队里就会开会分田埂上的草。在圩区烧锅草是金贵的，烧锅草的主要来源就是作物秸秆和田埂上的荒草地，当然也有一些人家有棉柴或芝麻秸秆。分田埂上的草有时是按一道道埂来分，有时也有以一道田埂一边分给一家的情况，这种情况往往非常容易引起纠纷。

田埂分完了，就开始砍草。可秋天的田埂，草也是东倒西歪的，有的草长在田埂的一边却倒向了另一边，割草时很容易就一刀割下了，当另一边人家来割草时就会认为别人割了自己家的草，那家的女人往往会出来骂街，直骂到对方站出来说明或对质或争执或对骂或打斗。

收割田埂草时，偷草也是常有的事，或割得比较晚，天黑了，就想着第二天来挑吧，可有时当第二天来挑时却发现草没有了。此时，这家女人会骂街得更厉害，有时还会搬出自家的砧板，放大路上或家门口，那女人就坐在地上，不断地诅咒，还不断地把刀往砧板上砍，嘴里骂着的都是最恶毒的话。砍砧板骂人在圩区那一片算是最狠的骂法了。

田埂上的草是野草，长的时间也长，一般比稻草经得住烧，每家都视作珍宝。平时很少用这种草煮饭，只是每年的过年前做粑粑或磨豆腐时才会用上，因为这种草经得住烧、熬火，且大火之后余温长，蒸粑粑或煮豆腐时不仅做出来的味香，而且口感好，营养也更丰富的。

农村改革后，田分到各家各户耕种，那田埂是另一番景象。每当插秧之前那田埂一定是铲得精光，这样就可以把秧插到田埂边，田里就会多出一路秧，就会多产出一点稻子。不仅如此，为了在有限的空间能产出更多，还会在田埂上种作物，比如黄豆或别的什么作物，这样种稻子与种经济作物两不误。

当田埂一边的人家这么干时，另一边的人家也这么干。田埂就越来越难走，田埂也越铲越窄。因为每年每季，两边都不断地铲却没有人堆土加宽，因为一加宽，加宽一边的田地就会面积减少，这种傻事谁也不会干。如果田埂两边农田的庄户人家关系不错就商量着办，每铲两年就堆宽一次，这样能保证田埂的宽度，能保证经济作物的生产，也保证每家都不吃亏。

当田埂两边的人家不协调时，矛盾就很容易产生并激化。一家的男人很自私，总想着每年都多铲点，他家的田里就可以多栽一排秧。可当每年都这么干时，另一家就不能接受了，也铲，田埂越来越窄，渐渐地就不能种经济作物了，再后来都不能走路了。那田种得就艰难，无论挑稻把子或挑肥料上田，都只能在田里走，可每家都不让步就这么坚持着。

每家每年都坚持着铲，一家铲自己家的一边，以期田地的面积更大一点。直到有一天，田地较高的一边连田水都关不住了，不解决不行了。田高的那一家再次提出要解决铲田埂的问题，而田低的那一家往往会置之不理，矛盾就会升级，甚至发生家族纷争或械斗。

我们队里就曾由一道田埂引起了桩血案。队里第一次分田到户后，解老大家分到了西担三这块田，一块大田有六点五亩田。而毕五家分到了一埂之隔的大九斗，大九斗约有五亩的样子，之所以叫大九斗就是在大生产队时这块地就比较大，两家共了一道很长的田埂。

解老大家是本庄大户，有兄弟五六个，行为时常有些霸道。

而毕老五家却是从50里外的山里张姆桥奔姐夫过来落户的，姐夫已过世，现基本是单门独户的状况，当田一分到手的时候，毕老五就犯愁，可队里分田都是抓阄的，谁也没有办法调整或协调，田是队里人的命，谁也不会随便以命相换。

一开始的几年，毕老五很忍，每当碰到解老大家人在田地都会更加地客气。田埂的一边，解老大家种完黄豆种蔬菜，每年都要铲一次，而毕老五家这边什么也不种，每年插秧之前也会铲一次田埂，主要目的是铲掉田埂边的杂草，但也铲得很薄，不像解老大家一铲就铲得很厚。毕老五家铲得薄，一方面因为不想与解老大家结怨，另一方面毕老五家的大九斗比西担三高了约十厘米，铲得太多水都关不住，当然，最主要的还是毕老五不想与解老大家结矛盾。

日积月累，解老大把田埂铲得越来越薄了，而毕老五心里的积怨却越来越厚了。直到有一天，毕老五的高中毕业的儿子毕成也参加双抢了，由于人手增多，双抢进行得很快，解老大家的西担三还在割稻的时候，毕老五家的大九斗的秧已经插完了。又一日，毕老五带着毕成整整车了一天的水，把大九斗的水灌得很满，想着，毕成的分数很快要下来了，要是考上了，就会去老家张姆桥的叔伯家走上一些时间。

可大九斗车好水的第二天，毕老五早上去瞧水时却发现大九斗一滴水都没有了，再从四周走一圈发现与解老大家的有一段田埂倒塌了，水全流到解老大家的田里了。毕老五站在田埂想着这么多年经历的委屈，气得眼泪都下来了，继而是愤怒，一种无法遏制的愤怒。他突然提着锹几乎跑到解老大家西担三的另一头靠水塘边的田埂，发疯似的一口气挖了有一米多长的豁口，他就生生地站在那里看着田水倾倒式地流进前两天才车上水来的塘里。

田水很快就淌干了，当田水淌干的时候，毕老五也从愤怒中清醒过来。看着已经干了的西担三，他心里害怕起来，脑子里马上浮现出解老大一家人的凶狠的面目，想着解老大可能对自己下手的几种方法，越想越怕，害怕的同时也在想着应对的办法。上门赔不是，把水车好，赔偿损失等，但都咽不下这么多年来积攒的那口气。

最后想到了唯一的办法，搬兵、对垒。毕老五在老家也有兄弟五个，加上叔伯兄弟，差不多一二十人，还有侄子们。当这个办法闪现在脑子的时候，毕老五立马飞快地跑回家，带着老婆与毕成，去张母桥老家了，他是怕解老大发现了马上就惩罚他。

当解老大一家早饭后来田插秧时，简直不敢相信自己的眼睛，满满的一田水怎么没有了，再一看还有一个一米多长的豁口，不用想就能猜出是毕老五干的。因为别人家犯不着干这种事，而且他心里也清楚，这一田水也正是从毕老五家大九头里淌下来的，说是淌，其实也是解老大一手导演的田埂倒塌。

解老大接受不了这个现实，毕老五什么时候有这个胆量敢直接挑战自己，想着想着就咆哮起来，大喊着毕老五的名字，冲到他家。却发现门上了锁，人不知去向，解老大站在门口又咆哮了一会儿，庄子里的人也没有人理他，因为大家对解老大一家的强势一直心有不满，看到毕老五的反抗行为心里正高兴着呢。

解老大找不到人，也只能生着闷气，把田埂重新做好，安上水车重新车水，一担三斗田的面积，一副水车要车一整天的时间。这一整天解老大都没有好脸色，说一不二的解老大，眼里揉不得沙子的解老大，田埂被人挖了，而且还挖那么长，田水也被人放了，尽管那水是从别人家田里偷来的。

解老大心里想，毕老五怎么一下子就反抗起来了呢，而且还找不到人，气也就没地方出。一整天，除了铁青着脸，就是心里一直在盘算，如何惩罚毕老五，跑掉和尚跑不掉庙，回来后看我怎么收拾你。每一想到要收拾毕老五，他心里就敞亮一些，因为，过去那么多年，每次都能从毕老五身上挣得面子，也取得里子，他有心理优势。

次日上午，解老大一家正在田里插秧，突然就看到毕老五带着十五六个庄稼汉走近他家的西担三，一直走到靠塘边的那道田埂上。没等解老大反应过来，十几个人一起动手，一眨眼的工夫，田埂被毁掉二十多米长，也是一眨眼的工夫，一田水迅速就淌光了。解老大一家人站在田里手持秧把，嘴巴张得老大，一家人反应不过来，眼前这一切是怎么回事。

“你要是再欺负我们家老五，我们就把你家这个田挖成塘。”一个大高个子的男人用手指着还站在田里的解老大说，其他的十几个人也都板着脸站在田埂上，很严肃地盯着解老大，说完这一句，一行人向毕老五家走去。

毕老五老家从没有一次性来过这么多人，平时往来也不多，可这次老家的兄弟听了毕老五的描述认为有必要给毕老五撑个腰。此外，毕老五离井背乡走出来，家里兄弟也多有歉疚，这次刚好一并表达。老五一家也很开心，这么多年都是单门独户的形象，从来都是忍让，都是小心翼翼。今天出了口气自然很长脸，一家人忙得团团转，中午好酒好菜。一大桌人正吃饭时，“嘭”的一声，大门被撞开，十几个大男人冲进来，不由分说进门就打，顿时，场面乱作一团。

毕老五家厅屋很小，就一间屋，摆上一个大桌子和四周的大板凳，外加一个鹅笼。里面的空间本来很小，一下二三十号人的打斗，根本转不开身。打着打着，有人倒在鹅笼上，鹅笼就倒了，那鹅也吓得拼命地飞；有人抄起大板凳，有人就掀了大桌子，有人的头开始流血，骂声，叫声，板头与地面或头的撞击声混成一片。

突然有人大吼一声“都住手”，这突然的一叫，整个场面一下子停了下来，出奇的安静。大家循声望去，只见在田埂上指着解老大说狠话的那个大高个子，左手夹着解老大的头，右手拿着一把雪亮的菜刀架在解老大的脖子上。可能左手用力很大，解老大明显感觉到难受，整个身体都呈扭曲状，面部更是一副痛苦不堪的样子。

看到要拼命的节奏了，解老大的一个老表，年龄较大点，放下正要举起的板凳笑着说：“都是一场误会，算了吧，抬头不见低头见。”说着又挤着一些笑，那笑，显然有些不自然，因为他的手刚从举起的板凳上抽出来。听到他这么一说，又看着那个大高个子左臂下夹着的解老大，大家都放下手中的东西，有人也从地上爬起来，拍着身上的灰，看了解老大一眼，看他也没有什么新的指示，大家这才纷纷从毕老五家走出来。最后一个走出来的是解老大，脸色难看，这难看的脸色不仅是因为没有赢得这场争斗，更重要的恐怕还是刚才被夹得不轻，此外，还有明显地感觉到毕老五反抗的决心。

一场争斗结束了，又一日，解老大请了好几个人用了大半天的时间才把那近二十米长的田埂重新筑起来，庄子上的人暗地里都拍手称快。从此，大九斗和西担三的那道田埂变得更宽，也更好走人，所以，大农户承包后，这道田埂因为更宽点又被拓成一条机耕路。

2022-02-18 于珠海鱼林村

农家肥

在没有化学肥料的时代，庄稼主要靠农家肥。用农家肥种庄稼，不仅作物收成好，谷物的质量也高，饭里都有一股子土香味，对土壤的改良也有帮助，用农家肥种庄稼，那田地是越种越肥，土质是越种越松，肥料、庄稼、土壤三者形成良性循环。

农家肥的主要表现形式有动物排泄物、植物腐化物、水塘沉积泥、建筑废弃物、生活垃圾等。

动物排泄物就是各种动物的粪便与尿液，其中最多的是猪与家禽的粪便，其次是人与狗的粪便。牛在冬天吃的是枯草，排出的粪没有肥力，但在夏天时的粪便还是有一定的肥力，所以有的生产队收牛粪，更多的生产队不收牛粪。

大生产队时，积肥是挣工分的重要手段。尤其是那些家庭劳力不足的，积肥换工分就显得特别重要，否则，一到年底工分不够，超支就会更多。所以，劳力不足的家庭都会积极动员孩子们去积肥，去耖狗屎，你看那大冬天的，一大早戴着大耳帽，走在霜花满地的田埂上的都是这些人家的孩子。

挑塘泥是农田增肥的重要办法，一般两三年就要干塘一次。挑塘泥一般选择在春天，春回大地，阳气升腾，队长就会安排抬出雪藏一冬的大车，四个人用脚踏那种大车，把塘水车干。停几天后，待水干了，塘泥有点硬度便开始挑泥进田，这相当于给田大补一次。

那塘泥的肥效真是立竿见影。有时候塘泥撒得不够开，一团团地窝在一起，秧苗插上以后，一两周你就会看出，那些苗长得特旺，颜色也特别乌的，底下就是一团未撒开的塘泥，直到稻子收割时，这一小块稻子都要长得比周边的好。

植物腐化物沤肥，也是常用的办法，这个可以大规模推广。所以，政府常出面动员，我们上学时响应毛主席号召，去学工学农，其中的一项学农内容就是砍青沤肥。每年春天都要历时一个多月去砍青，还要沤好，再挑着嗅不可闻的沤过的鲜青植物送到田里，还要下田用脚把青踩到泥里才算数。

除了砍青沤肥以外，也有铲草皮沤肥的。找那些草皮茂盛的地方，挖个窖子，把铲出来的草皮沤到坑里去，浇上水，上面再用稻草盖上，再泥上泥巴，让里面不透气，这样沤得更彻底，肥力也更好。

生活垃圾肥主要来自一家一户的阴沟。阴沟就是家门口前或院子中挖的一个坑，里面有水，与外部相连，家里的日常垃圾都往这里扫，杀鸡的水，扫地的土，烂菜叶子，还有洗澡水一并都进入阴沟里，经年累月，各种物质大发酵，待水干后挑出来晒干或直接上田，肥效都是非常好的。

建筑废弃物肥料主要指的是土锅灶，一般的人家土锅灶三四年就会重建一次。因为，一堆锅灶土交给生产队要值很多工分的，到分田到户后，锅灶土仍然很受重视，因为很肥。1978 年秋种时，肥西山南黄花大队分到田后的农民实在没有肥料种油菜和小麦，所以家家户户都把锅灶给推了，做成肥料了。

锅灶的土是经过三四年的烟烤与火烧，本来土灶的土砖就是用田里的土做成的，这种土三四年没有植物吸收它的养分，算是轮修了吧。此外，还有烟熏火燎，肥力就更加突出。

随着化学肥料的普及使用，农家肥的使用又脏又累，因而农家肥渐渐淡出农田。

2022-02-20 于珠海鱼林村

当牛做马

当牛做马的其中一层意思是像牛马一样艰辛地干活。我们小时候写作文常用到这个成语，比如在文章中，两个人物的对话中会这么用，一个人对另一个说：“这一辈子我会愿意为你当牛做马。”言下之意是表达感激之情，所以才会像牛马一样的辛勤劳动来报答另一个。

有一年，我真的见到人当牛在田里犁田的，是真正的当牛做马。那一年，鲍庄生产队的老爬角、老五百、大牯牛、黑旋风四头当家牛相继死去的时候，生产队的春耕就变得毫无进展。一开始公社从别的地方协调过来几头牛，但别人家也要春耕，犁不了几亩地就把牛牵走了。

后来廖渡大队又提出建议，先买两头牛救急，可牛贩子在牛市待了一周也没有合适的牛可买。眼看春播的日子在一天天地消逝，队长急了，有一天晚上就在我家的大厅屋里，召开生产队社员大会。会上队长讲了公社帮忙的情况，也讲了大队帮助我们买牛的情况，最后队长讲到以上两条路都走不通，我们只能自己找出路。有人提议动员每个人去各自的亲戚所在的生产队借牛，这个提议受到认可，但谁去借，何时能借到，当有人发出这样疑问的时候，那个出主意的人也没有了主意。

老贤余说："干脆等别人干完了再干。"这显然是没有脑子的想法，是个懒人的想法，队长狠狠地剜了他一眼，他知趣地低下头不再言语。老贤余，虽然不是特别懒，但特别的拖拉，不知道急，每年双抢，其他人家的自留地都活苗了，他家的自留地才开始栽秧。

大家七嘴八舌，都说不到点子上，其实大家都不用心。大集体嘛，即便没有收获，谁也不会有焦虑感，因为集体就是靠山，况且也确实想不到更合适的办法。

夜深了，好多凑热闹的孩子都回家睡觉了，只有开会的男人们没精打采地呆坐着，也议不出个办法。队长干咳两声，清清嗓子说话了："我看只有人犁田了。"一句话，惊了四座，每个人都抖擞精神，因为从来没听说过人犁田。

如果误了春播，都得出去讨饭，我们已没有选择，只能用人犁田。从明天起开始行动，五人一组，四个人拉犁，一个人扶犁，每组每天两斗田，干完收工。这如同一石落秋潭，迅速荡起涟漪，有的反对，有的支持，有的窃窃私语听不清态度，也有人在讨论人犁田的方法。老贤余，两手拢在袖子里一言不发，像个局外人，他心里坦然，因为他犁田水平最高，他不仅不会去拉犁，而且肯定几个小组都会抢他去扶犁。生产队里有五六个犁田高手，其中，老贤余是最高的，他犁田不仅快而且牛也轻松。

队长用眼一个个盯过去，他想用眼神的力量去统一思想。一遍扫过后开口道：“原想着大家自由组合，但人高低不同，力气大小也不一，而且扶犁的人手艺也有差距。所以，我来人为分配，把力气大小，个头高矮，扶犁好坏，搭配开，请大家理解。”说着就一口气把全队十分工劳力分成四组，另留两个机动人员。

队长不仅有权力，也有威望，虽然有的人多少有些看法但都接受了。接下来就是座位格局瞬间变了，以新分的小组为单位，五个人一组，讨论着犁田的方案，四个小组各有想法。一阵热烈地讨论之后，队长又开始分田，把春播要犁的田全部分掉，谁干完谁放假，余下的农活全交给队里的妇女和拿三分、五分、七分工的半大孩子们。

半天的准备工作，性急的小组午饭一过就下田了。他们运气好，老贤余给他们扶犁，他们先犁沟东三斗，是一块上了水的紫草田。紫草田比冬水田难犁，因为紫草有阻力，紫草的根更是让土板结。

他们的办法是四根绳子拴在犁上，另一头在他们的肩上背着往前走，像纤夫一样，这样的方式好用力。一开始犁不好，主要原因是不能同时用力，后来贤余喊口令，“一二一”，而且喊“一”时都迈左脚，又练习了一会儿，步调一致了，用力一致了，犁也走得顺了。

可没走几圈，他们就叫唤脖子痛，原来是绳子勒的。他们又想办法把背绳加东西包裹，扩大受力面积。下午犁了一半时，大家都叫唤小腿肚子发胀，那是爬山过后的那种胀痛。

第三天一大早，四个组在各自的田里犁开了。贤余的组经过半天的磨合与摸索已比较顺畅，队长从一块田走到另一块田，看看每个组的犁田情况，而后又去安排妇女们的劳动任务。

正指挥着，东担三里犁田的那组争吵起来，还有推搡的动作。原来这组扶犁的是桂老四，他今天扛着犁下田的时候，习惯性地带上了赶牛用的鞭干索，平时犁田他就靠一根鞭干索和一声声的吆喝指挥着牛干活。

今天，他照例左手把着犁梢，右手拿着鞭子，一开始他意识到今天是人拉犁而不是牛，但这个组也是第一次磨合，不协调，一会儿快、一会儿慢、一会儿又不走直线。这时桂老四大多用鞭杆敲着犁以示提醒跑偏了，或不走直线了。可有时偏得太远，桂老四急了，整个人都在抖动，声音很大："前沟在哪里？"这是扶犁人犁田时对牛喊话的，意思是走偏了。可桂老四像演员进入角色一样，举起鞭子啪地一下甩过去，刚好鞭索打到刘老五的腿上，痛得刘老五一下子扔掉背绳跳到桂老四面前，一把推过去，桂老四差点摔倒。"你真把我们当牛呵？"刘老五吼着又要出手，其他三人放下绳子赶来拉架。

"你们没看到走得太偏了吗？"桂老四看到队长来了，胆子大了点，委屈地喊道。队长说："这是个难的事，大家都没有经验，相互谅解呵。"

经过一天多的练习，基本磨合差不多了，犁田的速度也快了很多。考虑到犁田太累人，耖田与耙田就没有安排人去拉，而是要妇女们把渣刮得更细点，然后直接插秧。

有牛犁着田，谁也没有意识到犁田原来这么难，当没有牛的时候，犁就成为问题，成为生产的问题，成为生活的问题，进而成为生存的问题。

2022-02-24 于遵义会议旧址

扒 河

中国农业的水利工程，绝大部分是大集体时农民用肩、用脚、用锨、用筐、用扁担、用手修成的，而且都是利用业余时间，即农闲时间来完成的，由于大都在深秋或初冬农闲时进行，官方一般称为冬修。

扒河是我们西乡圩区人的叫法，就是修大圩堤的意思，也有新挖水库的，基本上凡要挖土筑堤和农业水利相关的工程统称为扒河。

一年一度的冬修，有时是小修，在一个公社内完成，有时是中修在一个县里完成，有时是大修，就要跨县调兵了，有的工程还要跨几个年头，比如淠史杭灌区，就跨了好几年才修成的。

除了小修以外，无论中修还是大修，都要步行前往很远的地方。那时农村没有交通工具，所有的跨空间移动都靠两条腿，跨县工程的民工要走好多天才能到达，也有用拖拉机运人的，但运量小，更多的还是靠走。

不仅要走很远的路去修水利工程，还要挑着很多的东西，被子、烧锅草、锅等各种干活工具，比如铁锹、箩筐，有的地方还有独轮车。在这个行进的队伍中，最壮观的是挑草队伍，体积庞大，人就夹在两座小山似的草垛中间，远远看去好像是两堆草在移动。

草是烧锅草，打地铺时也要用，更多的是用来烧锅。因为那时草也稀缺，尤其在圩区，而且这么大的队伍，当地的农民，没有谁家会供得了这么多的烧锅草，所以公社干部动员会上反复强调一定要带足粮草，特别是草，否则到时买都买不到就麻烦了。

在整个工程过程中，靠第一次带这些草也是不够的，每个生产队还要留几个后勤保障人员，隔三岔五地送东西。其中送草是最主要的任务，也有送信息的，谁家老婆生病了，谁家孩子受伤了，谁家婆媳打架了，都需要送信儿到工地上，那个送信儿的人就替代那个回家的人干几天活。

在队伍出发前，以生产大队为单位，都安排前置人员，主要负责队伍行进过程中的前置安排工作，某一日夜宿哪里，哪个小队的人住谁家，以及安全保证，和当地的领导沟通与协调。

我在上学期间参加过不少由学校组织的冬修水利工程，基本都在本公社的地盘上。次数最多的是修西大圩，肥西最大的一口圩，还有就是与西大圩相关联的工程，比如龙潭河、撇水河、排洪沟、十里长荡等工程。

在我回家种田的那一年冬天，遇到一次较大的水利工程，派河治理工程。由肥西县里统一组织，派河是巢湖八大干流之一，中下游年年闹洪灾。

这次冬修动员会我去参加了，每个生产队都要派社员代表。在袁店中学的大操场上，主席台搭建在一台拖拉机的车斗上，上面坐着公社和县里水利部门的领导，领导们依然是从重要性讲到必要性，最后讲到发扬龙江风格，讲到派河两岸人民的疾苦就是我们的疾苦。台上讲得热血沸腾，台下也听得摩拳擦掌，散会的路上还在进行着热烈的讨论。

动员会之后的第四天下午开始出发了，我们大队以生产小队为单位，我们鲍家生产队包括我在内一共十五人。我在行军中的工作是协助大锅头烧锅煮饭，所以挑的东西除我的日用品以外，基本都是炊具。一口大锅，那种直径都有一米的牛一锅，火钳子、锅铲子、锅盖、锅圈，还有盆与桶。

天快黑时接到前方通知，让夜宿四合公社，小官塘边上的寒岗生产小队。我们被安排住在一户王姓人家，一家六口人，男人也去派河工地了，比我们早两天就出发了，女人在家带着四个孩子，大的才十三四岁的样子。

其他人在整理地铺的时候，我和大锅头开始做晚饭。晚饭其实很简单，就是煮一大锅稀饭，小菜都是各自从家里带来的。淘米时发现水缸里的水不多了，大锅头把缸搬歪让我扶着，他一手拿着一个用墨水瓶和牙膏皮做的煤油灯，另一只手拿着葫芦瓢在缸里舀水。当舀到第三瓢时不知怎么的，那灯里的煤油倒进了水缸里，水上立马浮起油珠子。

大锅头直起腰，看着我，我也把缸放平了看着他。他一脸的沮丧，右手拿着瓢，左手拿着灯，像一尊雕塑，站在那里一动不动。我去问了那个十三四岁的孩子井在哪里，他说井在小官塘的另一边，约三四里路的样子，我说那你们平时吃什么水，他说就吃小官塘里的水，每次把水挑进缸里都要用矾净化几个小时才可以吃的，难怪刚才看到缸底有一层厚厚的黄色悬浮物呢。

我们找来一担水桶，又从隔壁借来一担水桶，小伙子拎着马灯带着我们几个人去小官塘的另一边挑水。一去一回差不多一个小时，大锅头在煮稀饭时，我们又去挑了两次，水缸快满了，稀饭也好了。走了半天路的，大家都饿了，一阵碗筷子碰撞声之后就是稀溜溜的喝粥声。

次日一大早我们出发，经花岗、上派后，于晚上终于到达指定地点——北张公社，乐平大队，北头生产队。我们就被安排在北张公社周书记家里，除了住了我们队十几个人以外，团部也设在这里。

团部，就是前线总指挥部，扒河时，大的工程建设都要设团部，实行半军事化管理。团部一般以公社为单位设立，如果一个大队上工的人很多，也有单独设立团部的或者设营部，主要职责就是组织、指挥、协调，更重要的还有应急保障。

我们十几个人住在后面一排房子里，后面一排一共四间，我们生产队住其中的一间，有一间作为公用，另外两间也分配给我们大队的另外两个生产队。他家房子多，前后两排，两侧还有厢房，厢房不住人，一边是厨房，另一边是鸡鸭笼和柴房，我们的锅灶是现搭建的，在他家的院子里，露天的。另外两个队也是搭在一起的，一排共三个土锅灶，最原始的没有烟囱的那种灶，院子的另一角，堆放着我们从家里带来的烧锅草。

周书记家的大儿子叫超，比我略小点儿，正在上学，每个周末回家时我们都会交流很长时间，有时也下象棋，或者他带我到他们家周边走走。他和我说学校的事，我和他说工地上的事，我讲得比他讲得生动，好几次他都跟我一起上工地上去。他为人也随和，像他爸一样一点儿公社书记的架子都没有。有一次大锅头在做饭时把他家院子里的一口缸打烂了，一时不知如何是好，队里也在讨论赔偿的事，后来周书记知道了笑着说："那缸不值钱，本来就有伤，不必在意。"

若干年之后，当我上大学报到后带着大包、小包走进宿舍的时候，我真的不相信自己的眼睛，坐在我的上铺正在整理床铺的正是周书记的儿子超。我们时常聊天时会说，这天下也太小了，还会说我们真是太有缘分了，几年前扒河遇到的伙伴居然成了我上铺的兄弟。

工程的现场是震撼的，一眼望不到头的河道，一眼望不到边的人海，红旗招展，人声鼎沸，那号子声响彻云霄。有的人用车子推土，更多的人用肩挑，一担土要走近二百米远，而且空担回来是下坡，而重担上去全是上坡，越走越重，这个时候号子真管用，大家都那么喊着，真的可以减少疲劳感。

时不时就看到半坡上一辆吉普车停在那里，车上下来几个人，而车子的后面更有几个人跑着跟过来，那是领导在视察。民工往往这样想着，更大的领导一般都双手叉腰，次大的领导一般用手指指点点，讲到关键处，边上很快就有人展开了图纸。

我们大队分到的一段河堤，底部的土很难挖。所以每天给各生产队下达的任务就是人均一方土，干完就收工。一方土就体积而言差不多一个立方，就重量而言有一吨多点儿，如果是平地，一吨重的土一天是没有问题的，但这是扒河，每一担土都要爬坡，越往河底部挖去，爬的坡越长，爬的坡也越陡。

由于坡太陡，我们队就选择抬，两人一组，一根很短的杠子，抬着一个大筐子土。两人平行而上，面对面，两人的身体呈八字形，这样就更省力，边走边哼着，也不像号子那么响亮，但这哼哼声同样可以带来力量或减少压力。

白天在工地上，热火朝天的场面多少可以冲减很多重压与疲劳。可一到晚上，尤其是夜里，腿转筋的痛叫声几近此起彼伏，这时就会听到有人小声地说，把腿压住，扯直。转筋就是腿上的大筋剧烈收缩所带来的疼痛，是在极度疲劳后非常容易出现的一种疼痛。

唱戏是冬修过程中的重头戏，是最受欢迎的一种慰问形式。大多由肥西庐剧团出演，也有的是各公社自己的庐剧团来演。那咿咿呀呀的唱腔，小孩儿们就觉得听起来牙痛，可大人们却十分喜爱。每一次演出之后的好几天，工地上都是一片的庐剧声，有的还在现场小憩时来上一两段，有的还真唱得有板有眼。

放电影也是一项重要活动，尽管隆冬季节，但只要有电影，那场面仍然是热烈的。每个有电影的晚上，队里都会收工早一点，以便早去占位子。电影队是由公社或由县里统一安排的，一场接着一场，沿着派河岸边一路往巢湖边放。有的民众看电影有瘾，就跟着电影队一路往前看，有的电影都看了好几遍。

聚餐是整个冬修过程中最亮彩的一段，一般在整个工程过程中有两次：第一次聚餐为中途，第二次为工程结束前。每次聚餐的那一天，就像个小的节日一样，一大早，队长就会派一个人陪着大锅头去买菜，主要是买肉，是凭票买的，这些肉与票都要县里统一安排，冬修期间特别供应的。今天的饭就由一个大锅头和一个帮厨完成，早上就开始了，一般是一顿炸糍粑，中午仍然简单，正餐是晚上。这个下午早早收工，天刚黑时，人就开始聚一起了。没有大桌子，也没有那么多碗碟，就两样大菜，一大盆红烧猪肉，一大盆粉丝乌菜豆腐。两个大盆就放在打地铺的地上，把被子卷起来，人围在四周席地而坐，每人一个大碗，各人自带的碗，又从周书记家借来十几个小碗，用来喝酒的。

聚餐的晚上，场面是真诚而疯狂的。菜只有两样，但酒却足量保证，有了酒就不缺话题，也不缺精神，更不缺故事。酒过五巡，不胜酒力的基本都吃饭了，而那些好酒的人才刚刚开始，先是犁板田，一轮轮地喝，然后是一人一个通关，最后是找对象，两两对饮。

在周书记家的那晚，老队长和陈会计耗上了，老队长酒量很大，但也经过“过五巡、犁板田、打通关”，差不多也有一斤了。但陈会计挑战让他看不上眼，因为平时两个就不在一个台阶上。自然是挑战，老队长也没有二话，两人就一杯杯地端着喝，每人差不多半斤下去了。突然有人告密说陈会计喝的是水，老队长很生气，一把夺过陈会计的酒杯，一闻果然是水，随手就扔到陈会计的脸上。大家看到老队长真的发火了，赶快来劝说，一边劝一边想着把老队长往地铺上移，让他早点睡。显然，老队长也是喝多了，但他不想去睡，因为另一对还在对垒。二老表和小叔在赌吃喝，一个人喝酒，一个人吃饭，一杯酒，一碗饭，小叔饭量特别大，快十碗饭了但肚子似乎还有空间，而二老表已显醉意，大家都劝不要再吃喝了。但他们俩谁也不认输，又是两杯和两碗之后，二老表就已经坐不住了，嘴一张，就吐了出来，就吐在地铺的草上，一股酒气与菜味升腾起来，大家一片惊呼，一片忙碌。

半夜里老队长在哼，有人点亮煤油灯，拿了一条冰凉的毛巾敷在他的额头上。另外一个醉汉憋到半夜还是吐了，那吐得更麻烦，吐在被窝里了，地铺隔壁的两个人没办法爬起来清理，然后又钻进别人的被窝里。

每当我行走在祖国的大江大河之上，或水库，或小河之滨，在脑子里最先闪现的就是扒河的场面，一根根扁担、一个个地铺、一辆辆小推车、一筐筐土、一声声号子、一双双开裂的脚后跟和着一身湿透的汗水。是的，在那个最困苦的年代，是农民的汗水填充了全国人民的肚皮。

2022-02-19 于珠海鱼林村

发大水

西乡圩区的人最怕的恐怕就是发大水，因为一次大水可以把一户人家的几十年积累化为乌有，甚至生命的消失。但发大水在巢湖圩区却不断上演，在洪水更大的年头，肥西几乎所有的圩堤都会决堤，圩区的农民流离失所，庄稼颗粒无收，发大水的那年初冬，出门要饭的成群结队。

据《肥西县志》记载，新中国成立后，肥西较大的水灾有四次，分别为 1954 年、1969 年、1984 年和 1991 年。其中 1969 年的大水非常大，肥西破圩 119 个，1.8 万间民房被冲毁，17 万亩农田颗粒无收。

1969 年的那场大水，我已有记忆，破圩是在下午六点左右。四点多时，我饿得慌，就打开锅盖，用勺子舀锅里稀饭里的粥渣，那粥很烫，一碗凉到快能吃时，父亲叫我赶快跟他走。说这话时他还在房子里转一圈儿看看，我舍不得那粥，因为饿得很，就扒了一口，想吃饱再走，父亲见我没有走的意思，一把夺下我的碗往锅台上一扔，拖着我就往外走。

他手里还拿着一些衣服，衣服是捆在一件大衣服里的，一甩扛上肩，另一只手就拖着我走出大门。这时水已开始进入庄台，门口外的猪拱着猪圈门在叫，可能也是饿了，但此时猪圈里也进水了。父亲放开我的手，让我跟着他，他去拿一根绳子把猪拴上拖着一起走。

走到村头时一个运人的船过来了，我认得那是隔壁李小庄生产队的大盆，是非常大的盆，能坐下十几个人的那种，父亲先把我抱进大盆，又把一包衣服放进去。当他拖着猪上船时，猪不干，挣扎着嗷嗷叫，那撑船的干部也不干，他说这样危险，船到水中央，猪乱窜会翻船的。可父亲舍不得猪，坚持要把猪弄上船，争执中，父亲一把抱着猪就上了船，那船左右晃了好几下，那大队干部也没有办法，带着一脸的怒气撑着船向十里长荡的北岸划去。

此时，雨还在下着，四周人声鼎沸，都是逃跑与逃命的嘈杂声，还有争吵与骂娘声。争吵是发生在救援干部与村民之间，房屋难舍啊，干部们出于安全考量催着赶快撤离，而有些人却不愿意离开，还想在家守着房子。骂娘声发生在大人与小孩儿之间，在这危险时刻，孩子们却不以为然。

我们的船快到大荡中心的时候，上游突然传来一阵大浪，继而是一堆堆漂浮在水上的草垛，上游漂来的，有的村庄已经被冲掉了。我们的大盆在这大浪中左右晃动着，十分危险，船上的人都开始叫了，人一叫猪更加冲动，在盆里面乱窜，划船的人要父亲把猪扔水里。父亲仍然舍不得，总感到没那么危险，又一个浪打来，划船的干部不由分说，从我父亲手里夺过绳子，抓住猪的两只后腿扔到十里长荡里。那猪一开始还拼命挣扎着游着，当一个浪又盖过来时，我没有再看到猪冒出头来。

晚上我们就住在离家三四里路的二表叔家，他们这里地势高点，没有进水。母亲下午一早就随着父亲过来了，带着妹妹。我到时已快七点了，二表婶已张罗好了饭菜，我狼吞虎咽起来，父亲与二表叔喝着酒，但这是喝闷酒，因为担心房子会倒塌，酒虽入口但心有压力，所以两个人都不说话，只是喝。偶尔有二表叔的一两句劝言："没事的，你家的房子是四马落地房，没那么容易倒的。"

母亲没有上桌子，只是坐在门槛上，两眼盯着家的方向，二表婶好几次叫她上桌子吃饭，她都没有听见，去拉她吃饭，她说吃不下去。晚上九点的时候，已听到家的方向传来房子倒塌时椽子断裂的噼啪声，庄台已经进水很深了，墙根在水里泡软了，那房子就倒塌了。

母亲开始哭泣，一开始只是抽泣，当南边的断椽子的声音越来越响时，母亲开始放声哭了，二表婶陪着母亲坐在门槛上，不言不语，就这样坐着。房子对于农民来说是财产的全部，是躲避风雨的地方，是生存的最基本的庇护所，这个时候任何劝说可能都显得苍白。

三天后水终于退去了，像一场战争一样，胜利者带着骄傲和财产绝尘而去，留下了无限的创伤与痛苦。父亲先回去的，母亲带着我和妹妹，走得很慢，才一两公里的路，走了一上午，因为路上全是烂泥或杂木与杂草，或动物的尸体，已经高度腐烂，散发着难以忍受的臭味。

我们家还算幸运的，前面一排三间房子倒了，后面的三间还在，只是后墙也倒了，但那是四马落地房，整个房子是由木头柱子撑起来的，墙倒了，只要不砸到柱子上，房子就不会倒的。庄子上的其他人家房子几乎全倒了。白天各家都在忙着扒木料，整理倒塌的房子，要尽快恢复呵。晚上都在我家后面的三间房子里面下地铺，我们一家龟缩在最里面一间，另外两间全腾出来了。

经历的第二次大水是1984年，那一年我高考，我们山南考生大部分住在上派的县政府招待所。高考的前几天，天天大雨，高考的前一天看考场时，天空还阴沉着脸，但没有下，我们都在庆幸明天会无雨，可当天晚上我们就接到老师的通知，当晚或有大洪水，要我们搬到招待所的一个大仓库一样的地方住，因为我们住的那一栋楼处于低凹处。

我们还带着抵触情绪在搬行李的时候，那边就有人喊起来了，快跑啊，水进来啦。我们班的人还没有完全撤退完的时候，一楼已经进水，那些椅子和家具能漂的都起来了，动作慢的就只能淌水走出来；还有更慢的，仍在楼上，招待所的管理人员一个劲儿地叫，快下来，快下来。可下到二楼时就有水了，管理人员不知从哪里找来的大桶，当作小船用绳子拴起来推到二楼，让那些还在楼上的人坐进木桶里，然后再扯着绳子拖到高处。

当我们都躺在牛铺一样的仓库地铺上的时候，管理人员过来点数，带队老师和他们一起确定人数，看看是否有漏掉的人在楼上。那一夜很多人都没有睡好，呼噜声此起彼落，还有磨牙的，好像还有夜游的同学，挺吓人的。

第二天是高考的第一天，下午考完后回来的路上，我买了一份《肥西报》，头版上写着一条关于洪水的报道：柏堰湾水库决口，上派河两岸一片汪洋。

1991 年的洪水就更大了，那个上午快吃饭的时候，突然就收到电报，父亲拍来的：房屋倒塌速归。我估摸着应是发大水了，那时没有通讯，只是看到安徽新闻说下大雨，发大水，焦点都集中在三河古镇，我不承想我们的西大圩早已投降了。

回家的路很难走，好多路都冲掉了，一段车行，另一段就要步行。快到廖渡时发现许多高高的树枝上挂着杂草，说明当时的水位。政府正在施救，更多的工作用在防疫消毒上，洪水之后最容易发生瘟疫。站在百年鲍家庄外，原来的庄台上的房子一间都没有了，包括我家那经历过 1969 年大水考验的三间四马落地房。

我走近家时，高大的房屋变成两间用木板和塑料皮及从废墟里扒出的断木头搭建起来的小棚。我走近小棚，母亲从小棚里弓着腰走出来，看到我眼泪就直直地往下流，哭着说："家没有了，房子没有了。"我安慰说："旧的不去，新的不来。"

父亲也从小棚里钻出来了，我们俩站着抽了根烟。抽第一根烟时，除了眼神的交换，谁也没说一句话，抽第二根烟时，父亲开口了："唉，这次的水太大了，淹没到屋顶了。"

我走进棚里的时候，父亲在外面晒着家族谱。这部谱父亲格外关心，那么大的水，逃命时还抱着这么重的一部族谱，但还是受潮了，父亲在一本本地晒，有些页面连到一体了，他还要一页页地揭开。

父亲以前每年六月六晒谱时是相当讲究仪式感的，不像现在这么不讲究，那谱就摊在土堆上晒。但父亲晒谱的套路还是差不多的，每次晒谱，父亲都要从最古老的传说一直讲到迁居河北高阳县，进而讲到南移歙县许村，再讲到三星堂一世祖许国泰来庐阳做知府的事，最后讲到他的祖父出资修这部谱的事。

看着消失的祖宅，我在脑子里极力寻找老宅的模样，这座一百多年的老宅走了，留下我们几乎露宿野外。比这老宅更让我心痛的是我的珍藏，我的十几年的藏书，还有手稿，还有与我的同学、我的同桌、我的爱人之间的一百多封鸿雁传书，以及和我的爱人在班上约会时的纸条，都在一个木箱子里，我父亲知道的，我知道他知道的，当我的珍藏和他的宝贝只能保留一个的时候，他毫不犹豫地选择了他的珍宝。我好几次向我父亲抱怨，我父亲每次都说，我的书可以再买，我写的字可以再写，可他的谱就只有一部。可他哪里知道，再写的字和以前写的字，字虽相同，可意境全异呵。

洪水是圩区人心头的痛，尽管政府已尽洪荒之力，可决堤的事还是高频率地发生，每年的雨季，每年的汛期都是圩区人的关口，都说人定胜天，可人真正站在大自然的面前却显得那么渺小，那么无助，那么不自量力。

2022-02-22 于珠海鱼林村

水 牛

合肥西乡的牛，是水牛。一对对称的弯角，全身黑色的毛，也有少量灰色毛的，不提供牛奶，也不提供牛肉，只提供牛力，专为农民犁田、打耙，偶尔也拉拉板车，运运货。牛的具体工作可分为四大项：犁田、耖田、耙田、打场。犁田，就是把一块地的土给翻过来；耖田，就是把犁过的那一垄垄子土给划碎；耙田，就是把划碎的田土给耙平，适合插秧或旱种；打场，就是水稻脱粒的过程，稻靶子上场，均匀地撒落在场地上，用牛拉着石磙，沿场子一圈圈地碾轧，以便把稻粒子碾下来。

在这四项工作中，犁田的工作量最大，因为，一块田要靠牛拉着犁一垄垄地翻，每一垄子才 20 多厘米宽，所以，一亩田差不多要半天才能翻完，这就是牛最大的工作量。其余的如耙田与耖田及打场，相对来说工作量要少很多，且犁田也是最耗费牛力的。如果牛与人配合得好，牛也会轻松一些，如果配合不好，那牛就会累很多，当然人也会更累。

人与牛的配合，主要是语言的沟通与性情的互动，有时也有动作。犁田时要用到许多只有犁田的人和牛能听得懂的语言，通过语言的交流，他们可以在漆黑的夜干活，而且语言也并不多。更多的时候，整个田野是寂静的，只有牛和人在田里缓慢行走的声音，犁水田时，牛行走的声响很大，而人行走的动静则很小。

性情的互动大多在白天，那犁田的人，开心了，或者是累了，就会唱些犁田歌，有时唱古人留下的，更多的是看到什么唱什么，有时看到一个村妇也会唱上几句，给那个严肃的时代增添一些亮色。牛听到了歌唱也会更轻松地拉犁，他知道他主人的心情是愉悦的。牛的心情也有不好的时候，懒散地走着，看上去拉得很吃力，那犁田的人认为牛在偷懒，一鞭子就打过去，牛的皮一纵，仍然我行我素地走，偶尔也回头看一下犁田的人，似乎在表示不满。

犁田的人与牛，往往也会有相互“动粗”的时候，那牛走得慢、走得懒散，那犁田的人就会拿鞭子抽，而那牛会奋起反抗。反抗的方法就是一动不动，鞭子像雨点般落下，牛干脆一屁股躺在田里，有时也会拖着犁在田里飞奔，很危险的。每当这个时候，一定是犁田的人先妥协，或者给牛以时间，让它自己冷静下来，或者给牛身上洒洒水以示友好。牛也心领神会，不再闹腾，或者从田里爬起来，抖抖身体，做出准备干活的样子，其实是在向犁田的人传递信息，我们和好了；或者，已经拖着犁跑远了，这时就站在原地不动，头向着主人，双眼紧盯着，似乎在说过来吧。

在乡村里，牛是牲口、是畜力、是财产，也是劳动力；农耕时代，没有牛这样的动力源是不可想象的，如果没有牛，农业的劳动生产率不知要下降多少。牛之于家庭，之于农业是至关重要的，可以说在所有的家庭动物中，牛的贡献是最多的，但牛从来不骄傲，相反，它是一个农家里所有动物中最温顺的一个。一直默默无闻，不争不吵，不像鸡与狗，往往鸡飞狗跳，也不像鸭与鹅，时常去农地里偷吃。

牛抬起头来比人高，但牛看人时多为仰视，牛看人时先把头放低，再两眼向上看。为什么牛要这样看人呢，很多人给了很多解释，但有一个说法似乎更让人接受，那就是人在牛的眼里是至高无上的，是主人，形象也是高大的，所以，牛看人时，不能俯视，不能平视，这都为不尊之行为，只能仰视，牛就是这样想的。

牛没有身份证，当牛需要交易时，牛的性别与年龄就是最重要的信息。耕牛市场有牛贩子，农民到耕牛市场买牛，是必须要请牛贩子的。牛贩子会识牛，一头牛能值多少钱，除了外表及体格以外，更重要的是年龄，而牛没有身份证，全凭牛贩子的摸与看。

耕牛市场里，如果一个农民看中一头牛，就会找牛贩子去评估牛的价值。只见牛贩子一手抓住牛缰绳往上提，让牛的嘴与他的眼睛差不多平行，另一只手则把牛的嘴掰开，先是往牛的嘴里看，再后来就用手进去摸，这个过程叫看牙口，一方面看牛有多少颗牙，另一方面也是看牛的牙口情况以判断牛的年龄及价格。

看完牙口后就是讨价还价的过程。牛贩子谈价格，不用嘴巴，用眼和手，两个牛贩子把各自的衣袖靠在一起，然后又各自伸出一只手，每个人的眼睛都盯着对方的手，双方的手指变化很快，就像喝酒时猜拳一样变幻无穷，所不同的是，牛贩子不出声，只用手，更像在打哑语。当双方的手形都不动了，那牛贩子的议价过程就结束了，又各自回问牛主人是否同意这个价，若认同，一头牛的交易就结束了。

说到牛，说到牛的德行，人们最先想到的文字就是鲁迅的名句："俯首甘为孺子牛。"是的，牛不仅不争，不仅和气，不仅隐忍，而且，吃着草，奉献着奶和最大的力气，让人类的粮食得以保障。

牛在印度则被尊为神，被供养，被膜拜，不可侵犯，不可遗弃，也不可被驱赶，更不可杀了吃肉。只不过，在没有衰老之前也是要干活的。而不像中国的牛，干活是应该的，却还不受待见，经常被呵斥，老了还要被剥皮炖汤。一样的牛，只是出生地不同，一生的境况就是天壤之别，人生何尝不是如此呵！

牛的一身都是宝，牛角可以做梳子，牛皮可以做皮鞋，枯草牛屎还可以当燃料，牛的其他部分是当然的盘中美食。但牛身上最最宝贵的是它的精神，一种不计得失的精神，一种甘于奉献的精神，一种一生勤劳的精神，一种与人为善的忍的精神。

2021-10-19 于湖山大境

放　牛

放牛是个有点诗意的词，在一抹晚霞映衬下，牧童晚归，骑在牛背上，甚至还吹着竹笛，或唱着放牛歌，构成一幅乡村美图。放牛是农村孩子比较向往的事情，但并不是每个孩子都能有机会放牛，在改革开放前的生产队里，只有家里劳力不足的透支户，才会由队里照顾性地分一头牛去放。因为，放一头牛，一年可以得到300个工分，相当于大人干三十天活的工分，工分是生产队时候的“工资”，队里分粮时，口粮外的粮食主要依靠工分来进行分配。

放牛是件快乐的事，这是所有孩子的共识。因为放牛时不用上学，放牛时就离开了大人的视线，自由自在是个重要的原因，更重要的是放牛时才会有更多的小孩子在一起玩，玩各种各样的游戏，打宝、跳房子、摔泥炮、玩纸牌、老鹰抓小鸡。夏天时更多的时间是泡在水里的，也不只是泡在水里，还有许多危险的动作，从坡坎上往水里跳，比谁的水花大，恰好与跳水比赛评分标准相反。在水里比谁憋气长，比谁游得快，更危险的是扎猛子，就是潜泳，有的游不直，就直接撞到堤下护坡的石头上，头破血流。也有特别乖的孩子，带本小人书坐在堤坡上看，一般女孩子居多。

西乡是水乡，荒地少，多为形状规则的水田。所以放牛时，更多的孩子都会把牛牵到丰乐河内的湾地里，那里有大面积的荒滩或树林。丰乐河内的湾地都是一次次决堤后，公社重新修复大堤时就把河堤往后退，这样就形成了或大或小的河内湾地，大的有几百亩，小的也有几十亩。对于一马平川的巢湖平原的圩区来说，这里是一处神秘之地。

洪水期过水，但时间短，更多的时间里都是绿草茵茵，树木参天，鸟和牛是这里最主要的动物了。从每年的初春开始至初冬，这里都是牛的天下。心细的孩子放牛时都把牛绳绕在牛角上，牛就更轻松点，而更多的孩子把牛牵到湾地里，牛绳一扔就不管事了。那牛就拖着绳子边吃边走，时不时就会有牛把绳子绕到树根上，走不了，原地打转吃，直到回家时才发现牛肚子还是凹的。

牛在一起吃草，争地盘是常有的事，打架也就是家常便饭，一般多为公牛之间，吃着吃着就打起来。牛打架主要用角，先是头抵着头，把对方往后挤退，然后用角摆或戳对方，多为眼睛部位。用角戳对方是技巧，用角时，那些八字形角更占优势，而那些弯月形角则劣势更多，因为砍不到对方。双方用头抵是凭力气，能否赢，取决于势，而势就取决于一开始的四目对视，继而的两头相抵，接着的用角砍挖，最后一方调头逃跑时另一方的疯狂追赶。牛是比较厚道的，即便某方更有力但也不会得势不饶“半”，追个一百米左右就会停下来，给对方台阶下，然后各自吃草。

牛在争地盘时的打斗是比较有绅士风度的，而牛争风吃醋时的打斗则多为生死之战。每年春天是牛起草（发情）的时期，母牛不仅会散出气味，还会发出叫声，这时的公牛都会有非分之想，都要加入竞争之中。当两头公牛争斗时眼都是红的，用角戳对方时都有置死地的状态。被打败的牛恨恨地头也不回地走了，只有战胜者与那母牛开始了从预热到摩擦再到交配的全过程。

相对来说，争配偶的打斗情况要少很多，因为牛是重要的生产资料，是重大财产。因此，牛的爱情牛是做不了主的，牛的主人为了有个更强壮的小牛，都会在发情期带着母牛去职业配种公牛那里交配，这样以确保小牛的健康与强壮。

牛是温柔的、善良的，但也有发作的时候。牛在干活时和主人不协调了，比如被打，或感到太累，牛往往会发脾气，发脾气的牛就会在田里拖着犁或耙疯跑，那是件很危险的事，很容易让人或牛受伤。这是赶牛的人和牛的对仗，是牛对人的反抗，但牛毕竟是善良的，赶牛的人只要不追，让牛撒一会儿疯，牛的气消了，就会不再疯跑。

也有牛砍人的时候，多半是牛真的疯了，得病了，见人就砍，更严重的还闹出人命来了。这样的牛一般都就地杀死的，尽管，内心不忍，一方面不忍是由于有感情且贡献大，另一方面则是因为牛的使用价值太大了，是笔大的财产。

当牛成为牛肉的时候，价值就会下降很多。但疯了的牛是必须要杀的，因为人命大于牛命。最穷人家的孩子，由于队里的照顾性安排都放上了牛，一家人欢天喜地的，感谢队长，也感谢社员，因为收入增加了一些。而那些孩子也多，家也穷的没有放上牛的人家就有很大的意见，可队里只有那么多牛呵，没办法就让孩子去上学。那时上学不叫上学叫“关关水”，意思是孩子上学了，就有老师管着，不会在水乡的沟、塘、河里下水洗澡。圩区的孩子，下水洗澡出事故是常有的事。

放上牛的人家的大人是开心了，但放上牛的孩子基本上都没有上过学。因为牛犁田结束了，赶牛人就会把牛交给小孩子去放，放完后还要把牛送到牛房里，给牛把尿、送草，所以就没时间去学堂。放牛的孩子大多是无所谓的，那个时代吃饭是最大的问题，队里给你放一头牛就是给你家一个饭碗。当然也有不一样的孩子，就想着要读书，可放一头牛又相当于一只饭碗。所以放牛就摆在读书之前了，可又心有不甘，时常牵着牛就朝着学校的方向走去。

学校永远是快乐的地方，即便那么饥饿，学校的课间仍然是欢乐的海洋。那放牛娃就从围墙的窗子外面向里张望，想着去沾一些快乐，或闻一些知识的气息，牛就在学校四周的田埂或塘埂上觅食。

我家隔壁的小虎子，兄弟姐妹五个，他排行老二。他哥 14 岁，在队里拿四分工，他妈常年生病，所以他就没办法上学。队里分了一头牛给他们家，他就成了放牛娃，可他太想读书了，当他从大人手中接过牛绳时，正是上学的孩子背着书从村头走向学校的时候，他的眼神就被上学的孩子们扯很远很远。

去学校张望次数最多的就是小虎子，有时候还在教室外的窗户边偷听老师上课。有一次听时间长了，牛就跑到田里吃了秧苗，队长就把他扭送到他爸面前要求严加管教，还到学校要求校长上课时把窗子关上。

小虎子很失望，当别的孩子上学时，他目送他们到更远的地方，以前还向别的小孩要书看，还问哪个字怎么读。从这以后，他再也没有问小伙伴们任何书本的问题。因为那天队长找他爸时，他爸对他说了句狠话："你就是个放牛的命，学认字也改不了你的命，死了这条心吧。"

小虎子好像真的认命了，好久都没有看到他到学校旁听，而且还经常绕开学校去丰乐河边的湾地里放牛。可终于有一天又来听课了，而且每次都是听满一节课，不像以前总是不断地去管理一下牛的走向，别跑到队里的田里了。

原来，小虎子想了个办法，每天早晨天不亮就去割牛草，割一大筐草并偷偷地送到学校外的某个地方，当大人卸牛（犁田结束）时，他接过牛绳，走向学校边上，把牛拴到树上，把起早割的草倒地上给牛吃，牛安稳了，他的心也安了，就这样小虎子每年都能断断续续地听不少课。

小虎是个放牛娃，但他和别的放牛娃不一样，因为认识不少字，有时还能读报纸。所以，改革开放后，他先当瓦工，再当包工头，后来又开了建筑公司，资产越来越多，为人也很好，村里人见到他爸就夸他家的小虎子能干，每次他都是那一句话："小虎是个放牛的命，可认字改变了他的命，主要是因为他一直不死心。"

不死心，不认命，小虎几乎成了我们那一代人的榜样。

2021-12-20 于斗门接霞村

看 牛

牛是生产队里最值钱的东西，所以每个队都会尽力照顾好牛，给牛造好的房子住，给牛备最好的过冬的草料，夏天也要给牛割最好的草。围绕牛，每个队都要出台许多规定，可以说生产队里对各类物品的管理中，与牛相关的管理制度最多也最细，因为牛太重要了。

对牛的管理涉及三类人，一是犁田的大人，二是夜里看牛的人，三就是放牛娃。犁田时的管理最简单，就一条：不准打牛。而放牛娃放牛时的要求也简单，定时拉出去，定时拉回来，尽可能让牛夏天多吃点鲜草，冬天多走点路也啃点草根。当然夏天时也有检查指标，那就是看牛肚子是否平了后脊，平的就说明牛吃饱了，凹的就说明没有吃饱。对牛的管理规定最多的是集中在牛回牛屋后的看牛管理要求。

春夏与秋冬时节，对牛的管理是不一样的。春夏有新鲜草且活计较多，那么，牛吃得多，鲜草供应要多，放牛的时间较少；而秋冬季，牛活计少且多为吃干草，放牛的时间就长，时间长主要是让牛多活动，类似鸟的遛弯，活动筋骨。具体什么时间出门，什么时间回来，都有明确规定，还要规定下雨天应如何管理牛。夏天时对熏蚊子规定最细，因为牛怕蚊子叮咬，不仅是怕蚊子吸血，更重要的是怕蚊子传病。

熏蚊子就是用火点不太干的草，但草只冒烟不能燃烧，规定要能燃烟四个小时。熏蚊子是一项技术活，在我们队里，五头牛都住在一个大房间里，当烟升起时就一直要持续四个小时，以确保牛屋在夜里十二点之前是没有蚊子的。我时常在想，那十二点之后呢，蚊子们是否也去睡觉了呢，小时候问过大人这个问题，但都没有答案，反正祖上一直以来都是这么干的。

傍晚，牛入牛屋，放牛的与看牛的工作交接就完成了，看牛的人先要去做准备。夏天就要准备熏蚊子，冬天就要备干草，还要检查放牛的把牛拴好了没有，同时还要准备自己晚上要睡的卧具。

看牛一般是轮换着的，一周轮换一次，每次两户各出一人，两人共同看牛。一般都是每家的男劳力或十五岁以上的可以拿七分工的男孩子去看牛，从此安排上可以看出牛的重要性。

我特别喜欢看牛，可能是可以有一周在外过夜的机会吧，总比一年到头在家里睡自由许多。也可能是每当看牛时，夜里的灯可以点到十点后，而在家里基本上就点一小会儿，吃晚饭那会儿，其他时间都是摸黑儿的，或者就上床睡觉。那时睡觉是个很无聊的事，不像现在，睡觉成了问题，能睡觉却成了宝贵的事。可以在夜晚来临后还有很长时间的光亮，这可能是我喜欢看牛的最主要原因。

夏天夜晚看牛，有点难受的是满屋子的烟味，但夜里，除了声音不大的反刍声和，一些牛的叹息与喘息声，屋里与屋外一样的安静。冬天就不一样了，因为吃的是干草，牛反刍的声音就大很多，白天吃下去的干草，在胃里半消化后，到夜里时再从胃里返回到嘴里再次咀嚼，反刍的咀嚼声响很大。

牛睡觉时一直是半躺着的，有的把头贴到地面，更多的牛都是昂着头睡觉的，我想因为要反刍吧。牛在睡觉时，大多数时候尾巴都是在动的，但尾巴摇得自在，不像夏天用尾巴打蚊子的那种动作。

夏天看牛时，常在梦中被犁田人来拉牛给弄醒，因为夏天热，犁田在凌晨三四点就开始了，有时牛都去干活了，看牛人还要再睡一次回笼觉。冬天看牛最痛苦的是清晨要拉牛出来把屎把尿。牛拉屎拉尿是很讲究的，必须要站在有些水的地方，比如一大块水凼，或塘口处，而且看牛人还要口中念念有词才行，这叫《牛尿歌》。说起来叫《牛尿歌》其实就几个字重复地说着：尿呵呵尿，尿呵呵尿，屎呵呵屎。也有的看牛人自己编一些把牛尿的歌，大多都是看见什么唱什么，目的都是一个，让牛尽快地拉屎拉尿，因为冬天的早晨太冷。

一年的看牛排班中，最难的是春节那几天，尤其是三十和初一那晚，大家都不愿意干，或者实在没办法就找半大孩子去顶，一晚给五分钱。就这样也不好找，因为孩子们都想着初一早晨放开门炮呢。而且大年初一孩子们都起得很早，开门炮没放前就起来了，准备着拜年前的穿花衣、备口袋等。而看牛的人则不能太早，因为，人家没放开门炮，大门没有开是万不能去人家的，也不能敲自家的门，不吉利，大人们非常忌讳，所以看牛的孩子们早早就心急火燎地听着开门炮震天响，庄子上的开门炮声稀落了，看牛的人才能回家。若是转班的时候，还要抱着一条被子跑回家。

看牛是队里的一项重要工作，因为牛是农民的命根子，牛出了问题农民的生计就会出问题。当然，我喜欢看牛，陪牛睡，并不是因为牛的重要，那时候小还不懂这个道理。我喜欢住牛屋，一方面代父值班，另一方面，只有看牛的夜晚才可以在漆黑的夜较长时间地点着灯，黑夜里坐在光亮的空间就是一种享受，其实在那光亮之下，什么也没干。再者就是躲开大人的视线监管，有那么几个夜晚属于自己的完全自由的时空。

看牛的时代一去不复返。可我时常却想着牛屋的事，那深更半夜的反刍声，牛屋内的牛尿臊，冬天早晨冻得发抖的把牛尿声，但在我脑海更清晰或者说越来越清晰的记忆却是那黑暗中的一豆光亮和几晚纯属于自己的完全自由的时空！

2021-12-21 于斗门接霞村

屠 牛

在合肥西乡的圩区农业生产中，水牛是仅次于人力的第二大动力源，没有牛，农田的产出会下降一半以上，牛对人的重要性决定了人对牛的态度，虽不像印度把牛奉为神，但在西乡圩区人的眼中，牛和家人是一样重要的，过去有地主存在的时候，地主都把自家的牛屋建得比人住得还好。

西乡人杀牛只有两种情况，一是牛太老，二是牛病了。

牛老了，不能干活了，就要杀掉，剥皮、炖汤、食肉。牛老了，更加通人性，对一切都选择接受。当有一段时间，生产队长不再安排老牛去犁田时，老牛的心里就明白了，看到别的牛被牵出牛屋去干活，那眼神是多么的失望与渴望，出去干活就成了老牛的奢望，老牛不止一次地想："再让我试试吧，水田我还是可以犁的。"当这么想的时候，眼角就常挂着泪，泪珠很大。

队长是个仁慈的人，每头老牛退役后都要养很长一段时间才杀的，这样安排也是出于良心的拷问，想着一头老牛，奉献那么多年，最后一程，多享点福。事实上这样的安排于老牛而言却是更加的残酷，因为牛的使命是干活，牛心里很清楚，当某一天开始，不再安排它干活，它心里知道，是嫌它太老了，每一次别的牛出工的时候，都是它最难受的时候，每次放牛娃牵它出去的时候，看别的牛在田里的劳作场景，老牛心里想，这个场景就是宣判了它的死刑。

如果老牛能选择，它一定选择干死在田地里，在犁田或耙田或耕田时轰然倒下，这是它的梦想，它梦想的结果是既轰轰烈烈，又干脆利索。可老队长不这么想，认为要尽爱心，要养好它最后一程。

老牛终于要杀了，杀牛前有许多的准备工作，与情感关怀相关的工作更多一些。杀牛的前一天，要有专人给牛洗一次澡，大都由曾经是这头牛的放牛娃和这头牛工作搭档时间最长的两个人来完成。要洗得认真，要洗得干净，边洗还要边说很多赞美牛的话，还有许多感谢的话。

杀牛场一般选在生产队打谷场上。第二天一早，前一天给牛洗澡的人把牛牵到打谷场，用绳子拴住牛的四条腿，每条腿拴一根，每根绳子两个人抓着。这时队长会安排放牛娃，是所有放过这头牛的，还有所有和这头牛搭档犁过田的人，按顺序走过来抚摸着牛走一圈儿，每个人的表情都是凝重的、深情的、依依不舍的。最后是队长走到牛头处，先抚摸几下牛的鬃毛，是抹抹顺，然后用臂夹住牛头，主要是遮住牛眼。边摸边念念有词，大概意思：这么多年，你为我们劳作，今天你老了，我们不留你了，你早早去，早早再投胎，我们还想和你为伴。好多次都看到队长讲着讲着眼角就有了泪花，甚至看见过，队长的臂在动，那是老牛在点头，似乎在说："我会的，再投胎，还做你们鲍家庄的牛。"

杀牛刀很长，又称放血条，刽子手靠近牛的时候，刀是用布包着且夹在腋下。老队长仍然夹着老牛的头，仍在聊天，仍在抚慰着。当刽子手靠近牛脖子时迅速抽出刀，从老牛的脖子插进胸膛，一束血柱射出的同时，八个人一起用力，老牛没有挣扎地躺在地上，牛头从老队长的怀里滑出，两只大眼睁得更大，老队长蹲下去用手快速地把老牛的双眼关闭。

杀老牛的过程是复杂的，人们的情感是复杂的，老牛的心绪也是复杂的。但杀病牛就简单多了，因为牛病了，当兽医宣布没救的时候，杀牛的准备工作迅速启动，过程简单，杀牛、剥皮、割肉、炖汤、打平和（生产队里聚餐）。杀病牛，不仅过程简单，人们的情绪也轻松，说笑间，就到了晚上打平和的时光，难得的一顿大餐，还有酒。

虽然杀病牛轻松，但人们仍是不舍的，因为，每个杀牛后的那个打平和的晚上，都有人醉后像祥林嫂一样地唠叨："再瞧瞧，牛的病会不会好呢?"那是酒后发自内心的叹问，实是心中的不舍!

农耕时代的牛呵，以动物论，以我之见，牛是仅次于人的第二类动物，是人类过去几千年的休养生息的主要动力源，是农业社会人类生产力的主要体现者。今天牛不再提供动力，只提供着牛奶与牛肉，但牛曾经为我们所做的，不应忘记。

2021-12-21 于斗门接霞庄

第五辑 乡事

生亲饭

西乡人的风俗里，女儿出嫁后三天回门，除看望父母以外，女方家的主要亲戚都要宴请这对新人，女方父母陪同，亲戚中的德高望重者也要请上。这不是一般的一顿饭，而是规格很高，菜肴最丰盛，礼数最多的一顿饭，这顿饭有时还吃得相当不安稳，甚至会闹出事端来，这顿饭叫生亲饭。

女儿出嫁后三天回门，回门前不仅女方父母要准备，女方的主要亲戚同样要做精心的准备，有时还要相互商量着宴请的相关内容。比如喝什么酒，比如宴请的先后顺序，这个顺序很重要，如果排得不好也会闹出矛盾的，一般排序都要按血缘的远近与年龄的长幼来排，如果有时实在不好排那就要坐到一块商量，切不可贸然草率排序。

生亲饭已远远超出了一顿饭、一餐酒的范围，是亲戚间亲疏的体现，是血缘的体现，排序中可以读出家族里亲戚所处的地位。礼数也是十分周到，什么样的人讲什么话，给什么类型的礼，送什么分量的东西都是有规定的，而且有参考的。比如上一年或前几年谁家亲戚是什么标准，你也要适当参考，不是说你家经济条件好就想怎么干就怎么干的。

女儿回娘家的第一站是父母家。这一天，丈母娘给女婿吃的标准，基本能看出女婿未来在丈母娘家的地位。在正餐之前，丈母娘要给女婿吃一碗糖打蛋，即一碗糖水蛋，西乡人又叫精屁股茶，即光屁股茶。为何叫精屁股茶，问过许多人都说不上来，但这个习俗就这么一直传下来。

三天回门时，红娘，即媒人是要请来的，虽说新娘进房，红约上墙，但绝大部分的红约在新人成家后的较长一段时间内，仍是座上宾的。女方亲戚招待生亲时，新人和红约会有比较多的麻烦，这些麻烦一方面不可避免，另一方面不得翻脸，闹得再出格也不能翻脸，在这些麻烦中抹红和央饭是最让人尴尬的。

抹红就是用一种调制好的红油，趁红约或新郎不注意的时候，涂抹到他们的脸及脖子上。这种红油是由红色印油加酒加猪油加锅烟灰加红墨水再加点别的难以清洗的颜料调制而成，涂到脸上，不仅红得鲜亮，而且特别难洗，好多人在洗红时脸皮都要擦破。

如果说抹红只是难看的话，那央饭就不仅是难看而且还难受。农村的碗都是海碗，一个碗可装下一斤米的饭，可当你吃得差不多的时候会有人突然在你不注意的时候给你再扣上一碗，你怎么办？只有撑，耍赖是断不可行的，一圈人都会把你看扁的。

有时防止你把饭往回退，还会在把饭扣上的同时以极快的速度把汤也浇到你的饭里，谁也帮不了你了，只有撑这一条路了。有时实在撑不下去，那就装回家，装回家不是让你用袋子装的，而是用你的衣服口袋装，更有甚者，直接把饭倒进你的内衣里。

无论抹红还是央饭，也不管你的内心是无奈抑或是愤怒，但脸上都必须赔着笑，这是礼数，是文明，是地位，是修养，也是规矩。有时无奈到眼泪都挂在眼眶边上，可脸蛋上仍然要挤出一点笑意，有时忍无可忍时也会闹出很大的矛盾。记得有一年，王家三丫头三天回门，新女婿姓刘，和三丫是同学，也是表兄妹关系。回门第三天排到三丫的姨父家，姨父家有个表哥叫小陈，和三丫是同学，和小刘也是同学。在学校时，三丫和姨父家表哥关系还更好点，可小刘是舅家表哥，三丫他舅看出了苗头所以捷足先登结下了这门亲事。

从那天起，小陈就一直闷闷不乐好几年，也不找对象，还是对这件事耿耿于怀，放不下。这一天，小陈想着要好好地表现一下，他还专门请来他的表兄弟帮忙。从排座位开始他就做足了文章。农家的八仙桌，一般可坐八人、十人或十二人，十二人是上限，如果再多坐人，人家就会说这家人小气，一桌坐那么多人，所以我们那里有一句嘲笑舒城人的说法就是：家住舒城湾，一桌坐十三。

大桌一般靠厅屋大门正上方的上檐放置，最上方那一边即北边叫上席，是最长者或最重要的人坐的。右手边即东边叫首席，倒酒时称为水口，因为倒酒的人一般都在下檐。首席一般坐重要的客人，左手边叫三席，一般客人坐三席之上。这天，三丫和小刘就坐在三席，最南边的下檐坐自己家里的人或小字辈。上席后面是后檐墙，首席后面是东山墙，三席和次席后面是空的。

吃饭喝酒正常进行，酒过三巡之后，面红耳热之时，大桌的外围就开始有人聚集。像是看热闹的，其实都在谋划行动，在看形势，找动手的时间点，一般都是多人配合完成。他们在完成任务的过程中很少说话，更多用肢体语言，挤眼和打手势是用得最多的。动手抹红或央饭的人都不是在场上的，而是在场外的，他们之间用肢体表达信息，所以你防不胜防。

外围的指挥者大多由娘家的小姑子担任，但这一次是由三丫的表哥小陈指定的人担任，桌面上表哥小陈是酒司令，可随时调动桌面的氛围，他往往会在一个酒桌子上的高潮的时候，发动突然袭击的命令。两瓶酒已经干了，红约的脸已被抹上红了，好在红约老脸老皮，一点都没有挣扎就被抹上了。此刻三丫的老公小刘已是十分警惕，一只手拿筷子端酒杯，另一只手死死罩着自己的碗，碗太大，一手拃不过来他就干脆把碗放到桌子下面的两腿之上。

几双眼睛现在都集中到三丫的老公的碗上，这时三丫的表哥小陈站起来了，说："表哥，我们喝一杯，干脆炸个罍子算了。"这下子三丫的老公麻烦了，酒司令已经站起来敬酒了，他也得站起来，可碗一手又抓不过来就只能放到桌面上，那太危险了，那一碗饭下去，没办法撑进肚子里的，他心里盘算着。又怕丢面子，想着喝快点，一口干就坐下来，可他没有看出来，酒司令的眼神和手指都在动，刚一仰脖子，酒可能还没下肚，堆高的一碗饭已牢牢地扣进去了，并有人又迅速地倒进一些汤，又把他的筷子插进饭里，这一系列的动作快得你似乎都没有看见饭是怎么扣进去。

三丫的老公一脸的孬相，心里翻江倒海，一再控制自己不要失态。周边的人开始起哄了，围绕这碗饭，在讲着各种故事，三丫也没有办法，这是乡俗呵。但她老公也实在是吃不完，是不可能吃完的，这不是普通的一碗饭，是经过按压的一个老海碗的饭，不要说人就是一头牛也未必吃的了。

酒已停了，余下的事都集中在这碗饭上面了，三丫她老公根本就没有吃的意思，因为不可能，所以没有必要去尝试。越是这样无动于衷，越是有人起哄，哄到高潮时，三丫的陈表哥站起来了，一同站起来的还有同坐一条板凳的表兄弟们。他走到三丫的老公背后说："怎么办呵，吃还是不吃呵，再不吃就照老规矩了呵。"

三丫的老公争辩着，像是求情，又像是说理。可哪里容得下他的解释，酒司令一声令下："动手。"一个人一把抱着三丫的老公的脖子，另一个人快速解开衣扣，酒司令一顺手，那么一大碗带着汤汤水水的饭被倒进了三丫她老公的内衣里。

在众人笑得人仰马翻时，三丫她老公不干了，一骨碌站起来，什么习俗，什么礼仪，什么面子，什么都比不上他此刻的难堪。大冬天的，一碗汤加饭倒进内衣里，是个什么感受呵。他愤怒至极地抓住酒司令的衣领顺手一甩，酒司令也有些醉意了，"啪"的一声就倒在地上，他又一猫腰跪在酒司令的胸口上，事情开始严重起来了，这是玩真的了，大家立马动手拉劝。

丈母娘出面了，一把拉着女婿走进房内，并又让三丫准备热水与澡盆，一场习俗引起的闹腾结束了。第二天还要接着吃生亲饭呢，生亲就是要通过这种种习俗去加快熟悉的节奏。

2022-01-14 于珠海木头冲

抓　周

国人重生也重死，重生是对未来的希望，重死是对过去的缅怀，不过重视的态度还是有所区别。生，人皆喜之，所以人人笑逐颜开；死，人皆恐之，所以，凡有逝去者，家人都会呼天抢地。

重死不仅体现在丧葬文化中，还有众多的祭祀先人的传统节日，三月的清明节，七月的中元节，十月的寒衣节，都是缅怀先人的日子。而重生体现在新生命诞生后的一系列活动，报喜、洗三、满月礼、百日礼、抓周。这其中，“抓周”就是隆重而又神圣的重要活动，特别是大户人家，往往把抓周看得比百日礼还重要，因为，抓周被认为有某种预示意义。

抓周也叫“试儿”，我们老家也称抓周为“周岁礼”，即在婴儿满一周岁的这一天，家里不仅要举办生日宴，还有更隆重的抓周仪式。有专家说这种习俗源于周朝，也有专家说起于南北朝。不管起于何时，这种习俗年代久远是肯定的。

红楼梦中也写到抓周的习俗，贾宝玉一周岁那天的生日宴中就有隆重的抓周仪式。这个衔玉而生的骄子在周岁那天的抓周活动中，在那一大堆代表各种命运的物件当中，他没有选择印章，没有去抓算盘，也没有选择钱币，更没有去拿书，却偏偏抓住了一个脂粉钗环。

一部天书的主角人物，一辈子都没有走出脂粉钗环的世界，不知是命中早已安排了他的脂粉人生，还是他抓住了脂粉才有了脂粉钗环的一生。抓周，尤其是大户人家的孩子抓周，特别是男孩儿的抓周，一家人都特别地在意。

历史上最著名的“抓周试儿”发生在三国时的吴国。孙权称帝不久，太子孙登得病而亡，再选太子时，有一个叫景养的西湖布衣进言，选太子时不仅要考察太子的贤德，还要考虑皇孙的天赋，于是就上演了一出“试儿选太子”的故事。让几位候选太子把各自的孩子们带到宫里，让他们同时抓周，所备物件里有珠宝类、书简笔砚类、弓箭类、脂粉类、吃喝类等。几位皇孙有的拿着翡翠，有的拿着脂粉，有的拿着吃喝类的东西，只有皇孙孙皓一手抓过书简，另一手抓过绶带。孙权大喜，就立孙皓之父孙和为太子，孙权死后虽几经宫廷争斗，几废几立，最终还是孙皓登基。

所谓抓周，就是在孩子的第一个生日那天，在一个大桌子上或大簸箕上，或一个别的空间里，放着各种各样的物品，让孩子在这堆物件里爬着玩，然后让孩子在这堆物件里面拿东西，所拿到的东西预示着孩子未来的职业或人生境况。

这些物品的准备虽各地方不尽相同，但也都有一定的规律，有几类物品是必须有的，这也代表着大人们希望孩子抓取的几种物件，或者说是大人们希望孩子未来要成就什么样的人生。有代表权力类的印章；有代表学识类的笔墨与书；有代表商业类的算盘；有代表财富类的钱币；还有生活日用品或玩具等。若是女孩子，抓周还要加上厨具类的勺与叉；裁剪类的尺与针等。

当然也有些人家别出心裁，加上一些别的物件，比如小农具，尽管农村人都想走出去，但更多的农村家长还是务实地想着让孩子做个合格的农民。有的老师家里还会加上粉笔什么的，有的渔人家里还备上一个纸叠的渔船。

在这些物品中，有的就是从生活中随之取来的；有的则要制作，像印章；还有的人家用布或纸制作一个小的古代的官帽。当然，准备这类物件的都是一些比较讲究的大户人家，更多人家的孩子在抓周时，都是临时从家里找出一些东西往那里一放，让孩子去抓。

合肥西乡的乡下人家，孩子的一周岁生日宴都有抓周的活动，一般在吃长寿面之前。抓周之前，家里人都要进行精心的准备。比如请什么亲戚参加，准备什么东西给孩子去抓，但各家的抓周物件基本相同。孩子抓取物件时都要有点评，这个点评的人可以是家中来的亲戚，也有的请当地的肚子有些墨水的文人。

不管孩子抓到什么东西，都要往好的方面去解释，这也是需要一些工夫的。若孩子抓到印章，点评人就会说这孩子以后官运亨通之类的话；若抓到笔纸就说孩子以后有文采；若抓到吃的东西，就会说孩子是有福之人，一辈子不愁吃穿；孩子若抓到胭脂类就说孩子有女人缘。若是女孩子抓到餐具类就说是贤淑之人；

若抓到针线则说孩子是心灵手巧之人。总之，不管抓到什么东西都要往好的方向去圆说，每说一句，家里的亲戚都要捧场，都要现场起哄，要的就是这种气氛。

我母亲常说我抓周时就抓到一本书，其实不是书，那时候家里没有书，是父亲突发奇想从家谱里拿出一本谱，放在那堆抓周的物件里，放在最前面的当然是大人希望小孩去抓的东西，而那本谱放在中间靠后的位置。父亲把我抱进大簸箕里，我就在里面爬，一会儿抓着这个又放下，一会儿抓住那个又扔下，每抓到一件东西，大人们都要叫好的，可我在一个大簸箕里爬了半天，最后就抓着那本家谱不放。然后，就有亲戚当场认定这谱就是所抓之物，还点评说，谱就是书，这孩子长大后有文采，有知识，会学习。其实，当这位点评的亲戚在圆说的时候，我们村子里还没有一所学校，也没有老师。

抓周这事，在乡下很流行，但家长们谁也没有把它当一回事，所以，我抓了家谱之事在抓周之后也没有人再提及。可当我考上大学那一年，抓周的事又被提起，说这抓周试儿还真的很准，说我当初抓了书，后来果真会学习，有文采，知书达理，靠知识吃饭。每有人提及，我都付之一笑。

2023-01-17 于合肥天鹅湖

水　灾

今天在酒店里突然看到鲍家庄微信群里有关于老家又发大水的消息，还有许多图片，从图片上看已是一片白茫茫，那楼房立于水中央，立于水上的还有树。我立马打电话给舅舅，我家亲戚里只有舅舅还住在乡下。

他说人已全部被强行撤离，他不想走，可政府不让留在家里，出于安全考虑，所有人都被撤离走。我问他家的东西呢，他说彩电、洗衣机和冰箱都架在大桌子上，被子和衣服吊在房顶上。我说不能搬到别人家的二楼上吗？他说这次决堤的是小圩，架在大桌子上就可以了，要是丰东河大圩决堤，架再高也没有用，三楼都会进水的。

放下电话，看着群里不断发出的洪水图片，我的思绪一下子就回到了二十五年前的1991年的那个夏天。丰乐河全流域大雨，巢湖水位早已超过警戒线，长江的水位也已超过安全水位，巢湖流域所有的河流都处在危险当中，而丰乐河作为巢湖最大的支流，压力更大。

破圩的消息不断在媒体上发布，一会儿是三十二联圩决堤了，一会儿又是整个三河镇淹没在洪水中，一会儿又是政府救人的场面，那些动人的场面时不时就会催人泪下。各地开始捐款了，先在省内进行，然后到全国，包括香港和澳门的居民也开始捐款捐物，中央电视台也不断地推出极具感情的图文并茂的节目或报道。

可在这所有的报道中，没有老家袁店乡一点点的消息，那里可是丰乐河中上游最长的一段，还是丰乐河流域最大的一个圩——西大圩，难道这里平安无事？每天一早就盯着报纸和电视，但那一天直到晚上都没有袁店乡的报道，我就在庆幸中入睡，第二天又在同样的情绪中结束。每天都在庆幸与焦虑中度过，梦里全是家乡农田里的庄稼，父母与弟妹的安全，还有家里的四马落地房。

那时没有电话，更没有手机，要联系就只能到邮局拍电报或写信，要不就只能跑一趟。报纸、电视上都没有消息，或许西大圩是安全的，因为，如果这里决堤了应该有报道的，所以，到后来就认为西大圩是安全的。

一天上午十一点多，突然有人叫我收电报，心一下子沉了下去，一说有电报我就知道是父亲拍来的。自我大学毕业以来，每年的七月上旬都让父亲给我拍电报，因为这电报就是请假的理由，而理由每年都编得不一样，一字不识的父亲却能编出理由充分的电报，我时常想，他并不笨，只是不识字而已。每年请假十天，回去帮家里双抢，双抢是圩区种田人最忙碌最累的一个时段，我没有办法坐在空调房里想象着父母弟妹在田间的辛苦劳作。

可今年的电报又来了，莫不是双抢开始了，我急忙展开电报，想着父亲今年又给了一个什么样的理由呢。“房倒屋塌速归”六个字让我眼前一黑，终究是没有上过学的父亲，一个字二毛五分钱呵，房倒不就是屋塌吗？而今年还多了速归两个字，以前都只有四个字，但那四个字却那么有震撼力，每次行长瞄一眼就批了。

今年的理由太充分了，走进赵行长办公室，手中拿着电报，他一看就笑了，因为每年都差不多这个时候请假，每次都是拿着一封电报进门，每次电报的内容都不允许你不批假。我说：“行长，我家的房子被大水冲掉了。”他一下子严肃起来，倒杯水安慰道：“快快回去吧，拍些照片带回来，到时候给你家批一笔灾害补贴。”我千恩万谢地离开了。

那一年整个安徽都在闹水灾，芜湖也一样，而巢湖流域最严重，所以回家的路异常艰难。我从芜湖到南京，从南京经刚修好的高速到合肥，可合肥到老家的路也不通，好多地方被冲掉了，只能一截截地倒车，差不多一天工夫才回到老家。

放眼望去，那真是惨不忍睹，洪水已经退去，那村庄十几米高的树梢上挂着稻草或别的什么秸秆类的东西，还有枝头上挂着衣物，风一吹过就像旗幡一样随风飘扬。一些沟沟坎坎堆积着从上游漂下来卡在这里的各类杂物，五花八门，什么都有，离路稍远点的地方还有死猫死狗在散发着恶臭味。

村里的一条中心路，把村子分成两半，北半边沟塘的水位已处于正常状况，田里的庄稼趴着，呈深褐色，发出植物腐烂的味道。靠近丰乐河那半边的农田与沟塘，变成一望无际的沙漠，洪水冲刷进来的沙子堆成了山，不要说庄稼，田埂与池塘都没有了。

政府组织村民的杀菌防疫，好多人站成一排，身背喷雾器，不留死角，从村庄到道路，从沟渠到田里。特别是人居住的窝棚及老庄基周边，消杀得更彻底，连一头猪，一只鹅也要对其身上喷洒药物。

从村中心路到鲍家庄只有两百米，可抬头看，房子全没了，庄台上只有几棵参天大树，树梢上同样挂着各类秸秆和杂物，连我家后排的四马落地房都不见了。再近一点看到的是一连片的窝棚，棚只比人高一头，进门要弯腰。

我家的小棚就搭在原来的房基上，我刚走到西塘坝，母亲就迎了过来，一把鼻涕一把眼泪，哭诉着说，我家那么多的房子啊，一眨眼就成了一堆土了，这以后的日子还怎么过啊。边说边引我进“家”。

家是用残断的木料架起来的，外面铺着塑料皮，皮外面又加一层稻草起隔热作用。室内大约二十平方，一张床，也是木头搭的；一个大桌子，其中的一条桌腿还是断的；地面潮湿得很，没有锅灶，有个煤球炉子，新买的，所以屋内一股煤烟味。

母亲不再流泪了，在张罗着晚饭，父亲抽着烟，佛子岭牌的，现在生活好了，老九分几年前就淘汰了。我也要了一根，吐了一口烟，才想起今天几乎一天都没有吃饭，真的是饿了。“怎么那么晚才发电报给我？”我问父亲。他说决堤之后，好多天水都下不去，舒城那边也是汪洋一片，况且，廖渡口是不许过人的，所以，水一落就去舒城了。

母亲做的晚饭简单，也就很快上桌，父子俩喝了一杯，不知什么时候小弟也回来了，一身脏得像个泥蛋，盛碗饭端着碗又不知道去串谁家的棚了。三杯酒下肚后父亲开始描述当时的险象，其实，县里已经下达了弃圩的命令，但乡里舍不得这几万亩的庄稼呵，下令死保，一直撑到最后，但还是决堤了。

一开始，父亲和二叔都没有撤离村庄，因为我家和二叔家后面是祖上留下的四马落地房，即便四周墙倒了，那房子也会有柱子撑着，所以不愿撤退，况且还有那么多的家财要关照呢。可救援队不同意庄台留人，要求必须撤退，于是把冲锋舟开到门口，连拉带拖地上了舟。

父亲说完又独自喝了一口，长叹一声，要是不撤退或许能保住那几间四马落地房。父亲是在自责，我敬了父亲一杯酒，安慰道：“生命最珍贵，有人在就不怕，撤退是对的，你看那树梢上的杂草，留在庄台也保不住的。”我的安慰之言让父亲宽心了很多，接着我又说：“旧的不去，新的不来，本来不就准备造房子吗？”

这一夜，在窝棚里，几乎没有怎么睡，眼前浮现的全是原来庄台上的一切。一排排的房屋，一户户门洞，一个个直直的烟囱，那口老井，那八字形的东西塘坝，壕沟后面的月牙池，我家的前后两排房子，还有厢房，还有那青石石臼，冬瓜梁和柱础呢？一切的一切都随洪水而去了，除了这几根断木残垣。

第二天早上一起来，父亲忙着晒他的家谱，我走过去，好生奇怪，家当都冲走了怎么还有家谱呢？父亲说救援队的人拖他上舟时，他唯一带走的东西就是这箱家谱，我好生感动，陪着父亲一页页地翻晒。心里想着，父亲一字不识，可对这家谱却爱护有加，每年的六月六都要晒谱，而且那仪式感极强。这大概就是家风或叫祖传吧。

村里的田一半被沙子掩没，另一半也无法耕种，因为，种子还没有到，生产自救也只能在菜地上做文章。因而，村民们没事干，除了发愁就是喝酒，或相互说着宽慰的话。

吃的粮是政府送的，菜也是政府安排的，但品种只有土豆，不过那个时候有土豆也不错了。即便只有一份土豆菜，但庄台上几乎每天都有醉酒声，或浇愁，或邀愁，白天在桌面上推杯换盏，夜晚在窝棚里泪如雨流。

一阵敲门声打断了我的思绪，原来服务员要来搞卫生了。我走出房间，在海边的空地上走着，又翻看了一些最新的关于老家洪水的照片，微信群里安静了许多，因为危险等级在降低。1991 年以前的那些大水，不仅人命关天，而且倾家荡产，而现如今，家家都是楼房，大水来了，人命无虞，财产无恙，只是庄稼无收。

洪水无情，政府有爱，国家有运，人民安居，这大概就叫国泰民安吧。

2016-07-03 于合肥天鹅湖

疯狂的薄荷

合肥西乡的袁店廖渡，属巢湖平原。丰产区，最适合的就是水稻种植了。但从20世纪70年代初就有人在自留地里种植薄荷。一开始是偷种，后来就公开了，规模都很小，由小贩上田收购刚割下的薄荷秧子，送到不知什么地方去提炼薄荷油，然后再由“高端”一些的小贩将薄荷油送到外贸单位出口换外汇。

那一年的秋天都过了好长一段时间了，一股种薄荷发财的风吹了过来。全村的人都像是疯了，都在传闻着，谁家去年种了多少亩薄荷，今年就直接发财了，已是闻名的万元户了。故事从村东头传到村西头，数字就增加了一倍。一开始只是传得神乎其神，后来就是付诸行动了。反正田已分到户爱咋干咋干，所以，快得几近不让你思考。隔壁队的盐行仓，家家凑钱建炼油锅炉，听说有户人家把耕牛都卖了，入股建锅炉。

由于盐行仓的人把锅炉建起来了，就需要更多的人种植薄荷，他们就更是起劲地鼓吹薄荷的“钱途”。那段时间，无论白天还是晚上，无论田间地头还是树下路边，凡有两个人以上的地方，都是以种薄荷为主题。那段时间，你不谈薄荷以及薄荷油，你就是没思想、没追求、没出息。更有甚者，把已经发青的稻秧拔掉来种薄荷，这实在是疯狂的举动。

我的父亲一直以稳健且略加保守而出名，终于也思想决堤了。我清晰地记得，那年 8 月底的一个晚上，昏暗的灯光下，蚊子的嗡鸣声也没有影响父亲的思考。在第五根烟灭了之后，他突然站起来，一脸严肃，像指挥千军万马的将军，在进攻方案尘埃落定时的那种情绪。

“干，明早就干，把茅厕小田的水放了，秧拔掉，种薄荷。”他终于做出了决策。

茅厕小田约 2. 5 亩，之所以叫茅厕小田是因为北面的田埂边有一排茅厕，每家一个，约 1. 5 平方米。里面埋一口大缸，两块木板一架，就是厕所了。这块田靠茅厕这一边，既脏且臭，但这块田肥沃，且离村庄与场地很近，便于耕作，是队里的上等田块，也是我家十二亩田中最好的一块。

听了他的决定，我们都惊呆了。父亲一向对经济活动不感兴趣，只对农田和农事情有独钟。在我的记忆里，队里其他人家都在偷偷做点啥生意，或养点什么家禽，搞点副业收入。只有我们家啥也不干，一方面因为父亲是队长，要自觉点。那时不比现在，做生意、搞副业都是不务正业，是不光彩的事。只有务农种田、安分守己才是根本和要务。另一方面，和父亲不善经营也有关系。原来他也做过一两次生意，那年不想再做队长了，就外出几个月贩卖大裱纸，即烧纸钱用的那种纸。可人回来时，本却没有完全回来，更别说赚钱了。他也曾养过老母猪，喂得太肥了，第一次生两头小猪，第二次生三头，然后就卖了。从此，我们家就一直守着田地，在土里刨生计。

可这次父亲的决心之大，决策之艰难，我都很清楚。他每天几乎都在这块田埂上转悠好几圈，看样子是舍不得。一会蹲着看，一会又站着看。一个地道的农民，谁会对田苗无情呢？庄稼是命之所在啊！平时田里的一棵苗歪了，他都要走下去扶正，看到场地上牛脚窝里的几粒稻子都要抠出来，现在怎么舍得把整块都快抽薹的苗给拔了呢？

我们私下里都说，父亲被传销了，也是疯了，但谁也说服不了他。父亲在家里，平时很民主，但有大事要做决定，那是一言九鼎，谁也拦不住。尽管如此，母亲带领我们还是极力反对着。当然，我们的目标一致，但出发点不尽相同。我们几个孩子主要是不想再折腾一次，太累了，还有就是薄荷是否真的那样神奇呢？

但村里的种薄荷之风更疯狂了，越来越多的人家把青乌的秧苗拔掉。一时间薄荷苗洛阳纸贵，不仅贵连薄荷根都难以买到了，而且不管价格，人们见到就抢，抢了就往田里插。眼看天气渐冷，但薄荷苗及根还在田里，有的长成了，但更多的才刚冒出地面。那提炼薄荷油的锅炉就开始冒烟了，种得早的都可以提炼了，而种得迟的，薄荷还处在摇篮中。

那一壶壶橙色的薄荷油，看上去实在养眼，闻起来也清凉。当农妇们带着笑与满心的欢喜，把一壶壶油挑回家，憧憬着当万元户的时候，笑意还未完全收起，哭相就接踵而至。由于种植面积过大，供过于求，加之商贩压价，收购价几乎腰斩。当然，薄荷长成的人家仍然还是有些收获，只是像我们家这样连薄荷苗都没有长成的，只能是空收一季的辛苦与纠结。父亲只得又下令，铲掉薄荷，种上紫草作为来年的肥料。

一场轰轰烈烈的薄荷运动结束了，许多家庭第二年还未到麦收时节就断炊了。勒紧裤腰带是这些种薄荷失败人家的第一措施。怨谁呢？追求富足，厌恶贫穷，是人们的一种正常心态。这是农村改革前农民自觉的冲动，这种冲动的能量是无法估量的，也正是这种冲动，给农村改革带来了巨大动力，也给后来城市改革以太多启迪。

2017-08-18 于盛名阁 2C

第六辑

乡景

湘妃竹

竹子作为一种植物来说，那真是百般受宠的，盖因文人墨客的吟诵。有人把竹子列入“四君子”里，也有人将竹子描绘成“岁寒三友”，板桥先生的画上也自题：“衙斋卧听萧萧竹，疑是民间疾苦声。”东晋时的文人达官厌烦了官场与尘世就躲到竹林里清谈，便有了“竹林七贤”的故事。咏竹诗中也有：“未出土时先有节，便凌云去也无心。”

竹子受青睐，理由也是充分的，首先是它的气节，无论土蛰，无论凌云，那气节是分明的，不为所动，不为所变，可谓“不忘初心，方得始终”。其次是它的竹格，贫瘠不嫌，几乎世界上的每块土地之上都有它的风姿，威武不屈。雪和风于树是灾，于竹却无损。再次是它的虚心，稚为毛笋，老为修竹，它的心始终是虚的。竹为诗，竹为画，竹为文，竹为品，不是浪得虚名，也不是为赋而言，是它千万年修为的结果。

记得刚上袁店中学时，校门口外不远处的雁窝蛋，校园里小花园边南大塘与东大塘的交界处，操场北边跑道至北壕沟边都有几处竹子。雁窝蛋与小花园处的竹子很少，不能称为林，只能称丛。一处十几棵，另一处三十来棵，竹子上斑斑点点，一点也不好看。操场边的竹子要多些，可称为林，竹子清亮，但都不高，是小竹子。

小时候，我就爱竹，只是爱得世俗。那时的竹子，在我眼里没有美的概念，也没有节的欣赏，有的只是功用性能，比如可否做根放牛棍，或者做根鱼竿。

由于学校的那些竹子都不符合这些功用，所以没留下什么印象，倒是操场边的那片竹林成为我们逃课的好去处。

每当大王老师的政治课“上演”时，那竹林里就像来了一阵麻雀立即热闹起来，有些胆量的同学都在竹林里，因为先生那政治课上得实在比饥饿还难受，当然也不能怪大王老师。除了政治课外，还有山老师的英语课，在那个“不学 ABC 照样干革命”的时代，班上除了少数几个同学或真或假地上英语课外，其他的差不多都在竹林里悠闲了。

离开袁店中学后的 30 多年中，我时常回学校走走，去年的深秋照例又去学校转转的时候，小花园水井边的一小片竹林吸引了我，三四十棵的样子，刚移栽过来不久。再一细看，青青的竹竿上斑斑点点，有的像疤痕，有的像泪滴，颜色也有深有浅，三四米高的样子。这不就是原来雁窝蛋与大塘埂边的那种竹子吗？同行的斌老师看出了我的疑问，笑着对我说：“这叫湘妃竹，从千里之外的湖南而来，为曾国藩所赠，生长在这里都有 150 多年的历史了。”

湘妃竹是斑竹的一种，它的名字来自一个凄美的故事，说是远古时期，潇湘大地有九条恶龙荼毒百姓，民不聊生。舜帝心系民生要亲自前往消灭恶龙，经过几年的搏斗终于战胜恶龙，而舜帝却永远地沉睡在潇湘之地。

舜帝的二妃，也就是尧帝的二女娥皇与女英，思夫心切，决定千里寻夫，九死一生来到湖南的九嶷山下，却只见到百姓为舜帝筑起的高高坟墓，坟墓的四周是那高密的竹林。娥皇与女英围着舜帝墓日夜啼哭，滴滴泪水挥洒在竹林里，竹子上从此留下斑斑泪痕。娥皇与女英，泪干泣血，最终因痛不欲生，双双投湘水为舜帝殉葬。后人便称此竹为斑竹，即湘妃竹。

曾国藩弥留之际正是直隶总督李鸿章辉煌之时，此时李家已替代了曾家，而淮军已取代了湘军。曾国藩自知来日无多便千里修书："此次晤面后或将永诀，当以大事相托。"总督李鸿章不敢怠慢，千里策马赶到江宁（现南京）曾的府邸。

见到学生如此迅速赶到，曾自是喜不自禁，三杯两盏之后便移至府中的竹园艺篁馆开始煮茶品竹论英雄。

一番时势纵论之后，曾对李说："我爱竹，犹爱湘妃竹，这竹园里，那大片的是一般的竹子，而这一小片的则是湘妃竹。因为，我从湘妃竹上的泪滴看到了一种血性，一种知其不可为而为之的血性，一种以死报答知遇之恩的血性，一种至死不渝追求目标的血性。"

作为学生的李鸿章对恩师的点化了然于胸，这湘妃竹承载了"当以大事相托"的全部内容，他适时地说道："恩师，赠我一些湘妃竹吧。”

“这些湘妃竹是从洞庭湖边君山上带土移栽过来的，共 90 棵，送你 50 棵吧，回去后分些给你的兄弟们。”曾国藩会意地笑着说道。

次年春天，李鸿章将恩师所赠的 50 棵湘妃竹带到合肥，除在他的老家磨店李家庄种了 10 棵以外，其余的都赠给了唐定奎等淮军著名将领。

此时，五房圩刚刚建成，小花园也雏形初现，唐定奎对恩师赠予的湘妃竹另眼相看。在小花园的边上，另开一处竹园取名“师恩竹苑”，十来棵竹子占据了一大片园地，园丁们也对湘妃竹护爱有加，没多少年十来棵竹子便成长为一大片湘妃竹林。

沧海桑田，世事难以料定，圩子衰落时就殃及了湘妃竹。五房圩子成为粮仓后，那些花花草草不受待见，被践踏乃至铲除都不能发出一点痛苦的呻吟。后仓库又变成了中学，这些湘妃竹的命运也没有多少改变。

今天，这些不屈的湘妃竹终于迎来了生机，在可以预见的将来，这些湘妃竹或许会有一片自己的园地，一个受人呵护的家。

夕阳西下，微风刚起，当我和斌老师起身离去时，那摇曳的湘妃竹似是在作别，亦是在昭示着它们的血性。

2017-11-05 于山水郡

大栗树

我家门口有棵大栗树，距门约有 21 米，距前面的秧塘约两米。树根部距水面也大概两米。这棵树，树干高大，树形好，三边的丫枝一律向上伸展。对着我家门口那边，却横向生出一枝，横向一米多后又向上伸展，像一只手臂在招呼来人，很有力量，也很友好。

据父亲说，这棵大栗树已有 160 年的历史，但因为生长极为缓慢，树干只有大黄盆口那么粗。倒不是因为土壤不肥，而是由于栗树的生长特性。这棵大栗树就像个踏实朴素的农民，慢条斯理、不急不慢地生长着，安静地立在那里。

这棵树在我们家的门口，也在鲍家庄的中心地带，自然也就成为人们聚集的中心。中午吃饭时，大人、小孩儿都会扛起一大碗饭向大树下集中。说是扛着一碗饭，是因为在来的路上，碗一律都在肩上后部，是扛着的。左撇子就用左手扛着碗，右撇子就用右手扛着碗，只是到了树下才把碗放下，捧在面前享用。说笑声便开始在树的周围环绕。故事一个接着一个。有的人一碗饭吃完便快速回家，再盛一碗过来。有时有特别好笑的故事，有的人还要求等会再讲，说“等我盛碗饭来”。

尽管那时候都很穷，但每家的经济条件还是有些区别。所以，吃饭也不仅是吃饭，除了填饱肚子之外，还有些别的意思。比如，有的人家碗里有肉或肉炒菜，别人眼里就有了羡慕或是嫉妒之色。但一般都不用正眼看，怕被人瞧不起，大部分会瞥一下或偷看一眼，目光又迅速回到自己的碗里或讲故事的人的身上。

在深秋或冬季时，咸肉上市了。一些人，特别是孩子，得了一块咸鹅、咸鸡或咸猪肉，吃第一碗饭时，咸肉就摆在饭头上。第二碗时，肉还在碗头上，并没有吃或没有吃完。那是面子，我有时也这样显摆一下。记得有个小女孩儿，甚至一顿饭都结束了，那块咸肉还在。回家后就用一块纸包住，在上学的路上边走边吃，馋得我们流口水。

不仅是吃饭，没事时大人、小孩儿也都喜欢坐在树下闲谈，东家长西家短的，有时也会生出很多是非。比如东家死了一只鸡，经过多人转载，再汇聚到大栗树下时，就变成西家死了一头猪。而被传闻死了猪的那家又不同意这种夸大，认为这是存心不良，在诅咒他们家的猪。这时候，一场口舌之争就难以避免了。

我们庄子许多女人间的吵架，也与这棵大栗树下的“信息中心”有关。有时也不是故意的，比如有几个人在大栗树下聊天，而去老井挑水的人经过时听到了一些传闻，再加工传播就会失真，就容易引起事端。

大栗树还是我们小时候最快乐的游戏工具。那北向的横枝，我们在上面荡秋千，有时荡得与树枝一样高，虽然很危险但谁也不怕。最有威信的孩子一般都会被荡得最高。有一次，一个孩子一不小心从秋千上飞了出去，直滚到秧塘里，摔得鼻青眼肿。他父亲就来问罪，首先就冲着我。那人是老师，他心里想着除了我，谁敢把他孩子荡飞出去？其实，那次我真的没参与，但我没有解释，更没有供出是谁干的，因为大家都不是故意的。

大栗树下是信息中心，我的家门口就成了孩子们的娱乐中心。那时流行一种游戏——打壳。大家把各自等价的硬币放在地上专门挖的一个小坑里，四周画个圆圈。谁要是把钱从小坑里砸飞出线外，那飞出的钱就是谁的了。

我和我父亲一样不喜欢赌博，但这种游戏我喜欢。因为这不仅是力气活，还是智力活，首先一轮一轮地砸，轮到你时要选好对象，选准哪枚就砸哪枚硬币，平躺在坑里的和平躺在坑外圈里的，我一般都不考虑，因为砸出的可能性小，只选那些背粘着土、半竖起或全竖起的硬币，打壳时从底部砸入，很容易撬起它们飞出圈外。

有的孩子只会出大力，不看方位狠命地用力砸，要不就把硬币砸到地下更深处，要不就给别人砸出好的位置。此外，打壳时我们也立了很多的规矩。硬币都只选二分币。打壳时是用铁片、瓦片或大铜板，每次打壳前都说好，今天是用瓦片还是铁块或大铜板。那时农村的铁很少，主要来自坏了的犁耳，以至于生产队的犁耳坏了，尤其是被砸碎了，首先就怀疑是我们干的。瓦片比较容易找到，谁家的缸坏了，我们就会让它变得更坏点，直接弄成碎块，我们就顺理成章地捡些来作为打壳工具。

大铜板类似袁大头，但更大更厚，是铜质的，打起来省力，但太轻不过瘾。所以，我们打壳，首选瓦片，其次为铁块。我们的规定是当硬币搭线时超过三分之二才算赢，但那圈线也很粗糙，且硬币飞出时全身带土搭在线上，难以辨认是否超过三分之二。孩子们围着那钱币，一圈人坐在地上讨论半个小时也是常有的事，有时实在达不成一致结论，他们会说："大存子你说吧！"这时我基本上判赢。

由于父亲极不喜欢赌博，所以我们就偷着干，打完后再用些土把那个坑填上，但依然好几次不注意都被父亲当场抓住并呵斥一番。后来我们都动脑筋，每次打壳时派一名围观的小孩儿爬树上瞭望，看到大人回来就立马报信儿，好处是每次五厘，记账累积到一分或二分时，由二次的赢家支付。大栗树便变成了瞭望台。有时候，孩子饿了盼着大人回来吃饭时，也会爬到大栗树上观察庄台两边塘坝的动静。

秋天到了，大栗树也会结果子，我们知道那些栗子吃不动，每年仍然都会在地上拾起很多回家剥开外皮，晾晒干后再用锅炒，形状极似板栗，但不是那个味，又涩又硬。也许这棵栗树本来生在这里就不是为了产栗子的，而是有别的作用，特别是用来看的或聚人气的。

1991 年，一场大水消灭了百年历史的鲍家庄。为了交通方便，大家都把新居建在村中心路边了，那棵大栗树的辉煌也结束了。庄台变成遗址，而大栗树也被遗丢在那里。我曾动过心思想把它移到新屋的门口，可它太苍老，也太巨大，怕它经受不了。每次回乡时我都会走到秧塘外，远远地张望，那时通往庄台的路已经走不通了。

我时常想起它的孤独，突如其来的孤独，从门庭若市到门可罗雀，再到孑然一身，这命运的跌宕起伏，它能经受得住吗？好多次，我就站在秧塘的外埂边默默地与大栗树交流着："我好想把你带走呵，可我带不走你呵。你太沉重了，你承载的太多了，我在异乡为你祝福。"它似乎听懂了我的话，一阵叶子的沙沙声。

有时候我也安慰自己，它尽管孤独些，但生活的环境真的好了。没有人攀爬瞭望，也没有人扯着树枝荡秋千，更没有人在它的眼皮底下生是非。热闹少了，宁静多了，像大栗树这个年龄了应该可承受了吧？也当然，并非每种生物都会像人类这样扎堆，凑热闹，或许宁静更符合大栗树的初心。

有一年气候干燥，秧塘到底干涸了，我终于走到了它的身边，看到它更加茂盛，我心安许多，有些风，它就摇起来，我知道它想和我说说话呢。我们说了好久好久，长灯时分我才起身离开。可是不承想，这是我俩最后一次交流。

庄台被遗弃后就成了一块荒地，每家分一块，并没有按照原来的居住地分，而是按等份随意抓阄，每家都在上面种植旱季作物。我不知道父亲为什么没要我家的那块宅基地，可能与早已进城了有关系吧。

大栗树的那块地分给一个邻居之后，他在那里种花生。到手不久，他嫌树冠影响作物生长，竟一刀一刀把它砍倒。后来听说他原先准备用锯子锯的。有人说这树太古老了，有灵性的，用锯子他会倒霉的，但可以用斧子砍，因为斧头是个扁嘴子，一口口砍倒一棵大树不会有报应。

我不知道这个过程是怎样的，但我能猜想那该有多痛呵。那一斧一斧地砍呵，那一刀一刀分明也砍在我的身上，后来听说砍了一天多，那大栗树才不情愿地倒下。大栗树倒了，永远地倒了。

我回来时，远远没有看到那挺拔的大栗树，眼泪立马就下来了，立即冲过去。秧塘的水还很深，我顾不了那么多，卷起裤脚走过水塘跑上庄台。那黄盆口粗的树干倔强地斜躺在那里，那粗糙的树皮全部张开，像在大声呼叫自己的冤情："我并没有影响谁呀！"是的，它真的没有影响谁，因为它的冠大部分伸在水面上。可树同人一样，往往也会遭遇不白之冤，飞来横祸，可自己却全然不知。

我的大栗树，我童年的伙伴。我们诀别已有 20 年之久，可每次去远眺那个遗弃的庄台时，我的眼角都湿润了，我都期盼着会再有一棵小栗树原地生长。会吗，我的大栗树？

2017-03-12 于湖山静苑

枸骨冬青

廖渡村杨小郢生产队有棵古树，是我们村的树王，两年前专业机构挂上了牌子，上面写的树龄是四百年，但祖祖辈辈的人口口相传的则是五百年。树王有许多名字，正名枸骨冬青，别名有很多，猫儿刺、鸟不宿、老虎刺、狗骨刺、八角刺、老鼠树。每个名字都有来历，带“刺”字的名字好理解，因为刺多。鸟不宿也与刺有关，因为刺太多，鸟没办法在上面留宿。而老鼠树则与树形有关了，这种树非常适合老鼠生活，老鼠可入洞，可入根，可上干，可上枝。

枸骨冬青在村里的位置是显赫的，因为它的长寿，因为它的灵性，因为它的高大，因为它的常青，还因为它给村民的恩泽。秋天过后，大地一片黄土色，或是冬雪初至，田野一片白茫茫，平坦的圩区田地，一两公里外就能看见它那绰约的风姿，四季不变的绿。伞状的冠，呈半球形，高而宽大，密而有序，一个主根生出四个主干相携而上生长，几百年来不失平衡，不失协调，和谐共生，像一个几世同堂而不分家的传统家庭，子孙满堂，枝叶繁茂，和睦相容，生生不息。

枸骨冬青成为树王，不仅因为它的长寿，也不仅因为它的美丽，还因为它给人们带来的物质上的丰富和精神上的慰藉。枸骨冬青的叶、皮、根、果皆可入药，补肝、补肾、养血，祛风止痛，对牙痛、头痛、风湿劳损皆有较好疗效。据老人相传，在西医还没有进村的时候，这棵枸骨冬青就是一个小医院，能顶一个郎中。谁家有人头疼脑热的基本都是靠枸骨冬青，其叶、皮、根、果或煲汤或泡茶或做成药膳，根据不同症状使用其不同的部分，都有很好的疗效。

除此之外，有人心神不宁，有人心悸心慌，有人焦虑难眠，只要在树王下面静坐几小时后，就会感觉轻松很多，像进入另一个境界一般。至于为什么有这般效果，没有人能给出科学的解释，更多的是传说，说树王成精了，可以给人以精气。我想大概是因为树王以自己的定力使人汲取自然的气息从而改变人的心境。

很多人身体或心情大好后，都会来还愿，拴上几条红丝带在树枝上，有的还在树下面点上菜籽油灯，以示对树王的感激与恭敬，还有好事者带来香炉烧香。后来有人提出烧香或点灯可能都会对树王有伤害，才制止了这样的做法，但拴红丝带的做法几百年来一直延续至今。

树王不仅能输出精气，还有灵性，它的灵性主要表现在它对自然的感知并用自身的变化表达出来，告诉人们如何趋利避害。如果有一年它的叶子落得特别多，那么，次年一定有大水灾。久远的传说不足为证，但一些健在的老人说，1954 年、1969 年和 1991 年的大水灾，它都预测得很准确，特别是 1990 年的秋天，树王的叶子掉了差不多一半，结果 1991 年的大水为有史以来最大的。如果有一年树王下面都找不到落叶，次年一定是大旱之年。村民说，1977 年的秋天，树王下面一片叶子都找不到，1978 年秋旱，数月滴雨不落，也就是在这场大旱之后，开启了农村大包干的序幕。

树王不仅会预测天气，也会感知农作物的丰歉。如果秋天它的果子红且大且多，次年一定会是丰收年，如果秋天它的果子结得少而小且色泽暗淡，次年就将会是收成不好的年份，无论是水稻、小麦还是其他作物。

农民进城了，杨小郢和其他郢子一样荒芜了，一同荒芜的还有这棵树王，它不再像以前那么受人瞩目、受人膜拜，它被杂草所包围，它对于村民的价值也大不如从前。现在谁家有人头疼脑热还会去采叶折根熬汤呢？田地也没有人种了，谁也不在乎它的肢体语言所预示的征兆了。

虽然它对村民不重要了，但它仍一如既往地努力地生长着，一丝不苟，也认真地工作着，尽管它的工作成果已没有人认可或需要。它没有以前的风光但可以宁静地生活，几百年来，它为这一带农民服务着，从没有像今天这样可以完全不被外界打扰地过着自己的生活。

与家乡渐行渐远，每每回想到树王，都有想去看看它的冲动，但都没有成行，不仅是因为忙，还因为它已无法靠近，只能远远地对它张望。今年的清明节，我下定决心去看看树王——这个曾经的乡村郎中。

那是一个阳光很好的下午，我带着镰刀，边走边砍，差不多离树王还有30多米的距离，实在无法前行了，因为那里的杂树太大了，镰刀已对付不了。就在这儿吧，我端详着久别的树王，它又长了许多，高度和冠径都在十米以上，叶也是绿绿的，但明显缺少了些油亮，树形有些散漫，像个奶孩子的少妇，全然没有姑娘时的精致。但四个主干还像以前那样协调而平衡，没有哪一个横斜逸出，也没有哪一个独自向上，仍像以前那样和睦而相互关爱着。

站在齐人高的杂木丛中，树王与我无言而视，可我的思绪却全然回到了小时候。那时几乎每个夏天的夜晚，老人们都要讲述关于这棵树王身世的故事。说是明朝正德年间，这里有一对青年结伴要去杭州经商，一个叫张明，另一个叫王阳。他俩到了宣州的时候，张明就生病了，一种古怪的病，王阳带着他不断地寻医问药，一转眼，半年过去了，所带盘缠全部用光了，也不见好转。张明让王阳独自前行，王阳说他俩必须生死相依，就这样他们住到了一个破庙里，白天王阳出去要饭，晚上回来喂给张明吃。

要不到饭的日子里，王明的眼光就转向了庙前庙后的枸骨冬青，叶、果、皮、根都可用来煮着吃，王阳还变着法子加进去一些好点的东西一起煮，以期多点营养。尽管王阳竭尽全力小心照顾着，但张明的身体还是每况愈下。

有一天王阳要饭很晚才回来，发现张明躺在床上已没有了气息。手边放着一张纸，上面写道："王阳，我的好兄弟，连累你了，我回不去了，只能到这里了，请你帮我带回一棵枸骨冬青吧，栽在我家大门口的正前方，告诉我的父母，这棵冬青就是我，想我的时候就看看它。"

王阳含泪葬了张明，精心地选了一棵小苗，栽在瓦盆里，又过了一两个月待冬青成活后，王阳抱着瓦盆踏上了回家的路，历尽千辛万苦带回这棵来自异乡的冬青，一棵附有张明灵魂的枸骨冬青。

2021-04-26 于珠海鱼林村

白白的土豆花

大凉山的山，高且大，一波一波地起伏着，也不是高得没动物生存的那种高，即便在山顶上也能看到炊烟，但我们仍然感觉到这里是大山，所经过的山路往往是从一个山脚爬到山顶，再从山顶滑到山谷，再爬上另一个山顶，再滑到山谷，从市里到山村小学，整个过程都是这样。

那山中的石，红红的，或许是玛瑙的胚体吧，有的软，有的硬，更多的都已经风化，像硬泥。山体陡坡多，缓坡少，但即便在这样的山体之上，土豆却没有一点厌恶与嫌弃，欢快地开着小小的、弱弱的、白白的花儿。土豆花儿，这么土气的名字，一点也不影响那白白的花儿所包含的倔强与高雅。

这大山里的土豆，生长的土地很洁净，但昼夜温差大，土豆虽埋在土里，但茎、叶、花儿却长在外面，它们要一同经受巨大温差的冲击，暴风雨水的冲刷，阴天山风的咆哮，深夜寂寞的重压，可谓热不怨，寒不号。

白白的土豆花儿，密而生机勃勃，可它根下的土地却是那么贫瘠，一色的红壤。不！还不能叫壤，因为，更多的还是石头状的。白白的土豆花儿从石缝里汲取着丁点儿的营养，可营养不足的土豆花儿也开得洁白，开得欢乐，开得饱满，开得自信，它们想着给它们的主人长出更多更好的土豆。

经过一处陡坡时，天开始下雨，我们走在人工开凿的小路上，十分小心，可山体上的土豆花儿勇敢地对抗着顺坡而下的流水。那根似乎扎得更紧了，那叶在摇动，像在彼此鼓劲，那花儿显得更小了，看上去也更白了，每一阵雨过，它们都要发出弱弱的声响，那是它们在击掌欢庆。

稀薄的空气也没有影响白白的土豆花儿那活泼的个性，一有微风便自顾不暇地舞动着身躯，好像它们就是这山中最快乐的花儿。它们确实有快乐的理由，因为，它们虽居深山，可那些黑黑的脸膛与它们相依为命。那黑的脸膛，黑的手，黑的眼睛在照顾着整个大山。大山是彝人的，彝人就住在这山中的沟沟坡坡上，坚韧的彝人就像那坚韧的土豆花儿一样顽强地生活在这方水土之上。

高海拔的紫外线，晒黑了他们的外表，包括眼睛，但没有晒黑他们的心灵。他们的纯洁与善良，勤劳与勇敢，全写在他们的眼里。眼睛是彝人表情的语言，有作家描写过“会说话的眼睛”，或许他这句话就是从彝人身上感悟到的。

冬天的大雪往往要封山几个月，没有自来水的山中，肩膀就是水管，那些房屋低矮，门户狭小，窗子差不多只有拳头那么大，可里面住的却是温暖的一家人。这些人家每天都会有三次快乐的炊烟升起，那烟是从林中升起的，像雾也像云。雨天升起的是黑烟，晴天升起的是白烟，但都从同一个烟囱里出来爬上天空。

无风的日子，烟像芭蕾；有风的日子，那烟像探戈或摇滚。当然，烟出了烟囱，面对的就是外面的世界，但彝人是不关心外面世界的，他们只在这灶下过着自己的日子，就像那白白的土豆花儿，不惧寂寞，不畏艰难，不为山外的花花世界所扰，就守着这片水土，这片艰难的水土。

艰难是山外人的看法，而山里的彝人却不这么看。山外人看到大山里陡坡上长着的白白的土豆花儿就为他们担心，因为，那么陡的坡，那么稀薄的空气，那么强的紫外线，还有山洪，还有风和寂寞。可土豆花儿却不这么想，它们想着只有在安静而寂寞、温差大的环境下才能孕育出最好的土豆，结出最好的土豆才能让主人更好地生活。

彝人，就像大山里白白的土豆花儿一样，在陡峭的山坡上坚守着自己的家，那黝黑的脸膛健康而敦厚，那黑色的眼睛清澈而包容，包容着这方水土上的艰难与快乐，苦楚与幸福。

白白的土豆花儿，黑黑的大眼睛，是彝人最富足的两样宝物。

2023-02-03 于大境天鹅湖

水性豆腐

贫穷的时代，也是自给自足的时代。穷是那个时候农村的共性，每个家庭都有各自的穷法，不尽相同。但相同的，是穷带来的热闹，穷带来的快乐，穷带来的忙碌，穷带来的真实，尤以过年为甚。

做豆腐，就是春节前一个家庭的重要活动之一。一家老小齐上阵，簸子、筛子、磨子同飞舞，或上下翻飞，或原地打转。一出做豆腐的经典剧目在每个家庭上演。点石膏，是每个家庭中男人的必修课。这门课没修好，那是十分丢面子的事。

做豆腐，不仅要有硬功夫——好体力，还需要软实力，那就是点豆腐的技术。除了这两点，在豆腐形成之前，不能有不吉利的言语出现。因此在开磨时，大人们就会用草纸把小孩子的嘴通通擦一遍。

尽管古人说“童言无忌”，其实还是有忌的。若是大人们在做豆腐时，小孩子们说了些不吉利的话，那一锅豆腐多半会是半锅水加半锅豆腐渣，豆腐就飞了。做豆腐是水中求财，童言要忌，而小孩子的嘴用草纸擦了一遍，那意思是童言无忌，小孩子的话不算数。整个做豆腐的过程，即便小孩子说了不当的话，水神也不会计较。那豆腐依然是豆腐，而不会是水和豆腐渣的光景。

黄豆用水泡一天，就可以入磨了。推磨的一定是男人，家里的男劳力不够，就两家一起做或请邻居帮忙。家里的女人常常喂磨，就是把泡好的黄豆用勺子喂到磨眼里。

男人们一推一拉，再一推一拉，那石磨就均匀地转动并流出豆浆，白白的，有些豆汁味。磨架底下就是大木盆，两三个小时后大木盆里便装满了白白的豆浆，细腻而平滑，再用筛子一筛，汁和渣就分开了。那渣可以做成菜，也可以做成豆渣粑粑。富裕点儿的人家一般会用来喂猪。

那汁入锅，一个牛一锅里，满满的豆汁。底下豆秸（也叫豆柴）在燃烧。“煮豆燃豆萁”，这句诗就是这么来的。豆汁开了，上下翻腾像跳舞又像是奔跑，曹植却硬说在哭泣。微风过后，上面一层厚厚的皮，那就是豆皮了，也叫腐竹。豆汁中最精华的部分，都集结在这豆皮里，一点也不“韬光养晦”。

据专做豆皮生意的人说，豆皮挑出十几次后，那豆汁就做不成豆腐了。看样子豆汁都在豆皮里是有根据的。一般家里挑出两三次豆皮后就不再挑了。滚开的豆汁直接入缸，最关键的时刻到了。这时，女人都会把孩子们支到别处，而女人自己也站在远处，只留下男人在那大缸边，一手端着盛着石膏水的碗，一手拿着长柄铲子在缸底搅动，边搅边加石膏水，一边还不断地用嘴吹着豆汁上面的热气，眼睛睁得很大，好看清楚从缸底搅上来的豆汁的变化。若搅动的豆汁有絮状，而且均匀地分布，就说明石膏水在豆汁里起反应了。当絮状的凝固物越来越多时，男人的脸上就绽出笑容，直起腰给大缸盖上锅盖，家伙一放，点支烟就站在一边和家里的女人说着闲话，很自在，很享受，也很有成就感。

女人的话总是小心翼翼的，一般第一句话便是："成了吗?"

男人一般答："成了。"

一问一答后，孩子们都不知从哪里钻出来了。刚才那种近似凝固的空气，一下子活泼起来。此时会有隔壁家的或隔壁的隔壁家的男人走过来，讨支烟是目的之一，交流经验和心得也是目的之一，但更多的是来祝贺下。

做豆腐是水里求财，不仅是求财也是求运。要是谁家的豆腐做失败了，预示着那一年，他家都不会有好运。一家人心里都是沉沉的，像是犯了错似的。

两根烟的工夫，打开锅盖，一缸热腾腾的豆花就出现了。大人小孩一人一碗放入红糖，豆花立马白里透红，水里生花，豆汁里充满着甜甜的味道，就像那贫穷且快乐的生活。那时人们对幸福的要求很低，这是快乐的源头。

接下来，当家的男人就和主家的女人嘀咕起来，主要是商量制作豆腐、干子、千张的比例。用大勺将豆花舀入铺了纱布的筐里，用小石头压着锅盖或木板，成型后便是豆腐。豆腐嫩嫩的，像大家闺秀，不可粗鲁，只可轻抚，要放入加水的缸里养起来。用中块石头压出来的便是干子。干子比豆腐老很多，也薄很多，取出纱布后用刀切成块，风干或水养皆可。用大块石头加杠杆压出来的便是千张，带着布的纹路，像布一样厚，可切、可叠、可卷，切成丝，与多种蔬菜联手可变出很多种菜肴。女人们坚持多做点千张，主要是想来客人时可多做几道菜而已。

豆腐是一种食品，但也不仅是食品，还是风俗、人情百味。曹植的自传中就说得很明白，豆腐也是一种文化。这种文化，体现在做豆腐的过程中，其间有男人与女人对生活的安排。豆腐的成型就像人的成长，不同的压力就会有不同的结果，虽然初期的豆浆是一样的。

水性豆腐不仅意味着水中求财，还展示了豆腐的习性：像水一样，上善若水，居洼地而不怨。可与鲍鱼同碟入豪门之宴，不以为傲；可与牛肉为伍入大雅之堂，不以为炫；可与青菜为伴，一清二白地端坐穷人之桌，而不以为贱。豆腐犹似当今的好男人，上得厅堂，下得厨房，历经磨难，以求洁白，习性不改。

洁哉，豆腐！伟哉，豆腐！

2017-06-04 于湖山大境馨园

萤火虫

萤火虫，一个诗一样的名字与诗一样的小昆虫，两厘米左右的躯体，却能发出那么美妙的光，太阳光色系中除青与紫光外，它都能发出。而且在其一生的四个阶段，卵，幼虫，蛹，成虫，都能发光。光之于萤火虫，不仅是美的炫耀，还是求偶与交流的信号，类似于少男少女们恋爱时的秋波吧。

仲夏之夜，宁静的田间地头、塘边沟旁，一闪一闪的弱弱的亮点，像孩子们的嬉闹。一会儿上一会儿下，一会儿飞动，一会儿又落在草尖，它们是一群一群的，在一起游乐时却没有一点声音。光是它们的语言。

每每乘凉时，我都会盯着飞行中的萤火虫，不足一秒的亮光之后，是两秒的黑暗，然后再是不足一秒的闪亮。它在空中飞行一次不足百米，而这百米的光不仅是弧形的，还是点状的，像天上的流星划过夜空，所不同的是萤火虫划得更缓慢，也更浪漫。

萤火虫被历代文人墨客所吟诵，最早的《诗经·豳风·东山》里就有："町畽鹿场，熠耀宵行。"熠耀指的就是萤火虫，笔者通过写萤火虫夜间的飞行，写那漆黑的天空，寂寞的夜，冷清的光亮，渲染了一种荒凉阴森的景象，灵魂化萤之说起于诗经的年代。《七夕》中，“银烛秋光冷画屏，轻罗小扇扑流萤”，杜牧用这些婉约的辞藻描绘了七夕之夜，萤火虫的光亮照耀三三两两恋爱中的青年男女，黑夜中仰望星空，祝福牛郎织女鹊桥相会，也憧憬着自己的美美爱情。

小时候，逮萤火虫是必修课。每个孩子都会拥有一两个专装萤火虫的玻璃瓶子，夏天来临前都要拿出来，刷了又刷，直到透明得没有一丝杂质，这样的瓶子才配装萤火虫，不仅为了观赏萤火虫的光，更因为萤火虫的高洁。若将其置身于污渍环境，萤火虫不仅会生气而不发光，还会影响到生命。所以，有萤火虫的地方，一定是环境好的地方。它不待不洁之地，与君子不食嗟来之食是一样的道理。

那时的萤火虫很多，而且飞得也慢，飞行中的可以用抓，但那样很容易伤到萤火虫，更多情况下用网兜扑，或者跟着飞行中的萤火虫，待它一落草尖上就用双手捧到。

一个瓶子里只能装五六只，装多了，它就不发光了。每次逮虫回来，经过正在乘凉的大人们身边时，都会扬起手中的瓶，炫耀自己的本领。

瓶口要透气，一般在家放两三天，就要拿出去放了，萤火虫关的时间太长，它会忧郁而死的。所以，放萤火虫就是另一道风景，我们相约一起走到生产队的打谷场上，有时在田埂上，喊着“一、二、三”，放飞萤火虫。一时间，萤火虫，重回自然，又见天日，那种夺路而逃的慌乱，有时几个萤火虫都撞一起了。顿时，空中像天女散花，又像繁星点点，这些流动的光点把乡村的夜装饰成诗一样的天空。

萤火虫在幼虫阶段还是食肉的，以蜗牛、螺蛳为主，到成虫时像个绅士或僧人，饮露止渴，食蕊充饥。在每个美好的夜晚，更多的时间都在飞行表演，展示它的形体美，亮出它的能量之光。有时我在想：“萤火虫若不在夜里飞行，是否就是锦衣夜行呢?”

每年的七月十五中元节，又称七月半或鬼节，是不能出去逮萤火虫的，西乡的圩区人都相信，这一天地府里的鬼全部放假一天，让他们回阳间看看后人，他们出来时，那灵魂就附在萤火虫身上一起飞翔。有些孤魂野鬼也放出来了，所以这一天，天一黑后，大人们都是不许小孩子们出门的。

每年的七月初七，是中国的情人节，是牛郎织女在鹊桥上会面的日子，那鹊桥上的光就是由千万只萤火虫照亮的，照亮了他们爱情的路。所以，这一天，大人们都会让小男孩儿们出去逮萤火虫，或看着萤火虫飞来飞去，去接受萤火虫的爱之情愫以提高情商。

逮萤火虫有时难免会弄伤它们，尤其是尾部，那肉液弄到哪里就亮到哪里，像荧光笔涂在书页中的那种亮光，不过一小会儿，光就自然消失了。

去年夏天去游黄山时夜宿山村，我们都在仰望星空，赞不绝口这里的银河怎么那么亮的时候，突然有人惊叫：“萤火虫!”真的，这里的田里、水边、山脚，到处微光闪闪，飞着各色的弧线，一短明一长暗，天空被点缀得异常精彩。

经过四十年的高速发展，我们在富裕了的同时，环境的恶化已不可小觑，好在美好乡村建设正在快速推进，也许在不久的未来，又可“昼长吟罢蝉鸣树，夜深烬落萤入帏”。

2022-02-26 于贵阳龙洞堡

点灯灭蛾

合肥西乡的圩区水田，每当早稻抽穗和扬花时，或中稻拔节和孕穗时，防虫、除虫就成为主要工作。这个时节的虫子种类很多，但最多的是稻飞虱及各类螟虫，螟虫在我们老家叫蛾子。螟虫主要有卷叶螟、大螟、二化螟、三化螟及稻螟岭。其中，卷叶螟长得像蝴蝶，色彩最美，全身至少有四种颜色三种纹理，而身材最流线的则是稻螟岭，每边有两只翅膀，呈圆弧形，四只翅膀，呈四种色彩。要不是与人争食，你真不忍心去药它或捉它。

防虫和除虫最主要的办法是打农药，可那时的农药不仅价格贵，而且剧毒，农药残留严重，圩区内几乎每年都有农民打农药中毒的情况发生。后来公社的农科所推出新式灭虫方法：点灯灭蛾。

点灯灭蛾就是夜晚在田野里点上灯，虫子有趋光性，类似飞蛾扑火的原理。灯放在板凳或架子上，底下是一个大脚盆，里面装半盆水，水上放上一层油，煤油或菜籽油均可。当飞蛾扑向灯罩的玻璃上时或者是烫伤了，或者是飞累了，一下子就掉到大脚盆里的水面上，折腾不了几下就不动了。

仲夏或初秋的夜晚，从繁星初上到下半夜约一点钟，站在丰乐河高高的大堤之上，俯视整个西大圩，均匀布置的灭蛾灯，星光点点。点光之下，是一只只螟蛾在挣扎，一夜都能收获盆面上一层的蛾子，这是一场较量，是一场争夺粮食的较量，显然，因为蛾子的贪，也因为人的智慧，在这场大战中，人更胜蛾子一筹。

公社对点灯灭蛾很重视，还成立专门的检查组，去各个大队巡查，生产队也认真执行。反正油是公社统一供应，但要管理好，生产队也成立了小组，一晚一个人给三分工，主要负责灯、油、盆的管理，每天灯罩要擦一次，越亮越好，蛾子扑得更欢，也就死得更快。每天早晨要把灯和盆收回来，晚上加上油和水再放到相应的田埂上。

灭蛾灯的光在漆黑的乡村之夜是让人兴奋的，因为在农村，没有月光，夜晚都是漆黑的，没有光明的时光总是让人沮丧的，有光才可以兴奋。那些小孩子们总是从一个田埂跑到另一个田埂，兴奋至极，时不时就掉到水沟里，好在圩区的孩子都是水猴子一般，从不怕水。

大点的孩子，就从家里带一本书一本正经地读起来，这是生产队的光，是免费的，可以看书还不耗自家的油。一传十，十传百，当很多大孩子都这么干的时候，公社的检查人员不同意了，因为这会影响灭蛾效果，因为灯下有人，那蛾子也是有些智慧的，看到有人转一大圈儿就又飞走了。

于是公社的检查里就多了一项内容，不许在灯下看书。可有个后生有点“二”，不同意公社的意见，还上书说：“我观察过，当我一动不动地看书时，蛾子就当我不存在，因而，对蛾子扑灯没有任何影响。”还具体列举了他看书的那些晚上，大脚盆里仍然漂着非常多蛾子的事实。

于是这个二愣子被叫到公社作自我批评并检讨，还要用事实数据来充实到他的检讨里，然后，张贴到圩区的各个生产队。从此，灯下偷光的现象就结束了，只是浪费了那些白白的光，五个晚上的光就是看一部小说的油啊。

点灯灭蛾的那个时代，围绕着灯与蛾子发生过很多故事，还包括浪漫的爱情故事。老王家有四个女儿，一开始都是大老王自己去点灯灭蛾，而与大老王一组的大老陈家，有三个儿子，其中二儿子小和与大老王经常结伴灭蛾，有一次大老王不舒服就叫二女儿小琴代替他。小琴念到小学四年级就停学了，而小和则读到初二，他俩原是同学。

小琴与小和搭档点灯灭蛾是上天对小和的奖励。好多年后小和是这么对外说的，漆黑的夜，灯光点点于田野，他俩一起走过一道道田埂一道道沟，去检查灯光与盆及盆里蛾子的情况，余下的时间，小和就给小琴讲故事。一开始都是对着书讲的，后来没有书，小和就自己编故事讲给小琴听，无论是对着书讲的还是自己编的，清一色的爱情故事，直把小琴讲得春心摇动！

一年一季的点灯灭蛾结束了，小琴的肚子也大了，第二年就生了女儿取名叫娥，当娥快能叫爸爸的时候，队里的人都教娥喊她爸为娥爸，队里更有人跟小和开玩笑说：“公社号召点灯灭蛾，而你则是点灯生娥。”

2021-12-21 于斗门接霞庄

开秧门

合肥西乡圩区的农民最重视的是稻子，因为这里的田地基本都是水田，水稻就成了这里的主宰。农民对水稻的重视不仅体现在精耕细作上，也不仅体现在资本的投入上，还体现在文化上。每年春季的第一次开闸放水要举行放水节，第一次耕牛下田还要有开犁节，最著名的开犁节当然属康熙大帝主持的了，以此显示农耕的重要性，春耕的特殊性。一年之计在于春呵，除此之外，就是开秧门。

开秧门是一种仪式，开秧门首先从选日子开始，随便一点的家庭就自己从皇历上翻，然后找一天；而特别讲究的家庭，开秧门的日子选择都是要找山人来算的，边算还要边讲出道理，为什么这一天好，因为选日子还要结合主人的生辰八字，还要结合家里最年长老人的属性。

日子选好后就开始张罗，首先是准备祭品，祭品是供给土地老爷享用的，希望土地爷保佑风调雨顺。田地生金，丰收年景，先上香，再点烛，然后燃炮，场面热烈，以求土地爷高兴满意。

有更讲究的大户还要去几百米外的丰乐河大堤上去拜河神，因为丰乐河经常发怒，动不动就洪水滔天，一次次将西大圩区农民的财产归零，祭河神相对简单点，只点三根香，扔一些土地爷吃过的祭品到河中。小时候我常想，都是神为何要厚此薄彼呢，长大后想明白了，祭土地爷是求他做好事，而拜河神是想让他别干坏事。当我中年再想这件事的时候，我感到还是不妥，还应该同等重视或更重视河神，因为，河神可以让你倾家荡产的。

祭神结束后就是拜天，这一天大户人家都要请一个先生来家里参与开秧门活动。先由先生拿着一张纸对着纸念着一些农谚。一人念，众人和，所念之词皆为与农业生产相关的二十四节气类的歌谣。

我小时候听得最多的就是：春打五九尾呵，五九尾；家家捞猪腿呵，捞猪腿；春打六九头呵，六九头；家家卖耕牛呵，卖耕牛。说的是立春日、数九天与农业生产及农民生活的关系，先生念一句，众人重复后面的三个字，在重复捞猪腿的时候，双手还要有捞的动作，即抓猪腿的动作，脸上要堆满着笑意，还有的要做些夸张的笑，表达着丰收的喜悦。在重复卖耕牛三个字的时候，面部表情要有悲伤或无可奈何的样子，其显示的是产量歉收之下农民的艰难生活。

“立夏不下，停犁歇耙；小满不满，无水洗碗”，说的是立夏与小满和下不下雨的关系，先生念前面四个字，众人答后面四个字。这些农谚于农民而言已烂熟于心，张口就来，因为这些农谚不仅指导生产活动，也是对农业生产活动中的方向性判断。就这样一路唱下去，一般都要从春天唱到冬天，二十四节气中的特点都要唱完，这一段结束，拜天的部分就完成了。

拜天之后便是拔秧的表演。主人带着众人下秧苗田里，每人手上拿着捆秧草，开秧门时用的捆秧草不是平时用的那种，长长短短的自然形态，而是经过加工的，长度约三十厘米，是一根自然稻草截去两头的中间部分，这样显得整齐。平时用的捆秧草是生草，而开秧门用的草是熟草，所谓熟草就是用木榔头锤打过的草，这样的草柔软好捆。

拔秧表演的动作也是有讲究的，一般一次拔两三根苗，而不像平时拔秧那样一把一把地拔，一次拔两三根，不容易带泥，这样秧根就整齐好看，插秧时拇指也好分苗。一般一人拔两捆就够了，说着笑着，左手一个秧把子，右手一个秧把子，一条直线队伍就开进要栽秧的水田里。

插秧也不是真的插，仍然是仪式的一部分，是表演，一片白浪浪的水田，主人走到哪一边就从哪一边开始。插秧虽是表演但有一定的竞争的意味，特别是一些年轻的后生们都要好看，都想在插秧的表演中显得突出。所以当主人一脚踏进水田的时候，其他人也都下田了。年长的人显得随便，但年轻的后生们却不这么想，那些身怀绝技的总想站在最边上一排，或离其他人有一点距离，这样他的秧栽完后就显示出他的功底。

秧插得好不好，主要看五个维度：一是株距是否均匀，最直接的体现就是秧栽得直不直；二是行距是否均匀，就是每一排六棵秧是否在一条直线上，每行之间是否等距离；三是正不正，每棵秧栽好后都是笔直向上，才显得好看，秧生根也快，直不直取决于手的功夫；四是一趟秧，是否与田埂垂直，为了不浪费水田的空间以及便于秧苗的通风生长，圩区的水田插秧时都要拉绳子的，一个人插秧时是在两根线里进行的，插两排退两步；五是看栽得快不快。可今天是表演，而且就一小段，是不拉线的，秧栽得如何全凭自己的功力了。

秧栽完了，长者们先上田埂，年轻的后生们还要玩洒泥水，就是从田里撮一小点儿稀泥，相互间投洒，一般都是关系不错间的投洒，也有关系不好的去洒泥水。

每人就两个秧把子，只能栽一小段。可就这一小段，立马可看出插秧的水平，当大家都站上田埂的时候，长者们就会开始评头论足，那些秧栽得不成样子的后生已开始走远，是不想听到差评，而那些插得好的后生，就一直围在长者们的边上，期待着上好的表扬。农活被长者们表扬，在农耕时代是了不起的事，找对象时都是加分项。

洒泥水是祝福的意思，是开心的游戏，也是仪式中的一项内容。沾上泥点的后生就是沾上运气了，即便白色的衣服沾上泥水点，也不会也不能有意见，那都是善意的活动。

带着满身的泥点的后生们跟着长者们就去主人家了，开秧门仪式的最后一个活动——饮开秧酒就开始了。开秧酒就是开秧活动中吃一顿，更重要的是喝一顿，是欢庆，农耕时代，食物不足，所以更多的庆祝活动都是从吃开始，到喝酒结束。由此，酒就超越了食品的范畴，而上升为一种文化了。

春耕时的放水节、扶犁节、开秧门都是农耕文明时代的天象崇拜，人们在农业生产活动中，除了付出体力之外，还在精神上祈求外部力量的帮助，把天、地、人作为一个整体来思考，来膜拜，这其中又把人与人的和谐看得更高。

2022-01-14 于珠海木头冲

打梿枷

在我所去过的各国乡村中，除了印度的晒场上还常见农民用的梿枷以外，已经很少见到这种曾经非常重要的农具。在当下中国，也只有极偏远的落后乡村还有少量农民在使用这种传统的农具。

在所有的农具中，梿枷从名字上看是最富有诗意的，外形也有些文化韵味。那长柄是用竹子做的，也有木质的。梿枷有大小两种：五六枝树条的梿枷为妇女或小孩使用的轻梿枷；七八枝树条的为重梿枷是十工分的劳力们使用的。那枝条用麻绳编捆在一起，扬起长柄，转动梿枷，一梿枷一梿枷地砸向那晒场的庄稼秸秆，那谷物、麦子或油菜籽就从秸秆上脱下来。也有更考究的人家用猪皮条或其他动物皮条代替麻绳，更加结实、耐用且脱粒的能力更强。

梿枷这种脱粒工具，工作原理极其简单。手握梿枷杆，上下挥动，那梿枷转轴而动，一下下拍打在谷物和油菜的秸秆上，果实就会自动脱落。虽说简单但也需要有技巧，那技巧就在于挥动梿枷的速度均匀且力度适中，特别是梿枷的转动，若不在一个圈上，那轴极易轧断或扭坏。若拍打在作物上没有力量，脱粒的效果就很差，人也很累。因为梿枷只有在匀速转动时，人挥动的力量最小，否则梿枷对外产生离心力，人要用更大的力纠正那股偏轨的力量，就会更累。看似简单的事都有其规律与技巧，可谓行行出状元。

打梿枷是一个动人的场面，一般为单人打、双人打、两排多人对打。单人打及双人打是分田到户以后的事。谷物到场，尤其小麦上场最为壮观，那一排排整齐的麦把子，排队躺在晒场上，晒上一两天太阳，梿枷就开始舞动。

双人打，一般为夫妻二人，一个前进，一个后退，一般为劳力在前引打，男人一梿枷打在哪里，女人就跟上一梿枷。男人后退着，女人前进着；男人用重梿枷，女人用轻梿枷，打麦的声音也像那简单的乐曲。一声沉重，一声轻盈，节奏均匀且悠长，像小两口丰收后坐在粮仓边的窃窃细语，又像是夫唱妇随的一唱一和。那动作、那节奏、那打击声，那梿枷在空中的活动轨迹，那脚步在地面的移动，就是小两口舞动美丽生活的画面。

打麦子的季节很热，而且打麦子还必须是在一天中最热的中午时分，那时打，同样的力量，麦粒脱得更快。汗水就冒在脸上，也流在手上，脸上的汗水也掩不住会心地笑。饱满的麦粒就是肚皮的精神与物质支柱，有了饱满的麦粒，肚皮明显地骄傲，心也不慌了。打麦子不仅技巧在手上、梿枷上，也在麦把上。麦把呈扇形铺在晒场上，梿枷只能打在麦穗上及麦根部再往上一点点，否则那麦秸就不值钱了。

麦秸在农村，是舍不得用来烧锅的。它的价值比较高，可用来编帽子，做垫肩子，还可以给墙“穿蓑衣”，但最广泛的用途还是铺屋面。圩区里的一个家庭经济实力如何，只瞅那屋面就知一二。

稻草房是最穷的人家住的，麦秸房次之，而荒草房则是富人的标志。当然也有极少数瓦房，但那都是外来之财。靠自己双手造的房子，荒草是最好的。虽然贵，但是好。好即漂亮，但好的根本体现在其耐腐。由于贵，由于穷，所以极少人家有荒草房。

麦秸屋就比较普遍，麦秸可以造房子，因而有了较大的价值，这价值体现在打梿枷的过程中。麦子脱下来后，圆圆的直直的麦秸，无论编帽还是造房，都大有用途。那男人在前面打是极其认真而精准的，每梿枷下去都恰到好处。跟在后面的女人工作相对简单，只要心总在麦秸上，在梿枷上，男人砸哪里，女人就跟着砸哪里，不动脑筋也不会出错。

晒场上也时常出现呵斥声：“你眼呢?”那是男人在训斥女人打偏了，有时也是女人在呵斥男人。男人打偏了，女人以为是对的，跟着打上一梿枷；而女人打偏了，男人就会一声呵斥。

除了打麦子对技术要求较高外，其他的比如打油菜籽、芝麻、黄豆则简单得多，没那么多套路、要求和技巧，无论怎么打，脱出果实即可。打梿枷最动人的场面出现在人民公社时代，那大而长的晒场上，麦把子一排排躺在那里，像列队的大兵在等待检阅，队长一声哨响，男男女女就从各自家里扛着档次不一的梿枷上场了。

十工分的劳力扛着重梿枷，而七工分的妇女和半大孩子打轻梿枷。到了打场就站成两排，一排是十工分的打重梿枷的，另一排是七工分的打轻梿枷的。排队时就有些讲究，那些看对眼的男女就想互相排在对面，不仅可以边打边聊，还可以趁人不注意使几个眉眼。可有时候队伍站定都开打了，有些人好不容易和对眼地站在对面，正打着，有个迟到的人就挤到队伍里面。整个队伍就会移动位置，那一对看对眼的人就错开了。那个沮丧的劲儿，差点都想上去给那个迟到的人一梿枷。

集体打梿枷想偷懒是困难的，因为领头人的节奏就是十工分队伍的节奏，而十工分的节奏也就规定了七工分的节奏，起起落落整齐划一，十工分的重梿枷敲打一结束，那七工分的轻梿枷就要打下来。像集体舞那般整齐，更像俄罗斯的踢踏舞那般具有强有力的节奏感。

梿枷已经上墙很多年了，更多的已经消失了，消失在用过梿枷人的心中。而用过梿枷的人，也大多对梿枷已没有任何印象。梿枷走了，但更多的思考来了。

分排打梿枷，人多势众，也可以说众志成城，但人多势众之下，那舞动天地的整齐的梿枷下面脱出的果实，却撑不起肚皮，那时肚皮寡得都可以撑成一面大鼓。倒是那单人或两人势力单薄的单打或对打的时代，梿枷下的果实却填饱了我们的肚皮，也涨破了粮站的粮仓。

2017-07-15 于珠海半山居

水车恋

中国的四大发明，可谓尽人皆知。然而，另一大发明——水车，却鲜为人知。水车的发明，使得农业生产效率有了数倍的提高。人类的生存能力和改造自然的能力也有了长足的进步。中国水车的发明，已有一千八百年的历史，比欧洲早八百年。在现代化农业到来之前的欧洲和三四十年前的中国，水车是农业生产中最大型、最重要、最昂贵，也是最现代化的人力机械设备。水车虽是一种设备，但它却与众不同。它不是冷冰冰的、呆板的、死寂的，而是充满了人间温情，饱含着农民的艰辛，凝聚着匠人的奇思妙想与灵魂。它承载着历史，见证了人类的农业进步与变迁。

水车的龙骨、木辐与水斗皆蕴藏在散文、诗歌中，留下汗水、艰辛以及人类与自然抗争的印记。苏轼在《无锡道中赋水车》中咏颂："翻翻联联衔尾鸦，荦荦确确蜕骨蛇……天公不念老农泣，唤取阿香推雷车。"

水车又叫翻车或踏车，小水车用手拉，大水车用脚踏，有些地方还用牛拉。车身为一个盛水木槽，木槽两端分别装有轮轴。由龙骨穿起的一连串相互平行的木板构成板式链置于槽内，并绕过车两端轮轴上的轮板，轮板带动龙骨链循环转动，车辐板在木槽内刮水上岸。

我的家乡也有水车，有大车也有小车。大车要由四个男劳力才能玩转，车身长，出水量大，主要用于落差比较大的提水工程，一般很少用，只是在干塘时较多使用。

农村实行联产承包责任制后，大车几乎消失了，谁家也凑不到四个男劳力来车大车，而更多的是用小车，灵活方便易搬动。一人握一个车拐子，两个人即可操作，偶尔也有三个人车水的，大人在一边，两个小孩或力气小的人在另一边。特别是车水扬程很高，水车安装得很陡时，必须三人操作，两个人的力量是不足以把水提上来的。车水是件极耗体力的农活，特别是遇到干旱年头或抢水季节，那可真是要“磨断轴心，拉断手筋，折断骨筋”。白天头顶烈日，晚上身披星光，满头焦黑赛炭翁，一身汗盐似冬霜。

最难以忍受的是灌火发田。火发田，是土块晒得特别干的田。为了让土质更松软更肥沃，一般都要把犁后的田晒得很干，再灌水，水一进田后土就化成糊汤，可以提高收成。但这样耗水量太大，一两亩田两个劳力都要车上十来个小时。一天下来，那真是“前腿弓，后腿绷，左右摇摆筋骨痛。头一伸，脚一蹬，白天车水夜里哼”。

我家有块叫台八斗的田，三亩田要上火发水，我和爸妈整整车了一天半的水，累得精疲力竭。第二天凌晨四点钟我起床去洪桥中学上学。当走到另一个同学家门口时，才发现自己的眼还没有睁开。此时我才知道，人累到极点时，最明显的表现就是眼皮特别重，睁不开眼，其次就是腿像灌了铅。如果只是腰酸背痛，那只能说是比较累，但还没有到极限。

温度越高，耗水量越大，车水最频繁的季节是夏天。白天人们忙于需要光亮才能干的农活，大部分人都选择在夜间车水。夏天的夜晚，田野里又是另一番景象，一眼望去，大锹把上挂着的马灯散于田间，如豆的光和夜空的星星交相辉映。车水人尖着嗓子，唱起如泣如诉、如诗如赋的“数转歌”。水车吱吱呀呀地呻吟，偶尔传来几声狗吠，此起彼伏，忽近忽远，遥相呼应，那歌声里充满着企盼、哀怨和疲惫。

车水数转，既是计量田水的，也是计量任务的，一般为一百转换一次班，当然，车水数转时唱的“数转歌”更是一种劳动号子。车水，是一项集体协作性较强的劳动，为了统一步伐，调节呼吸，释放身体负重的压力，常常需要发出吆喝或呼号。这些吆喝、呼号声逐渐被一代又一代聪明的车水人改编，而发展为歌曲的形式。

我也唱过“数转歌”，但唱得不好。一是因为临近结束时的那几句，音阶要高、音量要大、音要拖得长，以告知接班的人快来，自己的任务已完成了，而我的嗓音条件都不够。二是我车水时已上气不接下气，因此可以想象我唱“数转歌”时的音质状况。我的一个四表叔就很会唱“数转歌”，他的音高气长，最后的长音可以划破周围几公里寂静的夜空。月光下的我，躺在凉床上，嗡嗡叫的蚊子不曾让我辗转反侧，可他的一声呼号却常让我梦断。

远离水车三十年，我不仅时常想起它，偶尔还要哼哼那难忘的“数转歌”。“一过来一来，一过来嗨二来，噢一过来三来……”这是开头及中间部分，最后一句是“九十九唉，一百来嗬转了”。

我的家乡是典型的穷乡僻壤，连“数转歌”都缺少文化气息，我曾搜寻过鱼米之乡苏州的“数转歌”，有一首“数转歌”这样唱道：“一啊一更鼓儿响，一牙残月出苇塘，蛙声咯咯如雨点，萤火闪闪追逐忙；二啊二更鼓儿响，久旱禾苗心花放，露水落得背肩湿，不见汗水见盐霜；三啊三更鼓儿响，汗水换来稻花香，谷贱伤农咽苦水，为谁辛苦为谁忙……”

我惦记着水车，宛若对旧友和恋人的思念，尽管与它为伍时需要极大的体力支出，并伴随着身体痛苦。有一次到湘西旅游，在村庄的公路旁，一架水车闯入我的眼帘，那是一架保养得很好的水车，桐油浸过的车身在阳光下发出光亮。车尾略显古铜色，构造与我家乡的水车基本相同。我抚摸着它，心里有一种激动，像与老友久别重逢，也像是情人间的一次幽会。

水车，不仅给我们的丰收带来保障，而且给我的童年带来了太多的欢乐与想象。那时候的水车可是生产队的宝贝，保管极其严格，可我们总能在大人们不注意的时候偷用。一般主要是用于捕鱼，比如把一条水沟车干；更多的情况下，是用于引鱼车水。

老家水田很多，很多水田都有一个缺口，将其和水塘连在一起。我们就用铁锅把稻糠和菜籽油放一起炒，炒到很香的时候，再用稀泥拌和，然后把这些饵料从塘里经缺口处到田里撒成一条直线。鱼便会沿着这条线，一直吃到田里并作逗留。一般在东方泛白的时候，“酒足饭饱”的鱼儿们会沿原路回家。抢在鱼返回塘之前，我们会蹑手蹑脚地走到缺口处，突然用木板或其他东西把缺口堵住。水车一响，水田底朝天，收获就展现在眼前。那些蹦蹦跳跳的鲫鱼、鲢鱼和草鱼，方知穷途末路，但还在挣扎着拼命地想找条生路，只有狡猾的黑鱼深藏于泥坑深处，以求蒙混过关。有时候，一次可以捕到三四十斤鱼。

即便在那物资贫乏的年代，吃鱼也不是最开心的时刻，真正幸福的是和鱼儿斗智斗勇，那黑夜中的等待，突然间封堵缺口的那一瞬，那疲惫不堪却兴奋不已的车水过程，鱼的腾空一跃与深藏于泥……

曾经为乡民带来过希望与喜悦，也带来过辛劳与疲倦的水车，在人类文明的滚滚车轮下，如今基本上淡出了人们的视野。水车“吱呀吱呀”的轻音乐，被抽水机轰隆隆的声音所取代，连宁静的田野也变得躁动与不安了，抛弃了禾苗，却让那蒿草碧波荡漾。

2009-05-01 于望园

挑塘泥

在氨肥、尿素及磷肥等化学肥料还很稀缺的时候，农田禾苗的生长主要依靠农家肥，积聚农家肥就成了农民的一项重要活计。

庄稼长得怎么样不仅依靠天气，不仅依靠农民的打理，还要依赖农家肥。农家肥的种类也实在是多，实在是丰富。没有化肥的时候，一切肥料皆来自大自然，实现了大自然纯天然的生态循环。人也参与其中，包括刷锅、洗脸、洗澡的水，身上的污垢，甚至人的尿与屎都成为农家肥的来源。

积聚农家肥的活动中，有一项要全庄人都参与的，便是挑塘泥。圩区的农田都是用大小塘口和沟渠的淤泥来增加肥力的。经过一年的沉淀堆积，塘口的深水底积下了黑黑的、稀稀的、散发出塘泥气味的淤泥，这便是农家肥。

每年春耕开始，生产队用大车盘水，把一口塘的水运到另一口塘里，塘底深处的水再用小车盘一下，盘到大车里，那塘水就干了。在喜气洋洋的一场逮鱼活动之后，那塘就寂静了下来，除了有些狡猾的黑鱼、老鳖、刀鳅、泥鳅不时地从藏身处跳出来，还有螺蛳走出一道道弯弯扭扭的路线，其他的都随太阳的照射而渐渐干硬起来。

一般在水干了两三天后，挑塘泥的活动就开始了，从塘里到田里的路上，分成两排。一排为十工分的劳力，一排为半大孩子与妇女组成的七工分的队伍，每人一担。从一个人的肩上传到另一个人的肩上，像流水、像波浪，那肥沃的塘泥就从塘里跑到田里。无论是十工分的劳力队伍，还是七工分的半大孩子与妇女队伍，排队都是很有讲究的。队长会根据个子的高矮排序，从矮到高或从高到矮，两队都一样地排序。按个子高矮排队是为了相邻两人换肩时落差不会太大。当然，经常也会有高矮相差较大的两个人相邻。换肩时，那高的就会弯下腰，那矮的呢也会踮下脚，这样就能顺利地换肩。一个人把一担泥传给另一个人的同时，也把一担空的换过来。如此往返，重担子去空担子回，像缆车一样。

队长在排列队伍时，也时常犯愁，比如排在一起的两个人，昨天才刚吵完架，还处于不说话的状态。有的人直接就不服从分配要换个位置，也有的不吭声，相互间不说话，就这样憋着，那气氛就很尴尬，换肩时四目相对，面无表情。挑塘泥虽然很累，但也有趣，大家会没话找话，有人说着荤段子，听不清楚的人就让旁边的人重复内容。

挑塘泥的节奏取决于起头的挖塘泥的人，那人快，整个队伍也传得快；同时也取决于田里的最后一个人，因为他要负责把一担担泥均匀地倒在田里，不能一块密、一块疏，他慢了整个队伍也要慢了。有些会过日子的人家还专门做了垫肩放在肩膀上，保护肩膀，但更重要的还是保护衣服，换肩时沉重的担子往往会扯着衣服，很容易把衣肩处磨破。有些人家则用大毛巾往脖子上一披就开始干活了。

有些新婚的媳妇心灵手巧，用花布为新婚丈夫做的垫肩十分扎眼，这个垫肩基本上就是第一天挑塘泥的话题中心。由这个花垫肩展开，直说得那小媳妇满脸通红头眼低垂。有时还有人由这花垫肩而联想到小媳妇出嫁时的各种故事。

队里集体干活形式很多，但都没有挑塘泥这么整齐。从塘到田，还要到田地的各个角落，因此人必须多，所以挑塘泥时几乎队里所有劳力都来了，还有新人加入。一是新来的小媳妇，一是达到干活年龄的半大孩子。

挑塘泥的时节，也是开始感到饥饿的时节。因为，那正是青黄不接的时候。有第一次挑塘泥的经历后，我就盼着挑塘泥的这一天，看到队长开会并从全庄里抬出大车的那一刻开始就激动着，期待着那个快乐似神仙的饥饿时节的到来。

其实我的忍耐力很差，尤其不耐饿，一饿，心就发慌，那慌乱的心马上就挂在脸上，挂在嘴上，但我仍然期待着那个饥饿的时节。因为饥饿的时节就是挑塘泥的时节，而挑塘泥的快乐已超过饥饿的痛苦。

我时常想，精神的作用有时真的大过物质的力量，比如望梅止渴，比如那挑塘泥。

2017-07-08 于珠海半山居

走鸭子

在合肥西乡，放鸭子有不同类型。一种是零散地养，比如一家一户养的几十只。家里人空闲时，把鸭子赶到收割过的田里，或水塘里，或其他鸭子能吃到东西的地方，也有人把鸭子赶到荒地里放。这些鸭子除了青草什么都吃，水里的小鱼小虾、各类螺蛳，田地里的各类小虫、收获时遗落的谷物，也有吃稗子等各类草籽的。另一种是在村庄的四周业余地放鸭子，不会走得太远，或早出早归，或晚出晚归，若鸭子吃得不多，回家后主人还要喂一些鸭食，然后再一律赶进笼。

还有一种是专业放鸭子。专业放鸭子要复杂得多，一般不叫放鸭子，叫“走鸭子”。主人把上千只鸭苗买回来，喂上一段时间（差不多二十来天的样子），就从村子里出发，去一个很远的地方。要去的地方只是一个大概的方向，没有明确的目的地。人赶着鸭子就像将军带着部队。出征时都要作精心的准备，因为是一场远征，因为是风餐露宿，因为要走过很多陌生的地方。

一批鸭子一般为两三千只，也有更多的，“走鸭人”大多是三个人为一队，通常是男人，多为同村人，或亲戚，或关系比较不错的人组队。三个大男人还要性格相投，因为是一场远征，有时要走两三个月的时间，路上艰难险阻，所以，彼此间要互相配合，有默契，都要能吃得了亏。

出行时，行李最为庞大，一个大帐篷——要能睡得下三个大男人的帐篷；一人一个大背包，必备的衣物及日用品都囊括其中；一人一把足有一米多长的大油纸伞，伞是装在伞套里背在身后的；一人一顶大草帽，脚上都穿着深筒靴子；一人一把鸭铲子。

在这些物件中，鸭铲子最为重要。其把长约 2 米，铲头约 20 厘米，铲头是铁制的，半圆形，前大后小，鸭铲子的主要作用类似于乐队指挥手中的那根指挥棒。“走鸭人”对鸭队的指挥全靠这把铲子。黑压压的一片鸭子，在水中、田里、荒地上或走或觅食，保持什么队形，保持什么速度，都是“走鸭人”通过这把铲子来指挥的。

“走鸭人”随便在身旁的地上撮起一铲子土撒出去，那土撒在鸭队的两侧表示继续直线前行；撒得多撒得密，则表示快速前行；土撒到左前方表示鸭队要往右前方走；土撒到右前方，表示鸭队应往左前方走；要是土撒在正前方，则表示要掉头或停止前进。鸭铲子头细且长，铲把更长，“走鸭人”轻轻一抛，那土就飞出上百米远。

鸭子的行动全部通过被铲子挥出去的土来指挥。几千只鸭子边吃边走边嘎嘎地吵着，吆喝声是完全没用的，因为听不见，可能也听不懂，更有调皮者根本不听使唤。但这撒土不一样，有重量，有威慑力，就像部队的长官拿一柄手枪一挥，那些端着长枪的士兵就往前冲差不多是一个道理。

“走鸭人”沿鸭队的两边走，鸭队有时在水里走，有时在地里、田里或河堤上走，基本上都没有既定的路。所以，“走鸭人”走的路是最艰难的路，但收获大。因为，鸭子一出门就在大自然中觅食了，不用粮食喂，养鸭子的成本就很低。路艰难，但“走鸭人”并不怕，为了生计，为了更好的生计，再难的路也有人走。

走鸭子，一般选择在夏末秋初，一方面农事稍闲，另一方面是收割后的空田地多，还有就是雨水也相对少些，那些塘、河、沟、渠的水位较低。但也有春天走鸭子的。鸭队有时会走很远，几百公里都是常有的事。

行走时间越长，离家越远，鸭子越大，鸭队的管理也越难。鸭子都懂得独立思考了，个头也大了，能力也强了，自由散漫的情况也越来越多了，好多胆大的家伙总想着单溜，想寻找自由。“走鸭人”要格外小心，特别长了老毛之后的鸭子，跃跃欲试地想飞，有时突然就从鸭队里飞起来，惊得鸭队一片混乱，这时“走鸭人”必须快速、准确地撒一铲土过去，对它们严重警告，不得乱来。

有时土恰巧打在鸭背上，那嘎嘎声四起。只有迅速制止了那些家伙，鸭队才能稳定下来，如果不能立即制止住，鸭子很可能就会炸窝，四处散开，那需要用很长时间才能使鸭子归队。所以，走鸭子也是一个斗智斗勇的过程。

鸭子更大时，“走鸭人”就更得小心，黑夜里最容易出问题，一旦炸窝，那是要折腾到半夜的。所以，每天一到傍晚，“走鸭人”就会准时停止行进，准备夜宿。“走鸭人”会先整理好鸭子的队形，一般会选择靠水边的坡地扎营——离水近，方便。一旦鸭子归好队，“走鸭人”就会以最快的速度就地取材，用围网围起一个临时的围栏。

鸭子们经过一天的行走、一天的觅食、一天的观光，以及与“走鸭人”一天的“争斗”后大都累了，渐渐消停下来，嘎嘎的声音也变得稀疏，只有几个不安分的家伙还在捣蛋，时常引起一小片骚动。也有那么几只鸭子，头相对着，脖子一伸一缩，长而扁的嘴一张一合，像是在争论些什么，但谁也说服不了谁，只等“走鸭人”撒一铲子土过去，才立马都闭上了嘴。

安顿好鸭子后，“走鸭人”开始张罗自己的事，一个人挖锅灶，一个人准备柴火与食材，另一个人搭建帐篷，同时支起马灯，不一会儿那咕咕叫的肚子就在红通通的灶火的勾引下生成了涎水。

一人往灶里添柴火，一人锅边操作，一人快速地搭建帐篷。当香味弥漫时，那涎水就更多了，眼都盯着锅里，心里想着快点再快点，不然肚子真的要造反了。于是那掌勺的动作就更快了，锅铲碰到铁锅的声响传得很远。

饭好了，帐篷也搭好了，那灶火就渐渐地暗淡下去，一个人就会把马灯的灯芯挑拨得更亮些，另一个人轻手轻脚地绕围网走一圈后，三个人席地而坐，享受着一天中最重要的一餐。早上和中午基本都是干粮，只有晚上才可以吃些自己做的饭菜。这一顿很重要，有时三人还要干一杯，开心时还要猜拳或捣杠子，但声音压得极小，他们极力压制着那种快乐，以免引起鸭子的妒忌，鸭子安静的时候才是“走鸭人”吃饭的好时光。

鸭子一声不吭，“走鸭人”才能把心放在碗里。鸭子一骚动，那嘴里的酒也基本没有味道了，心立马就悬了起来，六只耳朵都竖起来了。

不过在黑夜里，鸭子们是不会随便起哄的，据说它们眼小，胆子也小，白天胆子大皆因有“走鸭人”在，好似小孩儿在大人面前能随意耍赖一样。只有当夜里有图谋不轨的动物出现时，鸭子才会引起大面积的骚动，“走鸭人”会立即披衣察看。

夜色下的马灯，灯光如豆，那是“走鸭人”的催眠曲，也是鸭子们的定心丸，有了灯光就有了守护、有了依靠，也就有了安全，鸭子们心里很清楚。因为灯光下有三把保护伞，所以，鸭子们在睡觉时那细小的眼睛总会留一条缝。

“走鸭人”在鸭队里就像部队里的将军，有将军在就有了主心骨。狂风大雨时，灯光一定不能灭，灯光不灭，即便大雨滂沱，鸭子们也会相互鼓励；灯光一灭，鸭子们就会因害怕而“叠罗汉”，往往一死死一堆。

晨曦初露时，鸭子也起床了，那围网里顿时热闹起来，有的伸着懒腰，有的扑腾着翅膀，有的喊叫着像在唱歌，还有几个胆大的都已冲出围网，一夜的约束后终于自由了，但大部分鸭子还是比较守规矩地等待着“将军”的号令，所有行囊收拾好了，围网也撤了，队伍就准备再次开拔。

一批鸭子大概要走三个月时间，最后都要向城镇靠近，这时鸭子也差不多可以卖了。在城镇边安营扎寨，这是收获的季节，鸭子也不再走了，卖鸭子成为最重要的事。鸭子卖完了，“走鸭人”一般都要在城里待上几天，好好地吃吃喝喝，犒劳一下自己以慰藉一路疲惫的身心。特别是当鸭子能卖得好价钱时，三个人就会更加放纵些，还要去喝些花酒，有时还会引出事端来。

家里的女人们计算着日子差不多了，男人们快要回来了，每天都会在村头张望，向着男人们走的方向张望，盼着男人们早日回来，带回财富，带回安全，带回一家人的希望。

2017-09-01 于山水郡

第七辑 乡节

过 年

一讲到过年，首先想到的应该是回家、备年货、扫尘、接送灶神、贴门对、贴年画、放鞭炮、穿新衣、吃大肉、祭祖先、拜年。过年也有个说法叫过关。于富人而言，过年要准备得太多，因而太累，所以像过关；于穷人而言，过年没钱，但也要准备，更像过关。特别是欠债的人，过年是一年的总结，是结账的年度终点，所以欠债的人过年更是过关。

过年也叫春节，是农历旧的一年结束、新的一年开始，一般从正月初一到十五。正月十五大似年，吃块肥肉好下田。我们小的时候一个年一般都过到正月底，二月二龙抬头，剃完头之后才正式开始走向田埂。八九十年代，即便在城市里，正月初十前后好多店铺都还关着门，唯有红红的门对告诉你，主人还在家过年呢。

春节是中国四大传统节日之首。在传统的农耕社会，岁首具有重要的意义，意味着春回大地，周而复始，万象更新；要举行祭祀活动，祭天地、拜众神、颂祖恩、驱邪攘灾、祈岁纳福。除此之外，还要亲人团聚，有钱没钱回家过年，这是几千年来的信念坚守。

过年是对一年的总结，一个分界点，一个终点与起点的连结处。大年三十是终点，大年初一是起点，三十晚上睡觉之前都还在劳作之中，这是一年中最后的劳作，一觉过后的若干天，基本上什么都不干的。其实过年是一种状态的停顿，是调整，是休息。在农村的习俗里，大年初一连地都不能扫，说是怕把财气扫出门了，其实是休息的另一种表达而已。

过年，最欢悦的是孩子。因为有好吃的，因为什么也不要干，因为有新衣服、有玩的，还可以走亲戚。物质不足的年代，吃和穿，应是孩子们最热烈的追求。

过年，大人们是累的。除了要准备年货，要打扫家里家外，还要拜神祭祖，但心里是畅快的。因为过年，可以对一年做个总结，就像一个公司的十二月三十一日。这个总结的表现形式有很多个方面，穿一身新衣服，换上新鞋子，吃几顿一年中最丰盛的大餐，以及作几次深刻的谈心交流。和从远方而来的亲人作几次最宝贵的对话，听听外面的世界，讲讲异地风情，还可以猜拳喝酒以示肺腑之言。过年的时候，再大的意见或恩怨都可以一笑泯之。

回家过年是每一个游子的内心向往，可每个年都有回不了家的人。或是为保边疆的战士，或是保安全的卫士，抑或由于囊中羞涩无奈的人，抑或有家不能回的悲伤之人，但没有一个人是不想回家的。家是几千年传统文化中最重要的元素，是基础，家是家人的根；家是一个庇护所，家也是国家的根。

不能回家过年的心情，只有经历了才能知道。记得1992年的春节，是我至今唯一一次没有回家的春节。1991年12月12日才来到深圳，回家过年的话，再回来时要重新办理边防证，而我的户口在芜湖，家又在合肥。想回，可事实是没办法回。那一年，馨怀着身孕。那一年，我家的老宅已被大水冲走，所谓的家是指新盖的棚。

深圳是个移民城市，平时人流涌动、摩肩接踵，可一到过年大街上撂棍子都打不到人，都回家过年了。不管家有多远，或漠河以北，或格尔木以西，抑或远隔重洋，距离都不是阻挡回家过年的理由。唯有走不了的人，才留在了深圳。政府也想尽办法减少大家的乡愁，组织了很多活动，跑龙灯、闹花灯、放烟花，可都没什么人去看。

大年三十的夜，我行走在大街上，看到每一栋楼都只有零星的几个窗户有光，有气无力地洒向窗外。这些光又迅速被漆黑的夜吞噬，与家乡的大年三十的万家灯火相比，这里没了生机。我在安徽大厦里帮一个同学值班，整个楼就我和几个保安，单位里也准备了三十、初一和初二三天的饭食。菜很丰富，我和几个保安一起过，却吃得没滋没味。其实菜品是不错的，只是少了家的佐料，少了土味，少了烟烘味，少了家人的声音与笑容。

回家是过年最重要的一环。回家引起了春运，春运引起了交通难。于是有了最著名经济学家的最著名最幼稚的建议：把火车票价格提高十倍就不存在春运交通问题了。好在决策者深知，回家是全民族性的，势不可挡。因而国家大力发展交通，其中的一个重要原因就是因为“回家”。回家也是人生意义的一部分，试想着一个人从来不回家，什么样的成就也掩不住这不回家的尴尬。

家庭成员的全部归队是过年的至高境界。过年是兑现亲情的最好表达，所有过往的不堪、不悦、矛盾，还有思念都将在回家过年那浓浓的氛围中化解，感情从而加深、加厚、加浓。过年了，如果有家人当年过世，大年三十那天，桌子上也要摆上碗筷，视同回家团聚。

鞭炮响是过年的声音，门对是过年的颜色，年货是过年的味道，拜年是过年的情感，守岁是孩子们的期盼，因为又长大了一岁。守夜是年长者在拖延，因为害怕又老了一岁。鞭炮震天响，消灾避邪，纳福迎新；红彤彤的春联像一张张笑脸，遮盖了过去一年的不悦与苦楚，带着新的面容走向新的一年；五花八门的年货，是匠人手艺的竞赛，是田地收成的展览，是对自己一年辛劳的慰藉，也是一个家庭实力的象征。

拜年是孩子们过年的最高潮。开门炮一响，天刚麻麻亮，一个个穿着新衣服，拿着布口袋，更早时还要提着灯笼，成群结队，就一家家挨门去拜年，用稚嫩的童音向长辈道好，说着大人早已教好的吉利话，糖果或糕点或别的什么更好吃的，甚至还有小红包，只要一到手，身子一转又奔向下一家。

拜年是大人们最暖心的时刻。不管过去的一年，大人们之间，尤其是妇女们之间发生什么样的不愉快，或者仇恨，甚至半年或几个月都不讲话了，但这一天早晨，这个拜年的时刻，见了面都必须互致问候。有的结怨时间过长的，两家好多年都不往来的，都会通过大年初一这一天来化解恩怨。一般都是通过小孩儿这个媒介，比如，某一年的初一，某一家就派孩子去有恩怨的另一家拜年，另一家一看对方的孩子都来了，心领神会也派自己家的孩子去拜年，然后就是大人相互去拜年，一个几年的结就解了。

要账的人也是一样，不管年前要账时，债逼得多紧，话讲得多狠，只要挨过三十，便不再有人上门要债，即便初一相遇，也多客气相待，绝不会提还钱的事。这是乡风民俗，它不是法律，但在乡村社会里，它被遵从得比法律要好。

过年一直在进行，但年味一年比一年淡，我们已感觉不到年的味道。只是过年的形式还在，过年的实质性内容大部分已经不存在了。一切的过往，都将会被时代的变迁画上句号，过年也只能存在于我们对过去的思念或想象之中。

2022-01-16 于珠海鱼林村

汤　果

“正月十五大似年，吃块肥肉好下田”，说的正是元宵节。虽说正月里都是年，但更多的情况下是以十五为界的，十五之前才是真正的年，因此正月十五便是一个小年。这一天除了舞龙灯、玩花船、猜灯谜，还有一项重要内容就是吃元宵。

元宵在合肥西乡的圩区又叫汤果。不知道为什么叫汤果，可能和果子长得有点像。那时候的汤果，可不像现在，想吃就能吃到的，不是节日，家里不来重要的客人是不可能吃到汤果的。

汤果是由糯米面做成的，工艺比较复杂。先将糯米泡上一周左右，然后再用石磨把糯米碾成浆，再用稻草灰吸干米浆里的水分，再弄成一小块状，趁大晴天晒干。要吃时就拿出这些干的糯米面块，再用水泡一两个小时，揉成团，做成汤果。

汤果里面是实心的，不像现在的汤圆或元宵，里面有馅。当汤果煮好后，好长一会儿里面都会很烫，因为糯米的黏性，散热慢。常言道：“心急吃不了热豆腐。”但我认为，心急吃不了热汤果可能更贴切些。

我们村里的老柴很奇怪，不知从啥时候开始有了一个毛病，只要提前知道要吃汤果了，当一碗汤果端到他面前的时候，他一点也吃不了，不仅吃不了，心里还难受，想吐的那种感觉。这是一个奇怪的现象，还曾去问过医生。医生也说不清楚，只是说老柴的这种情况有点类似生理上的“见花消”或“见花泄”，是因为过于关注，或者认为过于重要，从而过于激动，而真正面对时，原先的愿望或冲动突然消失，类似于急过了头的那种情况。

后来老柴的老婆每次家里要做汤果时，都是偷偷地做，做好了一下子就端在老柴的面前，这时老柴一次都可以吃一两碗。可做汤果是个大事，要偷偷地做一点儿不让老柴知道几乎是不可能的。比如家里来客人了，要做汤果，老柴不可能不知道，即便没有看到动静，他的心里也会预期要做汤果，这一预期，也不行，见到汤果时也不能吃。所以，老柴一年吃不了几次汤果，就是因为太爱，反而不能爱，而这种不能爱又让他感到很无助，用“力不从心”可能是个比较贴切的形容。

老柴有个儿子，十来岁的样子，人非常老实，小柴在家很受宠，能吃，一顿能吃几大碗饭。但那个时候并不是想吃就能吃到几大碗的，更多的时候要抠着吃。小柴不仅能吃，也能干，十多岁就能帮家里做很多事，当我们都还在光着屁股满天飞的时候，他就会刷锅、洗碗，一个会帮忙、听话的孩子。

有一天，他的小舅舅来了。这当然是重要的亲戚，他妈又不动声色地偷偷地准备着汤果面，准备下汤果。刚好这天是周日，小柴也没有上学，他妈就多准备了一些，这次他妈更加上心，汤果做得更细致，还创新地加了一些佐料。

当他从后屋的厨房出来喊舅舅准备吃汤果时，小柴的舅舅坚决不吃，说是家有急事，来送个信就要赶回去。原来是小柴的外婆快不行了，他舅舅过来通知姐姐、姐夫的，说是让他们也尽快早点去，要准备后事。

说到这悲伤事，舅舅不想吃，要急着往回赶，小柴的爸妈也没有多劝，只是陪着小柴的小舅舅走了好远。当他们回家时看到小柴躺在地上叫肚子痛，他爸急忙问可吃了什么不干净的东西了。小柴说吃汤果了，胀得痛，他妈跑到厨房一看，一锅汤果全吃完了，只剩一点汤。

原来小柴趁爸妈送舅舅的时候，闻到香味，实在控制不住，加上长期极少的饱腹，这一吃就刹不住车，一口气吃光。可汤果太实在了，又那么黏，吃下去还会涨的。

小柴他爸背起他来就往一两公里外的焦婆卫生院跑，他跑着，小柴在他爸背上叫得更响了。附近田里干活的人都驻足观望，不知道老柴家出了什么事。快到医院时，小柴一点声音都没有了，放在病床上，医生用听诊器一听，都没有脉动了，再翻看一下眼皮对老柴说："孩子走了。"

老柴呼天抢地，哭着诉说对不起孩子。长这么大从没吃饱过，就饱这么一顿，却还胀死了。一会儿又责怪自己不应该背着来医院而应该抱着。小柴的母亲哭得更伤心，边哭边说着小柴的懂事。下葬的那天，小柴妈妈端了一大碗汤果送到坟头，又哭诉了半天。

从此，每年小柴的忌日，小柴他妈都会端一大海碗汤果送到坟头，并坐在坟头上和小柴说好长时间的话，我上大学的时候，还看到过几回，前两年小柴他爸妈都走了，他们又团圆了，照例又要吃汤果了，但愿不要再吃胀了。

2022-02-20 于珠海鱼林村

二月二龙抬头

民谚有言：二月二，剃龙头，一年都有精神头。

农历二月二，旧称龙抬头，在老家的风俗里这一天还是剃头日。传说正月不能剃头，剃头要死舅舅，所以正月一过，二月二就成了剃头日。这一天小孩儿剃头叫剃龙头，或叫剃喜头，保佑孩子健康成长，长大后出人头地。这一天大人理发，辞旧迎新，希望带来一年好运，剃去三千烦恼与旧愁，赢得一年好时光。

二月二龙抬头，是传统农业社会的一个节日，叫春耕节或农事节。龙指的是龙角星，每年农历二月初二就从东方地平线上升起，故称龙抬头。龙抬头源于对自然天象的崇拜。在农耕文化中，龙抬头意味着大地阳气生发，雨水增多，万物生机盎然，春耕由此开始。

龙也是中国人的精神图腾，神话里的龙生活在大海中，司掌行云布雨，调整着农业生产中的云水雨露，哪里干了哪里布水，哪里淹了哪里吸水，所以，这一天要祈龙，为的是消灾赐福、风调雨顺、五谷丰登。

二月二，除了是龙抬头或剃头日外，也是土地爷的生日，所以这一天也作为土地爷的生日来祭拜。由此形成二月二龙抬头的这一天又祭社的习俗，有的地方对土地神的祭拜远隆重于对龙的祭拜。

合肥西乡一带二月二这一天是隆重而热烈的，一年中的农业并百业始于这一天，商店开门，工匠开工，车马上路，乡间小镇好不热闹。

这一天拜龙王祭土地爷同时举行，乡邻自动组织，以土地爷的管理范围为界，自愿聚餐饮酒，一片热闹景象。

记得小的时候，我们那里的二月二可真的是热闹。那一天你感觉不到谁是穷人，因为大家都友爱着，开心着。祭拜活动一大早就开始了：两个祭桌，一个是土地爷的，一个是龙王爷的。每个祭桌上都放着一些祭品：有肉、有谷物、有香、有红布，还有酒等等。

人都到齐的时候，主祭人，一般由村里的长者或德高望重者担任，双手举着点燃的香，对着祭桌各拜三下，然后又对天三下，对地三下，最后把香分插在两个祭桌的香炉里，此后众人分批对祭桌作揖，口中默念着心中许的愿。

当众人都拜完后，主祭人就开始吩咐：一批人抬着土地爷的祭桌往农田里走，另一批人抬着龙王的祭桌往丰乐河大堤上走。抬着土地神祭桌的人走到田埂后就开始跑起来。鼓锣不停，跑动不止，就沿着田埂跑。好几次都看到有人差点儿就掉进沟里去了。鼓停人停，四个抬祭桌的人要稳稳地站在田埂上。这时请来的山人过来左看看右看看，然后就嘀咕一句："今年收成不错。"

大人、小孩儿都不知道山人是根据什么判断今年的收成如何的，其实山人自己可能也不知道是如何判断的。但这不重要，重要的是此话一出意味着活动结束，也就意味着祭桌上的东西可以吃了。小孩儿在整个活动中最惦记的就是祭桌上的东西，有的小孩儿不太懂事的，小手早伸上去快速地拿个什么吃的。

另一张龙王爷的祭桌也停在了丰乐河大堤上，活动也结束了。结束于山人的一句："今年洪水不大。"同样是小孩子们最先上去抢祭桌上的东西吃，这时会有一个大人手疾眼快地从桌子上拿点东西用力地扔到丰乐河里，边扔边说："河神也吃点吧，别再兴风作浪了呵。"

一切仪式结束，下一项活动就是喝酒了。一个队里的人在一起，摆上几大桌，六毛七分钱一斤的杂粮酒是保障供应的。从冬天里走出来，每个人的精气神都是充足的，推杯换盏，你来我往。不多时，不胜酒力的人就找个理由去剃头了，而那些有些酒量或是贪杯的人还在猜拳或捣杠子。

下午的重要活动就是理发了。上午小孩子们都要理完，下午的时间留给劳力们。今天剃头节，最忙的就是剃头匠了。大家都想在剃头节这一天把发理了，一是图个好彩头，更重要的是一个正月不能理发，头发也真的很长了。

"正月不剃头，剃头死舅舅"，这个俗语并不是一开始就有的。它起源于清朝初期：1645 年，多尔衮重申"剃发令"：留发不留头，留头不留发。所有男人都必须按清人的样子剃发。但汉人的文化里有着“身体发肤，受之父母”不可轻削的古训。

于是一场全国抵制运动开始，还发生许多关于留发与剃发的大惨案。但抵抗显然是挡不住的，汉人被强制剃发留辫。他们思念前朝，心有不甘，就在辞旧迎新的正月，不剪发以表示“思旧”。但这样的动机是与清政府对抗的行为，是一种危险的行为，于是有人以正月剃头死舅舅为由，给正月不剃头找个借口。

二月二这个日子，每年一次，年年上演。可二月二的活动几乎没有了，没有人去祭土神，也没有人去祭龙王，农民也不再关注龙抬头所预示的“二月二，龙抬头，大仓满，小仓流”的期待。因为，农民都已走向城市，走进工厂。只是二月二剃龙头的习俗却一直流传至今。

2022-01-15 于珠海鱼林村

清明节

清明节，二十四节气之一，介于仲春与暮春之交。清明节源自上古时祖先崇拜与春祭的礼俗，兼具自然与人文两大内涵。是自然节气点，也是传统节日。扫墓与踏青是清明节的两大主题，是中国传统文化中天地人合一思想的具体体现，在两大主题之下，还有饮酒与作诗。

一说到清明节，可能最先想到的就是杜牧的诗：清明时节雨纷纷，路上行人欲断魂……其次想到的就是扫墓，再次是踏青，最后就是饮酒与作诗了。

清明节的习俗流传几千年，在最广泛的农村，清明时节的主要内容就两项，扫墓与饮酒。踏青与作诗是城里人与文人的事，像著名的《兰亭集序》就是清明时节，踏青修禊，曲水流觞时所作。

合肥西乡一带，清明节最主要的活动就是扫墓和饮酒。时间可以选择在清明节前三天和后三天。不管在距离上的天涯与海角、职位上的高官与小吏、财富上的富翁与贫者，清明节都是要回来的。回来缅怀祖先，祭祀亡灵，追思亲人。清明后的坟头如果没有添新土或烧纸钱，一般会被认为或是子孙不肖，或是绝户遗冢，否则一定会有人扫墓的。

我自记事时起，每年的清明都会跟着父亲去扫墓。只有一年缺席，那是2010年在德国，正准备回来时冰岛火山爆发，火山灰影响飞行，所有航班取消，没有办法回来。除此之外，没有任何困难可以阻挡回家的路。

我们家的清明节扫墓活动一般在半个月前就开始预热。预热从淘古开始，父亲一般以祖先从河北省高阳县南迁徽州歙县许村开始讲，一直讲到我们的一世祖在明朝中期从许村到庐州府任职后把这一支迁到现在的合肥西乡居住为止。这一个阶段讲得道头不道尾，因为时间太久远，他的许多说法都禁不住我问。问到他答不上来时就哈哈一笑并说道："祖上就是这么说的。"并同时附上一句强调："我没有添油加醋呵。"

在我们都呵呵一笑的时候，父亲开始讲第二部。基本从我的尊祖开始讲，这一部分讲得有鼻子有眼，生动而真实，可信度也高。特别讲到我的高祖即父亲的爷爷时，不仅讲得细致，而且讲得动情。听得出他对高祖比较崇拜与认可，当然也有批评，主要的败绩是在高祖手上把四担水田败光了（四担水田相当于二十亩水田）。

我们家也从雇长工，到自己耕种，到租别人家的田，父亲说当他长大后常怼他的爷爷不会持家。他的爷爷从不回应，直到1957年，80多岁的高祖躺在床上，弥留之际对着他的孙子说：

“孙子呵，我要是会持家，你现在就没有这么好的日子过了。”

父亲每次淘古时都是一副认真的样子，不容得我们三心二意，听到苦难处我们的面部表情都要互动。父亲有惊人的记忆力，有时把我们讲得云里雾里的，突然母亲一声：“开饭啦！”我们就快速散开。有时正吃饭时父亲还想就某件事再补充点什么，母亲就及时打住说：“吃饭就是吃饭。”

临近清明时节还有两三天的时候，父亲必然要去生铁锹，把锹送到铁匠铺子重新生一下，这样锹口更新，锹口也更快。父亲说给祖坟添土，给祖坟加帽子，要用快的锹，挖土或是挖帽子都会更好点，其实我们心里都知道这是他的迷信或者叫风水吧。

一般在清明节的前一天会把纸买好，还有鞭炮与烟花。纸是大张的，每次都要回家再裁成小块，裁成后还要用手把它搓成扇形便于燃烧。据父亲说纸烧得越透在阴间越好用，差不多相当于人间的新钱吧，可面值还是一样的。

我家的祖坟在我们庄子的左前方，东南向，是我们那带最高的一个小丘。我问过父亲在一马平川的地方怎么会有这样的一个小土丘，父亲也答不上来。我们家的祖坟正向朝南，南边是一个低凹的水田，比周边的田要低一米多，我时常在想，当初可能土丘就是取这个田的土堆的，但这个土丘的功能是什么，没有人知道。

当我的儿子和侄子还没有长大的时候，每年上坟我和弟弟都要磕头的。不仅要磕头，口中还要念叨着祖先的好，并请祖先荫庇我们平安、发财等，也希望他们在阴间生活得好。如果这一年家里大人有收到托梦的，还要把梦中的事再念叨一次。

磕头之后便是添新土。先给祖坟做个“体检”，就是四周看一下有没有哪个地方下陷或出现洞，若有就要堵上或填上，要堵得严，堵得实再披上草皮。之后是除杂木，一些杂木长得很快要及时根除，还有很长的杂草也要除去。还要在坟的底部加些新土，最后就是做帽子。帽子是在地上找一块有草皮的地方，挖出两块六角形的土块，然后放到坟的顶部，正反对着放，两个土块之间还要放个红布条。

完成添土，就开始烧纸钱了。以前这个环节都是父亲亲自干的，因为神圣，因为严谨，后来是以我为主。先把纸分成若干堆，堆数是已亡的人数，再加一堆给孤魂野鬼的。父亲小时候就对我说，烧纸钱时一定要分一些给孤魂野鬼，不然他们会来抢先人的钱。

此外，男祖先和女祖先要分开烧，不能烧在一堆。我也不知道为什么，父亲也说不上来，他只说上祖就是这么传下来的。也许阴间都是 AA 制的。纸堆分好后开始点火，然后，每一堆要用木棍子翻一翻以便烧透。我在观察父亲分纸堆时大小是有区别的，区别的标准是关系的远近或感情的深浅。

纸全部烧透了，只剩灰烬时，要用棍子在灰堆外面画个圈，在圈的南向留一个小门，边画边说：“门在这里呵，别跑错了呵。”画孤魂野鬼那一堆时要特别强调：“你们也分一点吧，别去乱抢别人的呵。”

点鞭炮的时候，基本已是上午十一点的样子。坟岗一带家家点炮，雾气冲天，上坟的人陆续回家，气氛也快乐起来，没有刚才那么凝重，那么肃穆。一队队人，边走边笑，没有男丁的家庭，女儿上坟，带着老公，我想这个老公要奔波了，要上两家坟，如果居家很远是相当劳顿的。

每每经过坟场，看着一座座坟，我心里总想起古人的诗句：贤愚千载知谁是，满眼蓬蒿共一丘；人生有酒须当醉，一滴何曾到九泉；一年一度一清明，一伤一念一追思。是的，中午饭只是预热，晚上的酒定要好好喝一场，何曾一滴到九泉呵。

清明，一年一度，每个人追思祭拜先人，是怀念，也是人一年一度中至少一次走近大自然，与天地合，与天地融。一切都与时俱进了，连烧纸钱也改为烧假钱了，面额都特别大，一百元是最小的，还有万元的、亿元的。每当看到有人烧假钱给祖先时我就担心，阴间会不会把这种钱当成他们的假钱而要追究责任呢？如此，那后代子孙如何安心呢?!

2021-12-29 于珠海鱼林村

五月五是端午

五月五，是端午；艳阳照，戴香包；插艾蒿，编帽子；桃枝青，麦儿黄；敲锣鼓，赛龙舟；吃粽子，喝黄酒；采香蒲，做枕头；挂钟馗，绣五毒；宰新鸡，唱大戏；大毛巾，送女婿；炸馓子，接媳妇。

五月初五，端午节，中国传统四大节日之一。春节和端午应该是活动最多的两个节了。但春节正值隆冬，多少有些缩手缩脚的，伸展不开，春节的氛围，厚重而严肃。而端午，大地阳气升发到一定高度，万物生机盎然，大人和小孩儿都处于活力四射的状态。

端午节的活动非常多，但大概可以分为六大类：一类是避邪消灾，祛毒健体，像戴香包、艾蒿、剪桃枝、挂钟馗、绣五毒等；有的地方这一天，还要给孩子戴上长命锁，把绣有蛇、蜈蚣、蝎子、癞蛤蟆、壁虎图案的肚兜穿在小孩身上，腰和手还要戴五彩丝线，这些都是避邪祛毒，以求长命的愿望。

第二类是集体活动：赛龙舟。每年一开春，龙舟就要下水开练。在大集体时，我们公社最多时有十几支龙舟队。端午节前就开始了预赛，端午这一天一般安排决赛，也有的时候在端午节前比赛就结束了。赛龙舟是一项体力活，鼓槌一响，奋力向前；赛龙舟也是一项协调配合性要求非常高的活动。人人都有力气，但未必能划出好成绩。因为，每个人之间的配合往往比力气更重要。

第三类就是吃喝的事，吃粽子，喝黄酒，宰新鸡。吃喝也是中国所有传统节日中的必有项目。这可能和农耕时代的食物匮乏有关，平时没有吃的，遇到节日就都安排上吃喝的活动。当然，在中国的传统文化中，吃不仅是吃饱的事，吃喝的过程中还有文化的因素。比如喝酒，这个活动早已超出吃喝的范畴，是一种文化，是一种精神，是一种情感交流。感情深一口闷；酒逢知己千杯少，话不投机半句多；酒后吐真言；酒肉朋友；酒肉穿肠过，佛祖心中留等，无不显示着酒文化在我们生活中的深度与广度。

第四类是献亲情。端午这一天要接女儿、女婿回家过节，岳父母还要买草帽子、大毛巾、太阳伞送给女婿，富有的人家还给女儿、女婿买衣服。有的地方还称端午节为女儿节，这一天女儿、女婿受到足够重视，而儿子、媳妇在端午，除了忙，没有别的什么事。

第五类是婆媳过招。端午这一天，也是未过门媳妇的节日。一年四大节，唯有端午节要接未过门的媳妇来家过节。而且要婆婆亲自去接，一次接不来，就要再去接。接不回准媳妇不仅是丢面子的事，还是问题很严重的事。接未过门的媳妇要带东西，代表性的有馓（sǎn）子。馓子，一种用麦面做的油炸类食品，像农村的挂面一样，很细，一圈圈地放在篮子里。当然接未过门媳妇，衣服是少不了的。如果不满意了，就不随婆婆去过端午。作为婆婆，每年的端午节是个考验，也是一场较量，是未过门媳妇与未来的婆婆的较量，也是婆媳关系的预演。

端午节一大早，你只要看到手拎馓子，臂夹雨伞的妇女都是去接小媳妇的。一脸的高兴样子，走路带着风，说话带着笑，嘴也变得更甜些。几乎每个去接小媳妇的妇女，看上去都比平时要性格温柔些。不过临近中午，当你再看到有人拎着馓子，夹着雨伞又回来的时候，那个脸色是相当的难看，很明显，被小媳妇给怼回来了。

准婆婆被准媳妇怼回来，这是一件严重的事。在我们那里，当这个情况发生时，大都因为这桩婚事要变卦了，可能是矛盾过多，也可能是女方另攀高枝，当然，也有的是准媳妇在最后的关头显示威风，给准婆婆一个下马威。这个时候，红约就必须要上场的，去撮合双方。红约首先要分析这个矛盾属于哪一类性质，这个很重要，否则做工作就不得要领。

我爷爷、奶奶过世早，我小叔的婚事是我父母一手张罗的。小婶就在与鲍庄隔个轮车垱的袁大庄，每年的端午都是我母亲去接。刚讲亲那几年，逢年过节，往来得很顺畅，就是快结婚的那一年，十分不顺畅，有一次差点儿就闹翻了。

那个端午节，母亲像往常一样，拎着馓子，而且比往年还要更多一些，带着新布料和伞就去了袁大庄。一路上遇到人都是开心地笑，更多的人问今年要收亲了吧。每当听到这个问话，母亲就更加高兴一些，路也走得更快一些，家里要娶弟媳妇了，怎不高兴呢。

可我们在家左等右等，等到最后，看到母亲一个人回来了，手里拎着馓子，还有雨伞与布料，一到家母亲气得眼泪就下来了。父亲问了半天她才说："这家人太不讲理了，这个弟媳妇太蛮横了。"原来，这个端午节，她要一件的确良褂子。

可那个时候的确良很难买到，父亲还托了在部队当排长的二表叔到杭州市去买都没有买到。没办法，父亲有一晚专门上门去沟通，说明情况，建议就买粘胶面料，所差的钱再买一些白市布，等于一件换两件了。他们家也没有什么意见，可今天却出现这样的情况，原本是说好的事。

端午接不到人，对于男方来说是件大事，也是件麻烦事。庄子上的人很快都知道了，有的过来出点子，有的过来安慰，也有的过来数落女方家的不是。父亲手上的"老九分"一支接着一支。他很少受过这样的窝囊气，大姑妈也过来了，她看到父亲的脸色，感到事态不妙，她知道父亲来了脾气九头牛都拉不住。她小心地说："他大舅呵，你要冷静呵，千万不要冲动，大峻子这房人不容易呵。"

正劝说着，红约来了，他们一起回家里坐下来，也带来了女方哥嫂的意见：这个端午就不过来了，把衣服折算成钱，交红约带过去。还安慰我父亲说别往心里去，过两天去喝一杯。一场风波基本平息，只是母亲还处于极度的气愤中，红约也去劝我母亲说做哥嫂的就要穿长大褂，带人面子。

晚上红约在我家吃饭时分析，这次风波应属嫂媳过招型。今年就要结婚，这是最后一次端午，她要给未来的嫂子一点颜色。先过下招，试探一下虚实，婚后还有太多的即将要来的摩擦呢，先预演一下吧，看下双方功底如何。三杯两盏过后，大家都同意了红约的这个分析。

端午节的第六类活动就是娱乐，就是唱大戏，也就是合肥当地的小倒戏，又叫倒七戏，文雅点的名字就叫庐剧。那咿咿呀呀的唱腔，从下午一直响彻到半夜，那喇叭声声传到很远处，我们在家里或在外面玩都能听得到。端午节选的都是最经典的曲目，有《老先生讨学钱》，有《木大寿吃大烟》，还有就是梁祝里的《十八里相送》。当唱得很晚的时候，人就越来越少了，但演员很认真，人不断地减少但丝毫不影响他们的情绪，那一招一式，一唱一叫，仍然严谨有加。

2022-01-17 于珠海鱼林村

六月六的晒霉

农历六月初六，是中国传统的佳节，这一天是大禹的诞辰，也要祭祀龙王。在长江流域的很多地方，这一天还要赛龙舟，有的地方的规格和规模比端午节还要大。六月六的龙舟赛主要是表达对龙王的感谢和对大禹的纪念。

六月六在合肥西乡一带俗称天中节，又叫长工节，大锹把节。这一天，任何雇有长工的人家都要给长工放假一天，俗称“大师傅晾脚丫”。主人家不仅要给长工或小放牛的放假，还要奖给长工们东西，一般都是六尺布的大毛巾，小放牛的给三尺布的小毛巾，外加草帽一顶，零钱若干，叫“茶馆相”，意思是进茶馆吃早茶的钱。

六月六的中午，也要为长工们准备一桌丰盛的午饭，以感谢他们过去时间为主家做出的贡献。其中的一道大菜是必不可少的，公鸡烧毛豆。所以，我们那里就有俗语说：“大公鸡叫，小公鸡哭，跑掉五月五，跑不掉六月六。”

大吃大喝之后的下午，长工们还要打扮整齐，游街逛市，到处逍遥，这一天是长工们一年累到头的一小点儿补偿，更多的是一种荣誉吧。像现在的教师节、护士节等，其实都与长工节差不多的意思。由此想到那个时候的最底层人也有人去关心、去理解、去帮助。

长工节于我而言，只是个传说。所能知道的一些信息，都是出于我父亲的口口相传。每当我们在家议论一些不公平的事情时，父亲就会说：“这种不公平可能是你自己感觉的，或许是公平的。”我们听不懂，他惯常就会给我们讲那个大师傅的故事。

说以前，他的高祖雇了几个长工：一个大师傅，一个二师傅，三个普通长工。有一年夏收结束，兑现半年度工钱时，他的高祖给了大师傅十担稻子，而二师傅只得到六担不到的稻子，二师傅觉得有点不公平：“论力气我比大师傅大，论干活，脏活、重活都是我干，而我的工钱还比大师傅少。”

父亲说，他的高祖听了不吭声。有一天，很热的天，阳光很强烈，估计中午长工们快回家吃午饭了，他的高祖就把家里的大脚盆拎出来放在大门槛上，暴晒在烈日之下。二师傅每次都是最先到家吃饭，今天也一样。他看到门口有个脚盆挡住，纵身一跳就进家里了，其他几个师傅也一样。每次回家吃中午饭都是大师傅走在最后，他走到门口，看到大脚盆，弯下腰把脚盆拎起来放到大门后面。

这个过程大家都看得很清楚，心里都明白了高祖的意思，此后，再也没有人去抱怨公平的问题了。这个大师傅的故事，父亲至少讲了有一百遍，而我们每次听，似乎都有新的感受。

长工节，真的离我们太远，但晒衣节，我们却经历非常多，家乡的俗语里就有：六月六，人晒衣裳，龙晒袍；六月六，晒衣服，不怕虫咬，不怕蛀。我们都叫晒霉，长江中下游地区，一年一度的梅雨季节刚过，家里到处是潮湿的，甚至连人的思想都发霉了。六月六，大太阳，正是晒东西的好时光。史料也有记载，六月六这一天，从皇宫到民间，从城镇到乡村，都要晒东西，都要洗浴。在皇宫最重要的是晒龙袍，在民间最重要的就是晒族谱了。

中国的历史保存之完好是世界绝无仅有的。一个重要的原因就是中国的历史保存方式的三驾马车架构：国史、地方志、族谱。在传统社会里，家谱受到普遍的尊重。一个有完整族谱的家族，他们的历史一般可追溯到两三千年前。在家谱里有家族的迁徙史，有家族的沉浮史，有祖坟图址，有家训，也有家族传承的后代的辈分拟订等。

我家有一部族谱，在我很小的时候，就看着父亲每年一次，在六月六这一天晒谱。其实，晒谱的工作，前两天就开始准备了。我家有两部谱，一部是道光年间修的，一部是民国初年修的。两部谱都放在一个谱盒里，总共约二十卷的样子。所以，六月六的前一两天，父亲就要将竹制凉床洗涮干净，那个洗的过程十分认真，每一个篾缝都要处理干净，然后晾干。

我家的谱供在堂屋正上方的案几上，上面用红绸挒成的一朵花并拖着红绸带盖着两边，正面是盒盖，可以抽出来的，盒盖上写着“许氏三星堂”几个字，不是写的，是木雕的。字体漂亮有力，谱盒的外部是深色红漆，父亲对谱特别上心，经常见到他有事没事就去擦拭，所以，外表的漆看上去油光发亮。

六月六这天，吃早饭时父亲就会在饭桌上宣布今天一天的规矩。其实就只有大半天，从上午十点到下午三点。每年都讲同样的内容，但每年在早餐桌子上还要再宣布一次。我有时想着这和在飞机上坐紧急出口位置差不多，会不断地和你讲坐这个位子的须知。父亲在宣布规矩时，时常两眼盯着我，我也知道主要是对我讲的。

吃过早饭，父亲先去洗手，然后拿出香炉点上几支香，对我说："你要翻谱就要洗手呵。"我也去洗了手，学着父亲的样子，把双手在香的烟雾里绕一下，这时，父亲就像往年一样，用一块草纸把我的嘴擦几下，边擦边说："童言无忌，错话就是放屁。"

父亲很讲规矩，我也习惯了他的做法。每每家里有重大事情，比如做豆腐，比如大年初一，还有大年三十吃年饭，他都要这么干。渐渐长大后我思忖了这件事，大概因为我嘴太快吧。是的，人过中年了，这快嘴快舌的毛病，仍然改不了。任凭这张嘴吃过多少亏，误过多少事，仍然不改习性。我懂得了"知子莫如父"的说法。

父亲把一卷卷谱请出来晾晒时，那小心虔诚的样子，给我留下深刻印象和深深的思考。虔诚是对祖先崇拜，是几千年的传统。我想着父亲每一次晾晒都是一次与祖先的对话，像聊天一样讲着三星堂的故事。沐浴在祖先的荣光里，也和着先祖的血泪与情仇。

父亲不识字，可讲着家史那真是像个史学研究的人，能从后梁的祖先许儒不事不义之皇帝朱温，讲到率族人南迁歙县建立许村，再讲到东晋的许询与简文帝称兄道弟，最后讲到明朝中期三星堂一世祖许国泰任庐阳知府时又带着家人迁至合肥西乡这一带。

边讲还边翻谱给我看并说：“你看，这些戴官帽的祖先都是当大官的。”小时候我也看不懂，道光版是竖排繁体字，民国版是横排繁体字。一点也看不懂其中的意思，字还是认出一些的，比如有写着尚书，也有写着大理寺，还有的写着主簿，只是认得这几个字，但不知词意。当然父亲最得意的还是讲修谱时的事，他说道光版谱，是他曾祖发起的，并捐资最多；民国版谱，是他的祖父许方成发起的，并捐资最多。他在说着这么久远的事时，那脸上的自豪感就像刚刚发生的一样。

字意不懂，但对谱里图画比较有兴趣。那是石刻版，图的线条极其简单，但能认出来。谱上面图示中，丰乐河叫天河，十里长荡叫轮车垱，还有好多现在都还在的地名，如廖渡口、大寒口、柿子树岗，现在的乡政府名字，还有袁店老街。

父亲晒谱，认真而小心。先把谱从盒里拿出来，成三排放在凉床上，顺序都是按谱在盒子里的摆放的。先晒正面，过一小会儿，给每本谱翻几页，然后过一会儿再翻几页，直至翻到最后。最后一次是将谱翻过来，背面也要晒一会儿的。

在几个小时的晾晒过程中，父亲基本不走远，一方面不放心我能认真负责，另一方面也怕猪、狗、鸡等动物来破坏。当然也怕我乱翻动，那些都是宣纸线装书，很大的一本，但很软。父亲要求我每次翻动的时候一定要把谱放在晾床上，或者要用一只手把谱托起来看，他不许我双手捏着谱看，他认为那样会把谱弄坏。

2010 年我首次倡议许氏三星堂修谱，2017 年正式启动修谱，2019 年成功颁谱。前后约十年时间，我一刻也没有停止启动修谱的事。在这个修谱的过程中，我捐款也是最多的，我想这就是传承吧，这种传承是从父亲的晒谱开始的。

2022-01-17 于珠海鱼林村

中秋之夜

中秋节又称祭月节，源自上古时代的天象崇拜。中秋节自古就有祭月、赏月、吃月饼、玩火把、赏桂花、喝桂花酒等民俗。中秋节与春节、清明节、端午节并称中国四大传统节日。受中华文化的影响，东南亚很多国家也过中秋节，并经华侨发展成为当地居民的一种节日。2006 年国务院将其列为首批“国家级非物质文化遗产名录”，2008 年中秋节被列入国家法定节假日。

中秋节自上古到今，数千年的历史，不仅源远流长，而且不断发扬光大，成了正式的法定假日，这一天啥也不要干，休息或者玩乐或吟诗或赏月或拜月或吃喝或品酒，一个节日能相传几千年，我想应该是众人努力的结果。

首先是农民，他们要对月亮顶礼膜拜的。因为农业社会，种庄稼就得掌握节令。一年的农业丰收与歉收，都与月亮所显示出的节气有关，所以自古农民对月亮的感情最深。

其次是文人墨客。每当月亮高悬，或思乡、或思情、或想饮酒、或想作诗，都要对月亮有所依托。特别是中秋夜的月亮，他们几乎对着每一个中秋夜的月都要有所作为。

最后就是孩子们了。这个夜晚，月色明亮，每到这个夜晚，他们都要大吃大玩一通。除了白天的美食，更重要的是晚上的月饼，当然比月饼更诱人的是那一晚的疯狂——玩火把。

每个地方的中秋节可能都有一些自己的特色，仪式与内容不尽相同。

合肥西乡的中秋夜，火把是地上的一轮月，与天上的遥相呼应；火把是孩子们手中的一束光，照着阡陌交错的田埂。火把是中秋夜最亮的色彩，与月色、田野、丘陵、河流，辉映成一幅孩子们的童话。

当大人们刚收拾好桌子，摆上月饼的时候，有一些孩子就聚集起来，火把呼呼冒着火舌，似乎在催促搞快点，这边的孩子一手抓一块妈妈刚切好的月饼，另一只手已握着火把，一群孩子，从一户到另一户，最终孩子们的火把已形成火龙。形成火龙时就游向了村庄外，游向旷野，游向田间地头。

看那火龙真像条龙，在田间游走，一会儿抬头，一会儿翘尾。那居龙头位的孩子，不仅要制作更大的更亮的火把，还要做很多动作，大家都想当这个龙头，但每当老龙头长大了不再玩火龙了，都要选一个新龙头。选龙头，要看他的个头、本领、责任心等，小小的孩子队伍里，其实比成人世界更有规矩，每次都能选出合格的龙头。

当火龙游到生产队的边界时，就会与邻队的另一支火龙相遇。两龙相遇都要在心里比试着的，比火龙的亮度，比龙头的高度，比龙尾的灵活度等。有时还会有第三条龙加入进来，那孩子们的呼叫声就更响了，常会惊起大人们的担心，是不是和邻队的打架了。

游火龙的过程中，常有很多意外发生，有时一个小孩儿掉水沟里了，有时一个小孩跌趴在田里了。恰好是水田时，就是一身的泥水；还有后面的孩子跑快了撞到前面的，也会引起吵闹。每当这时龙头都会指挥说："快爬起来，保持队形，火龙不能乱。"

那时候物质条件差，火把也做得差。我们更小的时候，就用荒草裹着木炭，再缠一些烂布条等。后来条件好了点，大队有柴油机了，我们就开始收集柴油，八月一开始就着手做火把，选火把棍和火把布料，然后自己动手扎火把棍。我们一般选檀木棍，经得起烧，而且多少天前就会放在水里浸，其次是烂布料，把烂布料一层层裹到檀木棍顶端，缠一层布就用铁丝扎一层，扎好的火把统一放到平时收集的柴油或废机油的桶子里浸泡。

油火把代替木柴火是一个进步，火把的火更大了，火把燃烧的时间更长了，火把的体积还更小了。记得我们队第一年使用油火把时，把隔壁盐行队和周墩队的孩子们都吓呆了。这是什么火把呵，怎么那么亮呵，火那么大呵，我们听着都不说，只是心里高兴，那一个中秋节的夜我们都是龙王了。

火势渐小的时候，龙头就会掉头往队里的大场地上走。这里是每个中秋夜孩子们最后的欢乐场。就在回的过程中，火把的火越来越弱，当更弱时，龙头就会呼啦一下把火把抛向空中，然后叫着："摸秋啰，摸秋啰。"于是孩子们纷纷把火把抛向空中，一片乱光闪亮空中后摸秋就开始了。

摸秋就是偷秋。民间有句俗语：八月半摸秋不算偷。摸秋是中秋节玩火把后的一个必不可少的节目。玩火把之后回家的路上，各自都必须偷点瓜果类的东西，什么花生啦、南瓜啦、扁豆啦等等。这一晚，谁家的“秋”被人摸了都是件快乐的事。

摸秋最早是源于久婚不育的妇人，这一晚在闺蜜或小姑子的陪同下去偷点瓜果，以示可以带来运气，可以生孩子的，不知是何年竟演变成孩子们的游戏了。

摸秋之后，就是中秋夜的最后一个节目了——捉迷藏，一组藏，另一组捉。当藏的一组开始的时候，捉的一组要闭上眼睛。在规定的时间内，当藏的找不到或藏的全部被找到为胜负的标准。

生产队的大场地上就是生产队的广场，许多大型活动都在这里开展。晚上孩子们捉迷藏时，能藏的地方其实不多，场地四周的草堆是主战场，还有就是周边的农田或边上的牛屋。草堆都是一家一户的，有大有小，有高有矮。捉迷藏开始时，藏的一方一般都为两人一组，这两人可以相互策应，一个孩子蹲下，另一个孩子站他肩上，然后爬到草堆的顶部，再扒个草沟躺进去；还有两两合作，从草堆的另一边扯个洞钻进去再用草盖好。

捉的那组孩子开始找了，一开始总是容易找到，到后来就难了。有的藏得很深，很刁。几轮玩下来孩子们就累了，也疲了，陆续就有往家里溜的，然后就不断有人离开了，带着摸到的“秋”。可藏得深的孩子却睡着了。直到家里大人发现孩子没回家再提上灯，大呼小叫，一行人来到场地在孩子们的引导下去找，最终或在草堆头上，或在草堆洞里就拖出了还在睡着的小家伙，免不了对着屁股就是一巴掌。

每每回乡走到昔日的场地时，头脑立马浮现出那中秋的夜晚：玩火把、摸秋、捉迷藏，有时遇到同庄子的老伙伴说起小时候的中秋夜，笑得泪眼汪汪。

2021-12-28 于珠海鱼林村

重阳节

农历九月初九为重阳节，中国民间的传统节日之一。“九”在《易经》中为阳数，九月初九，两个阳数相重，故称重阳节，又因日与月皆逢九，所以，又称为“重九”。

重阳节是中国传统节口中名字最多的一个节日，除了叫重阳节外，还叫老年节、重九节、登高节、祭祖节、双九节、晒秋节、敬老节、九九重阳节等。

重阳节和中国其他大多数民间节日一样，也源自天象崇拜，在远古时代，农业生产的收成主要靠天，风调雨顺则会丰收，而天灾则会歉收。所以，每到秋天这个收获的季节，农人在享受丰收的喜悦时，都要祭拜天地，祭祀祖先，感谢上天的眷顾，感谢祖先的荫庇。

远古时代的祭天拜祖，仅限于祭祀活动。到唐朝时，重阳节的祭祀活动又杂糅了众多民俗的内容于其中，登高、赏菊、作诗、饮酒、敬老等都是重阳节的重要活动。

据传，唐德宗李适年间（780—805）正式将重阳节作为国家认定的节日，从这里开始，这个节日，不仅属于民间，宫廷也在这一天庆祝重阳节，从而让重阳节有了更光亮的色彩。

唐代之后的明清乃至民国年间，重阳节的活动内容都有改变，更多的是增加了许多活动内容。明代就有皇帝在重阳节这一天去万岁山登高览胜，抒怀秋志。

新中国成立后，重阳节又被政府赋予了新的内容。1989 年，国家将九月初九定为“老人节”，把传统节日中的敬天敬祖、登高望远、赏菊作赋予中华传统文化中的孝道结合起来，以敬老、尊老、爱老，以至于“老吾老以及人之老”。

2012 年 12 月 28 日，全国人大常委会表决通过新修订的《中华人民共和国老年人权益保障法》，明确九九重阳节为“老年节”。政府在传承中为重阳节赋予了生命的内蕴。

其实，千叟宴就是重阳节尊敬老人的最好例证，而这一活动源自唐朝武则天的老妪宴。清朝康熙六十大寿的庆祝活动，也请来一千名老叟与其同宴。后来，人们就在重阳节这一天举办千叟宴，以彰显对老人的敬爱。

千叟宴是大规模的群体活动，而重阳节这天，更多的则是几人行的小规模活动，吟诗便是重阳节最重要的活动内容之一了，迁客骚人都会在这天饮酒作诗，留下了无数诗篇，其中最著名的重阳节诗词应算唐朝王维的《九月九日忆山东兄弟》：

独在异乡为异客，每逢佳节倍思亲。

遥知兄弟登高处，遍插茱萸少一人。

合肥西乡一带的农村在重阳节这一天，有的人家做各类糕点，作为重阳节的食物；还有的人进寺庙做庙会，进庙礼佛也作为重阳节的一项活动。

但农村基本不过重阳这个节日的，只是这一天见到老人会多赔着笑脸，多加尊敬，闲聊时也会说今天是重阳节。因为重阳节，没有亲戚间的走动，也没有大吃大喝，只是印象中的一个节日而已。

爬山也只是文人墨客干的事，不过在我读高二时的那个重阳节，我们爬了一次山，这也算是登高诵秋了吧。大潜山，海拔不到一百米，但绝对高度两三百米的样子，离我们高中约三十里路，我们武术四人组中不知是谁提议去爬大潜山的，最后得到积极的响应。

我们学着文人的样子，边走边说着与重阳节有关的事。那时候没有网络，所有关于重阳节的事都是口口相传而来的，没有资料可查，也就做不了功课。

从学校到山脚下只有土路，但路基很宽，我们走着、蹦着，像出了笼的小鸟。我家在圩区，沟河密布，一马平川，而这里是岗区，丘陵地形，起伏不定，山多，林多，鸟多，于我而言更加的兴趣盎然。

到沈店中学时，我们在找水喝时遇到一位学校的语文老师，他看到我们几个小伙子就很好奇地问是干什么的，凯说：“今天是重阳节，我们去大潜山登高。”老师很吃惊，心想还有这样的孩子呵。又问我们知道多少重阳节的事，我们老实回答说只知道敬老、爬山，还有就是读几首关于重阳节的诗。

老师笑了，一边给我们倒水，一边和我们详细介绍了重阳节的来历及其节日的活动内容。什么插茱萸、千叟宴、赏菊等活动都是这一次从语文老师这里听来的。

大潜山不难爬，山上的树高大而矗立，树下没有灌木丛，上山的路就很好走，我们一进山就更加地活跃，特别是我，因为这是我第一次走进大山的怀抱。脚下踩着厚厚的树叶，还有枯死的枝条，我真是太眼馋了，这是多好的烧锅料呵，想着在圩区去砍烧锅草多么难，而这里的却被废弃在这里。

山顶有一片光土地，没有树，也没有建筑，就一块平地于山顶之上，像一个中年男人的后脑勺，不知以前是干什么用的。凯同学非常兴奋，在上面打了一套解氏心意六合拳，一招一式非常有力；浪也打了一套醉拳，只是没有酒喝，那拳就打得少了点醉意；宁和我没有功夫，只是在一边叫好。

晚霞照射到光地时，我们开始下山了，回校的路上远没有上山路上的那般狂欢，因为肚皮吃紧，饥饿难耐。更因为一阵风让我们这些农家后代更清醒了一些，我们是逃课出来的，得赶快回校。

第二天早上的第一节课上，站在讲台上的柱老师，脸阴沉得像要下大雨。我们几个的脸在发烧，柱老师不说话，只是拿眼一会儿盯着我，一会儿又盯向高、宁和凯。

“你们昨天下午去哪里了?”没名没姓地一问，他们都不吭声，只是低着头，我沉不住气，或者说是胆子大一点儿吧，我回答说："去大潜山了。""去山里干什么？"听得出柱老师的问话里有着某种怀疑我们去偷鸡摸狗的味道。我赶忙说："昨天是重阳节，我们去登高了。"

柱老师听后，又不说话了，只是一脸的笑意，但那不是会意的微笑，也不是赞许的笑，是一眼就可以辨认出的嘲笑。果不其然，他又开口说道："重阳节，登高山、赏秋菊、插茱萸、作秋吟，这些文雅之事，岂是你们这些还在为饥肠而愁苦的人所为。"

从此，重阳节，我只记住这节日里的事，但从不去为，我认同柱老师的说教，还食不果腹呢，哪有力气登高啊！那只是文人们的闲事，所以，重阳节可否又叫作文人节呢。

2023-01-30 于珠海蓉胜

冬 至

我们上小学那会儿，学什么都不认真，因为成绩不重要，所以一直以来我对二十四节气都没有深刻的理解，但对于冬至，却知道稍多，特别是对“吃了冬至面，一天长一线”这句谚语有比较深的了解，指的是冬至这一天，太阳最低，白天时间最短，黑夜最长，而过了冬至这一天，白天的时间就长起来。因为，冬至之后太阳从南半球往北半球走，北半球国家，白天的光照时间就长。长多少呢？每天长一线，一线便成了一个时间单位，但又不是具体的时间长度单位，意思是说冬至日之后白天长起来了，妇女们做针线活时每天都要比前一天多用一根线。

因此，冬至日在我的印象里就是吃了。好像中国所有的节日都要吃一顿，只是规模大小不同而已，也许在农耕社会，民以食为天吧。在合肥西乡的圩区里过冬至，有不同的吃法，我老家的习俗是早上吃油炸鸡蛋。

为什么冬至要吃油炸鸡蛋而不是像别的地区一样吃面或饺子或别的更好的东西呢。就这个问题曾问过母亲，每次的回答都是说："有的吃就不错了，还问那么多。"对这个所答非所问的答案，我至今还保存着一分好奇，但已没有再去追问的心情了，或许这就是人老了的象征之一吧。

冬至日，除碰上周日以外，都是要上学的，这个早晨母亲会起得很早，因为要炸鸡蛋。油在锅里开了，将鸡蛋直接打入油锅，待蛋黄固化后出锅，那荷包蛋形状的油炸鸡蛋就出锅了，放在碗里，黄灿灿的，一般我可以吃上三个再去上学。

正是因为油炸鸡蛋，在我的印象中，冬至就是吃油炸鸡蛋的日子，似乎跟节气没关系。直到有一年的冬至日早上，母亲照旧在炸蛋时，屋顶上突然就掉下一块土渣，正好掉在油锅里，滚烫的油溅到母亲的身上和脸上，母亲一边擦，一边骂着："真是四时八节赶上了。"这是我第一次听到"四时八节"这个词，她的意思是一些事正不巧地碰到一起了。

当我问起大人时，才知四时是指春、夏、秋、冬四季，八节指立春、春分、立夏、夏至、立秋、秋分、立冬、冬至八个节气。原来冬至远不止几个荷包油炸鸡蛋，而且与天时运行的节气有关，事实上不是有关，而是因为节气才有油炸荷包鸡蛋。

再后来走动的范围大了，才知道许多地方冬至吃得还不一样，有些地方就是吃面的，所以说"吃了冬至面，一天长一线"。这个谚语就与吃面有关。有的吃饺子，有的地方还要摆上酒席的。

关于冬至吃饺子，还有一个神奇的传说。说的是东汉末年，名医张仲景冬至日回到家乡时，看到乡亲们个个都冻坏了耳朵，于是他带着徒弟采来山药，又给拌上肉剁成馅，再用面皮包成耳朵形状，让乡亲们回家煮着吃。吃了这些形状像耳朵的东西之后，那些冻坏的耳朵就好了，于是乡亲们就把这能治冻耳的长得像耳朵形状的东西叫娇耳，饺子这名便由此而来，冬至吃饺子的习俗也由此形成。有俗语为证：冬至不端饺子碗，冻掉耳朵没人管。

冬至日除了是好食者的节日，也是文人墨客的节日。这一天他们要写诗的，以言明志，或以诗解愁，历代文人都有许多冬至诗文，可我对白居易的《冬至夜怀湘灵》感同身受：

艳质无由见，寒衾不可亲。
何堪最长夜，俱作独眠人。

冬至日是节气日，也是养生日，寒季正式开始便是一年进补的黄金时段，补气、补血、补阴阳，补肾、补肺、补肝脏。不同的地方都从这一天开始，进入了进补的季节，各自根据各自的身体情况，祛寒、祛湿、祛毒，食羊、食狗、食牛。

有些地方，冬至日要吃羊肉喝羊汤，暖肠、暖胃、暖心肺，广西的有些地方冬至日都要吃狗，举办狗肉宴，时常与护狗人士产生冲突。

冬至日，一个节气日，不同的时代它都有着不同的意义。在远古时代，它就是农作物及生活安排的依据，再后来它就是人们吃一顿的理由，到今天，农业已不再是社会的全部，它的节气意义仅限于提醒人们天冷加衣而已。可这些个古老而于今天又无多大用处的节气日，它的唯一意义恐怕就是象征意义了，象征着中华民族的智慧传承。

2023-01-30 于珠海蓉胜

腊八节

我对腊八的记忆源自我们那里的儿歌：“小孩儿小孩儿你别馋，过了腊八就是年……”每次母亲熬制腊八粥时都要念叨着这首儿歌，唱着唱着冷不防就对着我们的屁股一巴掌说：“爬远点，你爸还没吃呢。”是的，家主还没吃呢，小孩子急什么。

腊八节，每年的农历十二月初八，一个中国的传统节日。这个节日起源于佛教，是纪念释迦牟尼成佛成道之节日，后渐成为民间节日，最后就成了一个吃的节日。这一天喝粥也是源自佛教寺庙里施粥的传统。所以，腊八粥也叫福寿粥、福德粥、佛粥。

腊八粥的材料成分之多源自僧人们把化斋而来的米、栗、枣、果仁等百家食材混杂一锅，熬成粥散布给穷人食用，后来就演化成类似于今天八宝粥一样的腊八粥。张问陶有诗为证：

去岁还家逢腊日，今年腊日远思家。
兄酬弟劝情如昨，物换星移事可嗟。

旅食一瓯怜佛粥，乡心万里入梅花。
长宵归梦分明极，社酒村灯笑语哗。

腊八粥在各个地方的做法都不一样，基本都是根据各自的食材而定，差不多的做法都是尽可能多地将农作物置于一锅，混炖而成粥。但最主要的食材就是大米、小米、高粱、薏米、豆类、红枣、花生、莲子、杏仁等，基本与从市场上买来的一罐八宝粥的配料内容差不多。

过去，有些地主在腊八这一天，不仅做腊八粥，还要做腊八醋、腊八蒜、腊八豆腐、腊八面等。在合肥西乡的圩区，就只有熬粥，一熬一大锅，不仅家里人吃，还要送亲友、送朋友。每家都要相互品尝，还要给出评价，看看谁家的腊八粥最好吃。

腊八粥，是年的预热活动，所以如儿歌所言："过了腊八就是年。"从这一天开始，年味就越来越浓，越近年三十，过年的活动就越多，而在所有的这些活动中，除了接送灶神、祭祀祖先以外，其他的都是以吃为中心的活动了，备年货的主要目标就是为了吃。

腊八，虽源自佛的布施，但随着几千年的演变，今天的腊八节已有了别样的寓意。熬粥，不仅是为了吃一顿，更重要的是一种仪式，一种敬天、敬先人的仪式，一种感恩的活动。

在腊八节，一家人的浓浓亲情和着内容丰富的腊八粥从而更加地融合与和谐。一家人喝着可口的腊八粥，体味着各类食材融合后的美味，也会想到施人以粥与救人、救难的道理，以及渴求和顺的人际关系的美好愿望。

腊八节也是一年之末，丰收喜悦的物化表现，正如老舍先生在《北京的春天》里所言："这不是粥，而是小型的农业展览会。"一句话道出了腊八粥的含义，这碗粥，这个节，与一个农业社会，与一个农耕社会里的一个个家庭都有密切关系。民以食为天呵，没有食，生命都难以延续，世界一切美好事物都将不复存在。

腊八粥不仅在表达丰收的喜悦，还表达了人们追求健康与美丽的心情，你看那腊八粥里，哪一样五谷杂粮不富含各类营养成分？养胃的、健脾的、护肝的、益气的、壮阳的、补阴的，更有养颜之元素。中国人向来就有美丽是吃出来的概念，其所谓美丽由内而外才是真美。

腊八粥，一锅粥熬出人类生存的道理，熬出人类生活的原态，也熬出了美好社会的粥之道。因为腊八粥是最混杂的粥，也是最包容的粥，更是各类营养最均衡的粥，是和谐的粥，是亲情的粥，是关爱的粥，人类社会应从腊八粥中汲取智慧，和谐、包容而多元，这个社会或许会更加平和而美好。

2023-01-31 于珠海蓉胜

第八辑

乡匠

匠人的路

当我把煤油灯往桌子上一放，书包往椅子上一扔，正式不再上学而是当一个真正的农民的时候，我轻松快活得像只小鸟，庄前屋后跑来跑去，其实更像是飞来飞去，对什么都感兴趣，都想去摸一下，或尝试一把。那种脱离老师管束压力的时候，整个人都兴奋起来，从来没有这样的不带任何压力的生活形态。

获得了自由的同时也对农村充满着向往，想象着怎么也会在农村这个广阔的天地里有所作为，至少刨口吃的应是比较简单的。那个时代还对外面的世界没有概念，去过最大的城市就是舒城县城。

从学校回家的时候离双抢还有约一个半月到两个月的时间，父亲和我商量着学门手艺。父亲想让我学铁匠，他的理由简单，铁匠比木匠挣得多，而且学出师了只拿方向锤，也没那么累，而木匠则不行，当师傅了也一直很累的。可我认为木匠活更有点意思，把木头变成家具或农具更富有意义，而且也不像铁匠那样每天接触的都是冰冷的铁，黑漆漆的，而且生过的铁器的刀口还发着寒光，有些瘆人。

父亲一向不过于干涉我的选择，大到婚姻与上学，小到学木匠还是铁匠，对于我的一些在别的父母看来难以接受的选择，我的父母好像都觉得不是什么了不起的事。当我说出要学木匠的时候，父亲抽了支老九分，当烟快抽完的时候他站起来走了，就相当于他经过一支烟的思考同意我的选择了。

我的父亲时常就这样，每当他与我的观点不一样，或我做的不是他想要的时候，他都要这样默默地抽一支老九分，九分钱一包的丰收牌香烟，然后站起来走了，这事就算同意了，要不他就会说，晚上我们再讲一会儿吧，这样的情况比较少，但这个情况一出现就比较头痛，父亲那说功让我消受不了。

我决定学木匠了。第一件事是拜师，那是父亲要做的事，我跟着就行了。他亲自上门去说，又张罗请吃饭，还送了一点儿礼，几次活动之后，我们师徒关系就定下来了。而且村里人都知道了，我的师傅是廖木匠，离我家要远点，本来是跟许木匠学的，但许木匠带徒弟太严，而且还常骂骂咧咧。

师傅领进门，修行在个人，我父亲常用这句话来激励我好好跟师傅学习。师傅的教授套路是清晰的，入门头一天的整个上午，他都在和我聊天，聊木匠活以便我日后掌握学习的节奏。廖师傅说："第一关拉大锯，不管多少天只要能拉直线就可以了；第二关持小锯，断木头或锯小板，能跟着墨线不走样就可以了；第三关推刨子，你看上去简单，但推得好很难，主要是力不好把握，不是推死吃里面去了，就是推滑过去了。推好了刨就到第四关用凿子了，这是卯榫配合的关键手艺；最后才是弄斧，弄斧是最难的，这就是为什么有班门弄斧这个成语，而不是班门弄锯或班门弄刨。”师傅喝了一口水，仍不紧不慢地讲着未来的学习过程及其难点，以让我有个心理准备和宏观想象。

学徒的第一天下午就开始拉大锯，把一根大圆木立起来夹住，两个人站在两边的大板凳上，一推一拉，随锯子沿墨线往下移动。木头顶端的那一截最难锯，因为两只手是举起来拉的，双臂很酸很累，越往下越轻松，到最下面一截也难锯，因为要蹲下来拉，双臂向下用力。

第三天就随师傅外出干活了，外出干活是件快乐的事。一方面可以跑不同的地方，另一方面，无论是到队里还是在个人家干活，都要管饭的，这个最重要，不仅可以吃得饱点，多少还有些菜。

就这样拉大锯，从东家到西家，从一个队到另一个队，一个月很快过去了，在这一个月中，除了拉大锯，最大的收获就是近距离地观察师傅的手艺以及联想到刚入门时他说的那些关键步骤。

但很快就有一个问题闪现在我的脑海里，学出师了，以后地盘在哪里呢？村东有个许木匠，村西有个廖木匠，而且村村都有木匠。还有一个问题，跟师傅一个多月了，干了那么多家活，可一直都没有出过村子，我不能以后也固定在一个村子的范围呵。

不多久，非人的双抢（抢种抢收）就开始了。这是圩区人最难以忍受的一个阶段，既要收又要种，因为赶季节，所以要抢着收抢着种，否则，深秋的寒气降临，庄稼就没有了收成。再难的过程也会过去的，双抢就快结束了，每个人都显得从一年一度的紧张到一年一度的紧张后的轻松。

一天，油猴子品叔来了，说是他家的屋子漏雨了，请我爸去修。我爸是茅匠，是当地有点小名气的茅匠，在我家的表叔中他们俩的性格更合一些，爸当然愉快地答应了。

第二天，父亲让我一道，说是让我也见识一下茅匠的营生，好在木匠师傅家也在双抢，况且我也不想去了，也要找个时间和爸交流一下，我开心地扛着茅匠的吃饭家伙，十三根两米长的直径约两厘米的竹竿，一根直径六七厘米粗的长三米多的木杆，类似抬杆一样的东西，前面部分是尖的，和抬杆一模样就叫抬杆吧。一个丁字形的带着两铁钉的木架子叫踩耙，是用来给人在屋面上踏脚的，还有一个带把的木板，木板上长满钉子叫梭耙，是用来给新铺的草梭顺并拍实。

一个茅匠就这么多工具了，扛在肩上很轻松，但我不知道它们的功用，好在今天在品叔家，我可以无所谓地爬上爬下去看爸爸的手艺，一个知名茅匠的手艺。

品叔家的正房是荒草房，厢房一边是麦秸的，另一边是稻草的，一户人家三种屋面材料是不多见的，说明品叔家有点经济基础，所以正屋用了荒草，但又不是实力很雄厚，所以厢房用了麦秸和稻草。

爸爸先靠上梯子爬上去整体看了一下，又用抬杆在屋面凹下去的地方捣几下，然后下来对品叔说："凡是凹下去的地方都要修补，还有抹角沟的两边也要重新铺草，烂得严重，这就算是修补方案了。"

只见父亲在屋面凹的地方先一根根地往草里面插小竹竿，呈扇形的，然后把抬杆也插进去，十三根小竹竿的交点处搭在抬杆上，把抬杆用手举起来时整个凹陷的屋面部分就呈伞形撑开。这时，父亲又用一根长约一米的木柱子支起抬杆，这样伞下部分就是工作面了，品叔在梯子上送草，我在地上搬。

不一会儿，伞下工作面就铺上一层新草，放下支柱抽出抬杆和竹竿，再用长钉的梭耙把屋面上的草整理平再拍严实。然后父亲站到踩耙上移动到更高一点需要修补的地方。在茅匠的整个工作过程中，最壮观的是打开伞形屋面，支起支柱那一会儿，一根支柱，一根抬杆，十三根小竹竿就把一块屋面草给托起来了，在伞面下，茅匠可以从容地去修理这个本已腐烂的存在。

下午的日头还挂在西边天上时，最后一个抹角沟也修好了，掏出好多烂草作为知名茅匠的眼力可见一斑。

晚饭是丰盛的，几种大菜都上场了，表婶还在往桌子上端菜，一边端菜一边招呼我们："多扫点，多扫点，今天都是重活。"父亲和品叔已经喝上了，推杯换盏，酒酣处还要捣杠子，虎吃鸡、鸡吃虫、虫拱棒、棒打虎，一轮轮的，互有输赢。都有些醉意的时候，喊出了虫吃虎，哈哈，表婶在一边笑着，并不阻止他俩喝酒的事。几十年了，就一直是这样，他俩喝酒谁讲也没有用，必须是他俩中的一个说："差不多了。"另一个说："是差不多了。"这场酒才算有个结论。当我们回家的时候，外面一毫毫都看不见了，父亲走路有点晃，但基本上还算走在正线上，还不算喝得太多，因为我们还聊得特别清楚。走到唐祠堂时，我开口说了我对木匠的想法，父亲一听就停下来了，摸出老九分，抽了一支，每一口吸入时，那烟头的火就照亮了他的脸，我看得很清楚，他确实没有生气，更没有愤怒于我的八不了凡的做派。

他把烟蒂丢在地上，又用脚给碾了一下，把烟搞灭，这个过程他一直没有说话，又踏了一下，烟火确实灭了。他转身走了，我跟在后面，像个跟班，我知道这一关就过了，他同意了。

第二天早上，父亲瞧水回来，我们都在桌子上吃早饭的时候，他问我，不学木匠，也要学点别的，在农村不管你怎么叠摆，都要学门手艺。我对父亲说想学瓦匠，父亲看着我似乎在说，接着说，说你的理由，我心领神会地说道："现在窑厂越来越多，农村盖基建房也会多起来，干瓦工活虽苦点但挣得多。还有一点，当瓦工可以跑很远的地方，不像木匠，只在一个村及周边活动，而且干瓦工当学徒就能拿工资的。"

"跟谁学呢?"父亲又问了一句。"我想去官亭跟大老表学，他是县建筑公司八队的。"我们的对话母亲听得清楚，但母亲从不介入我们爷俩关于人生切换方面的一切事务，听着像没听到一样，不停地把小菜碟子里的菜虫往外夹。

父亲丢下碗蹲在大门口，点燃一支老九分，当烟蒂都快点燃的时候，他站起来说："我们去感谢一下廖木匠吧，廖木匠是个厚道的人，很少对人有意见。"是的，包括我不学术匠这个不是理由的理由，他也没有生什么气，只是说真要学我是会学好的，不知道是恭维还是惋惜。

又隔了一天，我们就步行去了官亭。差不多走了五个小时，官亭街的最老街正在推了重建，到处都是砖，一大片红红的砖看得让人兴奋，那个时候有这么一大片红砖是现代化的象征。

大老表在家招待了我们，还请来了我未来的师傅一起吃的饭。师傅30来岁，言语极少，那顿饭后我就跟着师傅上工地了，领了一个柳条编的安全帽，一副帆布手套，站在工地上，师傅向我讲解了学徒的几个过程，和木匠师傅差不多的意思，让我心里有个数。他说："你先从搬砖开始，把小四轮上的红砖搬下来并码成堆，便于抬走；第二步学习拎浆桶子，就是给砌墙的人送泥灰；第三步是学习抛砖，就是把砖抛给站上高处的砌墙的大工；第四就是拌泥灰；第五是内外粉墙或勾缝；最后是学砌墙。"

我们那里少有砖墙的建筑，更是见不到瓦匠活，不像学木匠，学之前已有了很多概念，而学瓦匠却是一片空白。"这个过程很长，但什么时候能成为大工，即能上墙，则取决于你进步的速度，没有固定的时间。"师傅看我迟疑又很快补充道。搬砖、运砖都没有什么技术，只是力气活，抛砖也只是危险了点，当你抛个三五天后就会很熟练了，只是拌浆还真是个技术活。先按比例把水泥和沙配好，然后就在地上掺和，一次次地翻来覆去，大师傅三下五除二就能拌匀，可学徒却要搅和半天，加上水再拌若干次，最终拌得如何，粉墙的大工一灰刀上墙就知道拌得好坏。一开始我还不服气，后来才知道灰刀在墙上粉的时候，刀走得顺畅且轻松，说明灰拌得匀，任一刀灰上墙都是光滑的。如果拌得不好，粉刀在墙上走不动，阻力大，粉墙大工就会很有意见。

秋种开始了，我回家干了一段时间活，然后又回到工地，回去后师傅就安排我砌墙。砌墙之前，师傅给详细介绍了墙，按砌墙的厚度和砌墙的方式共分为：六分墙即一块砖侧着砌的厚度，一般作为小墙用的，高墙不可能这么砌；十二分墙就是一块单砖的宽度，十二厘米；一八墙就是先一块砖横着砌，再一块砖侧着砌，一个墙总厚度为十八厘米，所以叫一八墙；二四墙就是以一块砖的长度，二十四厘米，横着砌起来的墙，刚好二十四厘米厚的墙叫二四墙：此外还有斗子墙也称空心墙，就是用砖两横一竖地码成内空的墙体，斗子墙的厚度也是二十四厘米。

墙的这种分类基本以砖的尺寸为核心的，因为砖的尺寸分别为厚度为六厘米，宽度为十二厘米，长度为二十四厘米。当然也有特别的墙体，但这几种墙在一般的建筑中最常见。

师傅最先教的是如何斩砖，左手拿砖，手掌略弯，手心为弓，呈空心状。师傅说这是减少斩砖时对手的冲击，右手举刀，下刀要准，这个主要靠平时练习没有捷径可走，一般斩半头砖或三分之一砖为多。一刀下去，方向要准，用力要狠，刀落砖断，断口整齐，这是水平的体现。我一开始练习的时候，手震得发麻，好几次一刀下去都差点砍到手指上。

斩砖既是力气活，又是功夫活。我的爆发力不够，所以学了好多天，手都出血好多次才勉强得到师傅的认可。正式砌墙之前，他让我自己在地上砌练习墙，砌墙过程中几个问题也折腾我好长时间，一是灰浆抹不平，砖放上去就不平，越砌越不平，五块砖高后就再也不能往上砌了。一次次地推倒重来，师傅教技巧了，先练习右手的灰刀舀浆功夫，每一刀灰浆都要一样多，其次是抹平，尽可能地抹平灰浆。

练习完抹浆，就练习砌水平线和垂直线。一开始师傅教我如何用水平线和铅垂线，听起来简单，沿着线砌就行了呵，可当一块块砖往一起码的时候，形状就变了，不是离线太近就是太远，反正难走直线，沿高度方向的垂直线就更难了。我看大师傅们根本不用带线，一只眼闭上，一只眼睁着，瞄一眼就把墙砌正了。师傅鼓励我，只要多练习就一定可以砌正的。天渐冷了，口中都能哈出热气了。简易的工棚或许都不够资格叫棚，就是我们的住所，后半夜真的很冷，天亮时更冷，有时我起个大早去练习砌砖走线。

有一天似乎突然就开窍了，一口气砌了两米多长一米五高的砖墙，而且是正式墙体。我一看很直很平很正，一堵墙的三个维度我都看了，都很满意，但不知师傅会看出什么问题来。师傅来了，先蹲下来，用眼瞄直线，又站到墙边看垂线，最后又半蹲着看水平线，然后露出笑容说道："你可以上墙了，不过粉墙和勾缝还要学完才能上墙。"

相对砌墙来说，勾缝和粉墙要简单得多，两个礼拜吧，就基本可以应付了。又干了一段时间，零下六度了，墙体上冻了，不能干了，我们回家过年，临走前还领了五十多元的工资，这其中不知有没有照顾的成分。春节后又回来做了两个月的瓦工，春耕时又回去了，这一去就没有再回来了，一直到双抢结束的那个晚上吸着稀溜溜的稀饭，我又对爸说："我要读书。"又隔了一天，我上学去了，结束了我的匠人生活。

2021-12-25 于珠海鱼林村

木　匠

在改革开放以前及再往前的久远时代，农民的后代要谋个好的生活出路，都要学门手艺，更多的人家往往会选择学木匠。因为，木匠活所涉及的家用器具是最多的；此外，还有农用木具，因而活计也最多，学木匠有出路。学木匠，当学徒容易，请个介绍人，把师傅请到家、吃顿饭、敬个酒、送个礼，再举行个拜师仪式，就算是徒弟了，但学习的过程很难，出师尤其难，能真正出师的三分之一都不到，大部分半途而废，或者是个半吊子木匠。

木匠是个力气活，无论拉大锯还是持小锯，无论用斧塑形还是用凿进行卯榫制作，都会消耗大量的气力。拉大锯是小木匠们要面对的第一关，一个徒弟入门，光拉大锯至少两年时间，拉大锯又费力又枯燥又脏，好多徒弟就在这第一关就溜了，回家后和大人说跟师傅学不到东西，所以跑回来不干了。

拉一两年大锯才可以持小锯，徒弟持小锯是帮师傅断截木料的，按师傅的要求裁短或片开一片板等。持小锯，不仅技术含量高点，人也干净多了，而且用力也少很多，有拉大锯时走墨线的基础，持小锯时墨线也走得直，但小锯走墨线要求更高，所以好多小徒弟就在这个持小锯走墨线的时间也很长，一般需要半年多。也有学得快的，两三个月墨线就走得非常直。

接下来就是学用刨子，这是个非常有难度的动作。看上去简单，双手抓住刨子的把手沿木料往前推就可以了，其实不然，推的过程手用力的程度很关键，用力过大，刨刀吃木太深，不仅走不动，还很容易把刀口弄坏；用力过小，刨子从木料上轻松滑过卷不起任何刨花，更不可能把木料表面刨平。

过了用刨子这一关后就是用凿子了。凿子主要用来制作木头的卯眼，这个卯眼凿得好可与木榫零公差对卯合，不用钉子不用胶都会很牢固。所以，一个木匠手艺的好坏，做家具时看他用钉的情况就知道，真正的大师级木匠做家具时是不用钉子的。凿工不好的木匠不仅要在卯榫吻合时加楔子，有的还要加钉子，否则就不牢固。

凿功过关了之后就是学用斧了，之所以有班门弄斧这个词，主要就是因为斧头的功夫代表着一个木匠的水平。斧功越好，这个木匠的技艺就会越好，不仅斧功代表一个木匠的水平，斧头也是木匠所有工具中最宝贵的。每一个木匠，即便是技艺很差的也会把斧头看得很重，每次用斧后都要把斧单独放一个地方，每次用之前都要习惯性用手摸一下斧头的口子，主要是检查一下，斧口有无被弄坏。

学到用斧头这个环节，离出师就不是太远了。但这个过程可以说是最难的，斧头是木匠用来给木料塑形的，用斧砍出一个异形的部件，比如衣柜的老虎脚，犁的梢部，还有人力板车的把手，这些都是别的木工工具无法实现的。只有用斧子去先砍，再削，最后是饰面，然后才能完成一个异形部件，不仅美观，还要实用，还要好用。

一个徒弟完成这几个单项的基本功后，就可以进入完整的木器制作过程了，也就是制作一个完整的家具的意思。打一件家具，首先从设计开始，拟定尺寸，然后就是以上几个基本功的轮番使用。各个部件做好了，开始组装，徒弟做一件完整的家具都是从一把椅子开始。第一次就能把一把完整椅子做出来的很少，都会在组装中发现很多问题，不是卯榫问题，就是水平面问题或者是牢固性问题。我们村里有两个著名的木匠，一个是村西头的廖木匠，一个是村东头的许木匠。两个木匠都是四周比较受人认可的手艺人，廖木匠家具打得好，但农具做得更好；许木匠农具打得也好，但家具打得更好。本村及周边的村民时常都会在选木匠时犯难，两个都好选谁呢？有的人就开始比较两个木匠的性格，廖木匠性格温和，做功细，但动作慢。许木匠性格急躁，可动作快，一堆活三下五除二就结束了。

几十年来，人们就在两个木匠的性格与手艺间作着选择。直到有一年，大队成立了木业社，两个顶尖的木匠并到一起了，一开始准备在廖与许之间选个社长，可摆不平底下的徒弟们。谁当头另一边的徒弟都不服，这不仅是因为山头问题，更重要的是两个木匠带徒弟的方法差别太大，最后由大队主任兼任。

自从成立木业社以后，社员们家里打家具，生产队里打农具就没有选择了，一律由社长安排。那时候的基层干部大部分文化素质都不高，好多大队主任仅会写自己的名字，所有的文件都由文书念，但这并不影响他使用权力，大队的日常事务中一言九鼎。兼任社长后更是飞扬跋扈，因为，他的权力又扩大了，以前只能管公事，现在权力可以管私事了。

有一年，老程家女儿要出嫁，就去找社长安排木匠，社长口头答应，可就是没有动静，老程在家着急，在农村男婚女嫁的时间表极其复杂的过程都是一年前就定下来的，是不能改变的。就一次次去催促社长安排木匠上门打嫁妆。终于有一天，来了两个小木匠，都才处在凿子阶段，而且一个是廖木匠的徒弟，一个是许木匠的徒弟。

老程读过高小，有些文化，他之所以不受社长待见就是因为他看不起大队主任一个字不识还咋咋呼呼，平常里就非常不对付，好在老程是个文化人，比较收敛。而没有明显的把柄，大队主任也不太敢招惹他。这次打家具恰好给社长一个修理他的机会，于是就这样杠上了。

一天傍晚，大队主任从小队里回来经过老程他们家门口，老程拦住了他问："怎么派两个徒弟？"大队主任应是中午喝了酒，还没醒的样子，愣了一下感到老程这口气有些压迫感，便想了想答道："怎么了，小看革命小将？"

"他们还处在凿子阶段，怎么能打嫁妆？"老程依然慢条斯理地问道。

“我是社长，我的安排都是从木业社的综合情况出发的，是从大队的整体利益出发的，也还要从培养新人、锻炼新人的角度考虑，不是你想要谁打就让谁来，那还有没有一个统一领导呵？”

这是大队主任惯用的伎俩，和社员们三句话不到就开始扣帽子。那个时代，这一招很管用的，帽子一旦被扣上，日子就不好过了。

老程意识到无路可走了，不能让女儿空着手出嫁吧，以后在这片自己的土地上还如何立足。不能，老程的血压在升高，心跳在加快，拳头已经握起，大队主任可能也感到了老程的情绪，想溜，刚起步，老程一拳上去，社长就倒了，想爬起来，试了一下没成功，可能与酒有关。但老程没有收手，一下子骑在社长身上左右开弓扇得社长大叫。

正扇着，鹅毛挑子老杨经过这里，赶忙放下担子来劝和。老程站起来了，社长可能酒醒了，也有劲了，一骨碌爬起来。看有人在中间劝架，想收回一点面子，就装着要扑向老程的架势，老程一动不动等着他扑呢。鹅毛挑子老杨也看出社长的心思装作誓死拉架的样子，社长故意又挣扎了几下就停下来了，拍着身上的尘土，边拍边说着打人是犯法的话走了。

社长被打之事像风一样快速传到全村，大家都在等一场风暴，包括老程自己。可一连几天毫无动静，也没看到他出门，没看到他披着件衣服两只空袖子晃来晃去，也没看到他去公社告状。

老程每天在家也是心中不安，气是出了，但下一步呢，后果呢。直到有一天，一个月黑风高的夜晚，廖木匠和许木匠一同来到老程家，吃了饭喝了酒。然后说："把木料送到我们家里，家具打好后，姑娘出嫁的时候从我们家抬走。"

一开始老程还接受不了，但两个德高望重的木匠劝说他："这是台阶！"老程想了想，是的，台阶，台阶往往就是方案。

后来，木业社解散了，木匠们各自回到自己的地盘上，在这个过程中，那些小木匠大部分也都半生不熟地出师了。一年后我辍学了，在双抢还没有开始之前跟廖木匠学了一个多月的木匠活，双抢结束后没有再学木匠，而去学瓦匠，去种田，还跟我爸去学过一次茅匠活。

后来我又去上学了，而我的同伴兵同学读了两年县城高中后回来种田了。他身子薄，腰更细，嫩皮白肉的，说话温文尔雅，很少与人争执，不太像个农村的孩子，更不像个野孩子。我们一起鬼混的时候，他连一根黄瓜都偷不到，更不要说干上房揭瓦、下水摸鱼的事了。我们在丰乐河湾地里放牛时会打一种叫接龙的纸牌，他从不卡别人的牌，所以他从来也打不赢。

我上高中的时候，他去学了木匠，就是拜廖木匠为师，说起来我们也是师兄弟了。每次放假回来干完双抢，我们都会在一起玩两天，那个时候他基本出师了，一般人家的简单家具都找他独立完成，我家的六把椅子就是找他打的。

他一早背着一个大箱子，里面全是木匠工具，锯子是挂在箱子外面的。经过我家门口的时候，我就会和他一起去人家打东西，我会帮他干点活，主要干些锯木料的粗活。他是个严谨而认真的人，凿卯、刨面、用斧，这些功夫活他是不让我碰的，他说弄坏了对不起人家，那个贫穷的年代木头也是很值钱的。

高考结束了，双抢也结束了，我又骑自行车绕舒城与肥西周游了一圈儿，录取通知还没有下来，我又出去转了一圈儿回来后才收到通知书，是一个下午的三点，村里的大喇叭喊道："许理存，你有一封挂号信，请你来村里拿。"

学校就在村里，我拿着信封出来的时候，刚好看到廖自胜老校长坐在他家小商店门口的藤椅子上。他是我们乡德高望重的老校长，当过乡教办主任，此时非常地瘦弱，他已病了，讲话似乎都有点吃力。我走到他面前，递过通知书给他看。他笑着对我说："走出去了，你不容易呵，你爸妈更不容易。"我笑着回应着，也在思忖着老人家这句话后部分的意思，语气很轻，但语义很重。

那个晚上，我们家来了很多人，临时准备了一桌酒席，也没有什么菜，鱼从塘里现抓的，还有鸡与鸭，菜不太丰盛但酒都没有少喝，一块二毛钱一瓶的德州高粱，一晚喝了十几瓶，都醉了，包括很少喝酒的我。

那一夜我睡在后面一排老房子中，那是一排我高祖的爸爸建的房子，叫四马落地房，现在还余下五间，我家三间，我隔壁堂叔家二间。那夜做了个梦，是和小伙伴在一起干木匠活，我可卖力了，但他仍然不让我干凿、刨、斧的工作，我正在有些埋怨的时候，突然听到有人在拖几把椅子的响动，好响，好清晰。我醒了，借着从窗子里透进来的月光，什么也没有看见，似乎感到椅子移动了一点。第二天，天已大亮我还在深睡中，我爸突然冲进来喊我，说兵同学走了。我问怎么回事，爸说不知道，不知得了什么病，他又补充了一句。我一下子反应不过来，刚才还梦见和他做木匠活呢。送行的队伍中，我走在他家亲戚的后面，就听到他的一个叔在嘀咕："这都是命呵，招呼都不打就上路了。"

2021-12-23 于珠海鱼林村

铁　匠

与木匠相比，铁匠的工具要少得多，铁匠活不比木匠轻松，但铁匠却比木匠更挣钱，可谓：木匠砍一天不如铁匠冒阵烟。可在农村里，木匠的人数要远远多于铁匠，我思考过应是与农村的铁制农具和家庭用具远远少于木制器具有关。

铁匠的家当不多，一个木墩，一个铁砧子，三把锤，大锤、中锤、方向锤，还有风箱与炉子，当然还有一些小工具，如锉刀、铁钳子等。铁匠的两大生意，一是为农民修铁器，二是为农民打铁器，主要的产品为农用铁器与家用铁器两种。

每年开春，万象更新、大地回春、春耕在即，这是铁匠的一年中的第一个旺季。各家或各队都要把各自的铁锹、镰刀、锄头、刮耙、锯刀（割油菜）、耙齿、镐子、菜刀、锅铲、刨刀、剪刀、门环等铁制农具拿到铁匠铺重新修理一下，有豁口的要补，口钝了的要修铲，有的还要重新添钢，变形的要塑形，更多的铁器是要重新淬火，让其更锋利。

一个铁匠师傅一般会带两个徒弟，也有带更多徒弟的。学徒就是从抡大锤开始的，一块烧红的铁坯，师傅用钳子夹到砧子上，师傅用小锤打到哪里，徒弟就用大锤打到哪里。有时师傅带一个徒弟打，有时是师傅带两个徒弟打。看上去抡大锤简单，其实不然，大锤要举多高才往下行，往下行到离铁砧多高处双手不要再用力，这些技巧都影响着大锤的效果，还有就是要跟着师傅的锤，师傅点到哪里大锤才能砸到哪里。

徒弟一开始除了抡大锤外，还要学会拉风箱。拉风箱也是有学问的，看上去一拉一推十分简单，其实不然，一拉一推中，节奏与力度要根据炉中的火势，而火势又要根据师傅对铁坯的翻动速度。火候不够，铁就在砧板上虽千锤万砸也难以延展，火候过了，铁的硬度就不够。

从铁坯到一件刀具，要经过反复地火烧和锻打，直至成型。最后一次塑型后趁着透红的热一下就扔到边上装水的铁桶里，一阵青烟冲向屋顶，这是淬火的过程，目的是让铁变硬，也就变得长久的锋利。最后是用铲刀进行修口，把刀刃修到十分锋利的程度。

打铁用煤或炭作燃料，用煤的更多。打铁用的煤不是一般的煤，要高燃烧值的，一般都是铁匠师傅自己亲自去挑选。否则，煤的燃烧值不够，火力也就不够，铁器的火候不到，就难以达到硬度的要求。

打铁是项苦差事，古人说：人生有三苦，打铁、撑船、磨豆腐。意思是说打铁炉火烤，铁锤重；撑船大概是因为风险大；而做豆腐则因为起早贪黑的辛苦。打铁虽苦，但作为一项古老的技艺，代代相传，生生不息。

2020-05-01 于盛名阁

剃头匠

剃头匠就是现在的理发师。在农村有理发店是20世纪80年代以后的事，在此前都是走村串户的剃头匠打理着大家的头发，我们老家那里剃头匠又叫代招，但都不知道为什么叫代招。

一个剃头匠负责七八个生产队的理发工作，一般25天左右一个轮回，一个队一天的样子，如果有人外出没赶上的，也可去隔壁队或去剃头匠家里补剃。负责我们生产队理发的代招叫徐寿来，外号叫小焐壶，个头很矮，一米五几的样子，性格温和，很少发火。他每次出门剃头都不拎包，而是在臂下夹一个理发围巾裹着的小包裹，里面装着他的工具，到了生产队径直走到一户人家把包裹摊在大桌子上，把荡刀布拴在大桌腿上，用主人家的脸盆打一点儿水就开始剃头。

大人们一看到小焐壶来了，都非常有规律地来理发。有时不巧，来早了，就在一起聊天，有的理完了也不走，在一起刮蛋（聊天），顺便偷个懒。

小焐壶来剃头的日子，队里是要管饭的，一家一次转餐。每次轮到谁家管饭了，小焐壶就直接在谁家摆摊子，以免谁家忘记了，中午没饭吃。

小焐壶个子虽矮，但故事多，笑话也多，每次理发都从头到尾说个不停，以至于好多劳力们头早剃完了，还不走。好几次，生产队长都走过来拉着脸，他们才知趣地走开。

由于小焐壶嘴好说，而且又从东家到西家，所以，轮到谁家吃饭的时候都要特意多搞几个菜以防小焐壶出门去臊条，说他家抠、小气。在农村穷归穷，但脸皮比纸还薄，特别讲面子。完全不能做到像李嘉诚的座右铭所讲的：年轻时要面子，老的时候一定没有面子。

小焐壶的手艺是不错的，心态也平和，说话不紧不慢，动作不急不缓，始终面带微笑。当他把别人逗得人仰马翻时，他自己还是那种一成不变的微笑，这是讲故事高手的基本条件，把别人搞笑而自己不笑。

大人们来剃头的时候，小孩子们也来凑热闹，一会儿摸一下荡刀布，一会儿又弄一下花剪子，小焐壶大都用眼瞟一下，不太干涉。可当小孩子去摸剃刀时，他就会用梳子对着小孩子头轻敲一下说："那个太快，不能动。"当一个小孩儿不懂事把他的掏耳朵的毛刷子塞到自己的糖耳里时，这是小焐壶最哭笑不得的时候，毛刷一进糖耳朵里，那个毛耳刷基本就没有用了。因为，糖耳屎是稀的，那黏黏的耳屎会把毛刷的毛粘到一起，洗涮都没有用，只能报废。

那时候的剃头极简单，打盆水把头发弄湿，然后，剪长发，再用推子剃短发，没有洗的功能，也没有按的功能，就是纯粹的剃头。小焐壶是有功夫的，他的功夫是他会挖眼窝，就是剃完头后，他会用剃刀在你的眼角修剃，其实就是修掉眼角的死皮，这是个功夫活，一般的剃头匠是不敢这么干的。

一个上午，一般都会把过半的头剃完，余下的下午接着剃。有时剃得太晚了，轮饭的人家还要管一顿晚饭，不过比较简单，没有中午那么认真与丰盛。在劳力们剃头的过程中，也有妇女们来剃头，那个时代，人们的思想已经比较开放了，在以前女人的头是不可能让男人来摸的。

一年的最后一次剃头基本都安排在春节之前的几天内，这是一年的最后一次，要剃新头过新年。这最后的一次，小焐壶就不只是夹一个布包来剃头了，而是挑着一副箩筐，一年结束了，根据生产队里劳力们的头数来收稻子，一般一个劳力们一年得给十五斤稻子，这叫打秋风。一年一次，每到这时，生产队长都要称一些最好的稻子给小焐壶。一是怕小焐壶的嘴，二是想来年在头上多用心。

每当这一年的最后一次时，小焐壶都要吃了晚饭再走，而且都要喝上一杯，算是一年的一个总结吧。轮饭人家还要叫上队长、民兵排长，有时还会有大队主任参加。

如今，乡村剃头匠早已消失，理发店也已大大拓展了理发的内容。认真地想一下，理发已退为次要，而洗头、洗脸、按摩、发型保护、头发保养，则占据理发店生意的绝大部分。这就是时代，时代把理发作为一个引子，而理发后面的内容才是一种业态。

2021-12-24 于珠海鱼林村

染 匠

染布曾是农村里的一项活计或是生意，而且很受欢迎，染匠们走村串户，去渲染别人身上衣着的色彩，让人变得有身份或变旧为新。尤其那些过年前还买不起新衣服的人家而又不想让别人看到自己仍穿着陈年的旧衣服的时候，染匠就是为他们撑面子的人，一顿大锅炖，把一切的新旧与色差统一为新的，甚至连同补丁也没那么显眼，所以，染匠在农村里，更受那些更穷人家的青睐。

“染布呵，染布呵”的吆喝声，和着一副担子的闪动就走进了庄子里面。一般会选一块地势平坦的开阔地带，放下担子，一边仍然“染布呵，染布呵”地吆喝着，一边开始搭建染锅。

染锅是一口牛二锅，锅底下是一个铁筒做成的圆形灶，前面留两个口子。上面一个是加柴的，下面一个是掏灰的，中间的铁架子呈网状，后面也有一个小洞，插一弯形圆筒算作烟囱了，主要用于吸风助燃。

染匠的主要手艺在于三点，一是配方，染料的配方水平决定了色彩的水平；二是火候，即在锅里烧煮的时间长短和温度的曲线变化，有的染料需要高温下锅，有的要低温下锅，各不相同；第三就是漂洗，起锅后晾多久下水，下水用多大力度去漂洗，讲究也不一样，与布料，与染料，与色彩要求均不相同。

染匠进庄子也不是一定都染旧衣服，那个时代，好多人家都有织布机，自己织的土布也要染色，土布染色后就可以做新衣服。织土布是从赶棉条开始的，然后在纺棉车上把棉条纺成纱，再用织布机把纱织成布，这一个过程，土布要经过好多次的手摸，所以，土布织好后都泛黄色。

染匠在染旧衣裳和新衣裳时差别非常大。染旧衣裳时是湿衣下锅，染新布或新衣时是干布下锅。因为旧衣已有色彩，湿的下锅着色不至于过重，而新衣或新布则不一样，必须干料下锅，这样为的是一次性重色。

染匠也是包片的，一个片区基本上是固定的染匠来干活，日久天长，染匠就和剃头匠、木匠或铁匠一样都和周边的乡人很熟悉。来我们这一带的染匠姓丁，人都叫他丁大，但具体的名字大家都叫不出来，为何叫丁大也没有人知道。

丁大家在十公里外的地方，每年来两次，每次都是带一个学徒帮忙，学徒要干一些粗活。比如从锅里起出来的染好的布料要用两支短棍去交叉整水，就是要把染好的布拧干，然后冷却一会儿，再去漂洗，这是个力气活，也有一点技术，否则两根短棍是难以把布料拧干的。漂洗是力气活，要在池塘的水里按师傅丁大的要求反复地洗。

染匠丁大只会染三种色，黑色、蓝色、紫色。后来又调配出一种靛色，一种介于蓝与紫之间的一种色，染得好就是很好看的一种色彩。丁大会染的色不多，但丁大染的衣裳，色鲜、色亮、色匀，色稳定，很长时间都不会褪色，特别受妇人们的欢迎。所以，每次丁大来，有事没事的女人们都要围着丁大一两天，说东说西，直说得丁大脸红得像公鸡冠。

染匠是用色彩装点别人的匠人，是带给别人美的，所以，心里要有美。丁大之所以能染出好衣裳，和他的内心装着美有关，每次来庄子里，丁大首先都是要和别人聊上半天，而不是那种一到就开始生意的急迫赚钱感。他人很平和，价格公道，大小、新旧衣服收费也合理，由此，他在这一带很有人缘。

有一年，他一直都没有来，好多人家都急着要染衣裳，直到快过年，实在等不了了，有的人家就去舒城县城里的染坊去染，一来二去就打听到丁大的消息。原来丁大在城里开了染坊，可没开多久就关门了，一是因为他长期在农村里染衣裳，虽然很受欢迎，但城里人对衣裳色彩的追逐是和农村妇女有很大差别的，其次是掌握的色彩太少了，满足不了城里人的要求。

唉，丁大在城里折了大本，从此一蹶不振，而后远走他乡。丁大消失了，到现在也没有人再见到过丁大，但丁大的事让我想着西乡人的那句老话：给你三分颜色，你就敢开染坊。说的意思，只有三种颜色是不能开染坊的。是呵，人生何尝不是如此呵。记住了：给你三分颜色，不要开染坊。

2021-12-22 于珠海接霞庄

小炉匠

小炉匠基本上就等同于补锅匠。小时候看《林海雪原》的时候，印象最深刻的人就是土匪联络副官栾平。他的公开身份就是小炉匠，在山里山外东走西窜，收集情报联络同伙，小炉匠的身份就是最好的掩护。

严格意义上说，补锅匠是小炉匠，但小炉匠不一定是补锅匠。因为补锅匠以补锅为主业，小炉匠所干的活要宽泛得多，除了补锅，还补白铁皮器皿、铝壶、铝桶及盆之类，还修理铜制物件，甚至还补缸。这个行业还诞生过一个俗语：没有金刚钻，别揽瓷器活。

小炉匠这个职业是个行商，是个行走的手工业者，有的走农村，有的走城市。但他们的行头都差不多，一副挑子，一般由徒弟挑着，一头是风箱，这是一种特制的小风箱，很小，只有两尺来长的样子，风箱上面通常放的是坩埚，即小炉子，也很小，和农村家里吃火锅时的那种带耳朵的炉子差不多大小。另一头是个筐子，里面装着干活要用的各种工具或材料，比如煤呵、锤呵、钳子呵等。

人未进庄子，那悠长的声音就传到家里了：“箍缸堵漏，补锅修盆。”有时还敲两下破盆，他们进村后一般都会选在一棵大树下安营扎寨，支锅搭灶，师傅会抽根烟，徒弟就忙开了。

可能小炉匠还未搭好台子，那大树下已是一片的锅盆了，一家一户自觉排着队。排队的方式就是从风箱那里开始，每家的铁器一个挨一个放，这就是次序。小炉匠一般不插话，但偶尔也会干预一下，就是要求把铁的与铁的挨一起，铜的或铝的放一起，还有缸这种陶瓷类的放一起，主要目的是分门别类，他们好工作。炉子支起来后，连上风箱，把生铁放进坩埚内，拉起风箱，不一会儿师傅用钳子夹着一把铁匙在坩埚里摆动几下，主要是看下铁水好了没有。与此同时，徒弟开始整理锅的豁口处，先除锈，用锉刀刮，然后再在师傅的指导下进行扩口。扩口就是把烂的那个口边再扩大一点，这样补后更牢固。

当铁水好了以后，师傅左手托着一张厚布一样的东西，上面放着一层灰，在手心里呈凹形，右手拿着钳子夹着铁质小勺从坩埚里舀出一点儿红红的铁水并迅速倒在左手的凹形灰上。左手移到锅外的豁口处贴上，右手以最快的速度拿起一个直径不到一厘米的小木棒，从锅里面的豁口处抵住，冷却一会儿，一个补丁就补上了，如此反复地进行直至把豁口全部堵上。最后用铁刷子或磨砂石打磨，两边都光亮了，一个锅就算补好了。

补缸相对动作少很多，但工艺更复杂一些。第一个难题是钻孔，就是用手钻，像木匠那样的手钻，但与木匠的钻不一样的是小炉匠的钻头是金刚钻，而木匠的钻头是铁质的。用手钻在缸的裂纹处两边各钻一排孔，然后用金属线穿起来，再用石灰浆灌注裂纹，然后缸里缸外的裂纹处再用石灰浆抹平。

这个过程中最难的是钻孔，这就是：没有金刚钻，不揽瓷器活的出处。当然打孔之后的穿丝也很重要，还有就是浆补，是否漏水取决于后两道工序。

小炉匠每到一个庄子都要干一到两天的活，然后再走一个地方。夜晚收工后，他们大多借宿在农家，吃饭也是搭个伙，一般吃饭人家的补锅修缸的费用基本是免掉的。

小炉匠，今天在城里偶尔还会看到，一般都行走在老旧小区里，服务着有需求的客户。而农村，小炉匠的身影已彻底消失，一方面农村的人越来越少，另一方面农民也很少再用过去用的那种铁锅，而是大工业下的新式铁锅，小而结实，很少会出现豁口或裂纹。

2021-12-27 于珠海鱼林村

杀猪匠

猪，除了笨与脏等负面形象外，还有许多好的方面：温厚、可爱的性格，圆浑、厚重的体态，气量宽广的胸怀，还有广受爱戴的猪八戒背书。当然，猪的实用价值更让人喜欢，猪皮可以做皮鞋；猪肉是最大量的肉食品；猪毛可以做成鬃刷；猪骨可以做成骨粉；猪屎是最好的农家肥。

在中国养猪可追溯到新石器时代，余姚河姆渡文化遗址就有陶猪出土，商周时代就发明了阉猪技术。那个时代，猪就是财富，是贵重的东西，是吉祥的象征，这就是为什么家字下面是“豕”，就是家里有猪的意思，家里有猪才是富有人家，有地位的人家。

农村长大的孩子没有不了解猪的，小时候肯定放过猪，或喂过猪，或舀过猪尿，或接过猪屎，也肯定捞过猪腿。捞猪腿在西乡的语境里是亲戚家杀猪，跟着去吃一顿的意思，一般都是跟着大人去的。

猪对于绝大多数中国人来说，其重要性和米或面是一样的，填饱肚子靠米或面，而增加营养主要是吃猪肉。在民间的餐桌上，不管什么菜系，以猪肉为主的菜居多。在自给自足直至改革开放前的农村，自家杀猪过年，或办喜事，是一种普遍的现象。

“死了张屠夫，不吃带毛猪”，说的是张屠夫霸道，独占屠猪市场，还愚民说，他死了，别人就只能吃带毛的猪。结果有一天，张屠夫突然死了，却出来了更多的杀猪匠，所以农村就流行了这样一句谚语。

杀猪是一个行当，而杀猪的人就称为匠人。匠人是要有功夫的，杀猪是个力气活，也是个技术活，否则就不会成为一个行业，也就不能叫匠人。

杀猪匠的主要工具是一个杀猪盆，烫猪毛时用的，长约一米五，宽约一米，深约六十厘米，差不多能放进一头大猪的空间，一根放血条，一把四十厘米长的寒光闪闪的短柄长刀，一把大砍刀，砍大骨头用的，一把快刀，割肉用的，还有一把卷刨刀，用来刮猪毛的。

杀猪匠大都是人高马大的体格，还要有力气。捉猪要用力气，砍骨更要用力气，还有吹气时肺活量也一定要大，否则吹不起来，猪的毛就刮不干净。杀猪匠出门时，一头是一个大盆，另一头是个稻箩或别的什么类似的能装东西的筐，除了盆以外的工具都要放里面。

杀猪匠上门都是提前联系好的，一方面好安排时间，更重要的是农村人家杀猪，都相当于一次宴请，要请很多人来家捞猪腿的，如果谁家杀了猪而没有请很多人来家里捞猪腿，那是尴尬的事，或太过小气，或人缘太差。

杀猪匠上门是先看猪，然后指挥烧开水，烫猪的开水要很多，往往要两口牛一锅同时烧才能把一头猪给淹起来。烧水的同时，杀猪匠会让主家请两三个男劳力帮忙逮猪。杀猪匠走进猪圈，首先一把抓住猪的尾巴并迅速把猪掀起来让猪的两条后腿不着地，因猪的后腿最有力量，另外两个人以最快的速度抓住猪的两只大耳朵并按倒在地，再有两个人抓住后腿，五个人一起将猪抬到案板之上。

杀猪匠取出放血条，一只手挽住猪下巴，袖子遮住猪的眼，另一只手对准猪脖子的喉部，一刀下去，血随刀的抽出而喷射。猪一般在抬上案的过程中会嚎叫，当刀插进去又抽出时基本就后腿动一两下，就停止挣扎了。

开水舀进大盆时，猪也凉得差不多了，猪的身体要凉下来才能烫，否则毛除不了。先放一根绳子在盆里，然后把猪放进去，泡几分钟后，扯动绳子，猪也跟着在盆里动，差不多十五分钟吧，杀猪匠用手在猪身上迅速抓一把以判断是否烫好。

猪烫好了以后就是去毛，这是个较难的过程。在去毛之前，分别在猪后腿上割两个口子，然后再用一根铁棍，大约六毫米直径的样子，一米长多一点，从两个口子处往猪的皮下捅，最后用嘴对割开的口子吹，不一会儿整个猪就全部鼓胀起来，这样便于去毛。

去毛之后，下头、破肚、扒内脏、开心包、提板油、摘花油、倒大肠、清大肚、断猪脚、劈猪脊，这整个过程都是杀猪匠一个人的事。别人也帮不上，想帮也不会干，大人们叼根烟闲聊着、围观着，小孩儿们兴奋地在猪与大人或匠人之间跑来跑去，时常遭到呵斥。

内脏一扒出，家里的主妇就会带个篮子来了，都不用言语，杀猪匠就知道是来取肉做菜的，别人来捞猪腿，冲的就是这现杀的肉。不管主家是否客气，匠人都会按自己的想法去安排，先砍两刀正刀肉，猪正身部位的，一刀三斤重，那个时候，猪肉的吃法和现在不一样，还分排骨、五花、大排、座子肉（后腿肉）等，那时候就是一刀，大排、小排、脊肉、五花肉全在里面，怎么做是家厨的事。

除两刀肉以外，一般比较方便用的肝、心还有肺，都有可能出现在捞猪腿的餐桌子上，十来斤重了。家妇会笑嘻嘻地挎着篮子往家里走，家里的厨房里更忙碌了，不多一会儿就从家里飘出肉香来，那是真香，可能与馋有关吧。那些不是来捞猪腿而仅是看热闹的人闻到香就会开始陆续离开了，小孩子也一样，也会随大人离开，只剩下几个捞猪腿的留下来。

两大扇猪，砍成若干刀，装进稻箩或别的什么筐子里后，剩下的就都是细活了。尤其是翻大肠，那可是个功夫活，先把大肠外表弄清洁，然后把大肠翻开，功夫就在这里，一边翻一边往大肠里倒水，功夫不到的话，干净的大肠外表就会带着脏进了大肠里面，当大肠全部翻完后，大肠的内壁就在外面了，再不断用盐、用碱去洗、涮、搓。

当人们端坐在桌子上捞猪腿的时候，外面的一切都处在一片寂静之中，一片狼藉之中，一地的猪毛，一片的血迹。猪肉入筐，内脏入盆，可猪头却仍放在案上，双目紧闭，鼻子朝天作仰天长啸状，似乎在高傲地说：“我的历程走完了，我无愧于我的主人，他用心地饲喂，我努力地生长，我二百多斤的体重对得起他的劳动，更对得起那些糠料。”

我时常把死看作悲伤，殊不知，猪却有这么高的境界与思想，把猪的一生看得如此透彻，原来猪的快乐源于此处。

2021-12-28 于珠海鱼林村

磨刀匠

从记忆中搜寻，关于磨剪子、磨刀的最早印象并非来自生活，而是来自艺术，来自《红灯记》中的唱段：“磨剪子嘞，戗菜刀。”小时候看样板戏《红灯记》时，一位不知名的瘦老头让我记忆深刻，头戴旧毡帽，身穿旧棉袄，掮着长板凳，板凳的两头各放一个磨刀石。边上台边走边吆喝：“磨剪子嘞，戗菜刀。”

每当看到这一出戏时心里还在想，李玉和、李奶奶、李铁梅都是革命英雄，这些人是干什么的呢？一身的补丁衣服。后来又长大一点的时候才知道，李玉和是地下工作者，磨刀匠只是他的一个身份掩护而已，这才对他这个磨刀匠肃然起敬。

现实中的磨刀匠与《红灯记》中的磨刀匠还有很多的不一样。每次庄子上来了磨刀匠我都要认真打量一番，想与《红灯记》中的磨刀匠比较一下。其实差异还挺大的，首先那个家喻户晓的吆喝声就不一样，现实中的磨刀匠是叫“铲剪子哟，磨磨刀”，当然也有别的叫法。

其次是行头也不一样，现实版磨刀匠扛着的大板凳，一头放着磨刀石，一头放着铁钳夹子。放磨刀石的那头下面还挂个水壶，那是装磨刀水的，铁钳夹子那头挂着个袋子，是放一些工具的，比如铲刀、抹布、涮水笔等。而《红灯记》中的磨刀匠的板凳两头都是绑着一块磨刀石，板凳两头下面也没有挂什么东西。一开始我还想不通，都是铲刀磨剪子匠，为什么行头差那么多呢？后来就知道了，一个是生活，一个是艺术，艺术源于生活，但艺术又高于生活。

每次磨刀匠来到鲍家庄时，都会在我家的大栗树下干活，那里是庄子的中心，是活动与信息的中心。磨刀匠从肩上放下长板凳的同时，点上一支烟，抽一两口又喊一嗓子，就开始准备工具了。把磨刀石沾上水，把铲刀也从包里拿出来，还有一台小型手摇砂轮打磨机。

一些心急的妇女就会抱着各种刀跑过来，有菜刀、剪刀、砍刀、镰刀等，后来的女人们都自觉地把自家的刀具一个挨一个地排着队。也有个别要特别说明的，就会拿到磨刀匠面前比画一下。比如，这把刀这里有个豁口，或是我家的这把剪子松动了。

磨刀匠一边磨着刀，一边看着女人手中比画着的刀具，一边听着，还一边点着头，点头是互动，那意思就是我听到了，嘴上还叼着烟。当磨刀匠看着女人手中的刀时，他的眼神是偏离了手中正磨着的刀的。我有时站在边上，心里就着急着，担心他手中的刀跑偏了会伤到他的手，可他从来没有出现过伤手的情况。

磨刀匠有两块刀石，一块呈灰玉色，是细磨刀石，主要用于磨剪刀与菜刀等细刀口的刀具；另一块呈红色，红砂石质地，是粗磨刀石，用于磨类似镰刀等粗刀口的刀具。除此之外，像砍刀类的大刀具，都先要用小型手摇砂轮机打磨一会儿再上粗刀石。有些女人还拿来割稻子用的带齿的锯镰，引来一阵哄笑，因为这种刀具是铁匠的活计。

磨刀匠在磨刀的同时，嘴也不停着，和妇女们聊天，把走村串队时听到的或看到的，在大栗树之下再传播一遍，时常引来争论或质疑，但更多的是哄笑，是乐得不行了的那种笑。磨刀匠来了，那一天都是笑声，妇女们送来刀具并没有走的意思，有的手上拿着针线活，有的在纳鞋底。一边听着一边记着，磨刀匠讲的故事，在磨刀匠走的第二天开始都要在庄子里传播好几天。

分田到户后，磨刀匠来得就少了，因为磨刀匠的家里也分了田，而田里收入要比磨刀的收入多。所以偶尔农闲时才有磨刀匠进村，大部分时间，家里的刀都要靠家里的劳力们自己动手了。

再后来，农村里的人越来越少，磨刀匠也越来越少了。磨刀匠也改行了，或者年长的干不动了，也没有人接棒。不过还有少数的执着者坚持着磨刀的营生，从农村走进城市，在城市的大街小巷子里舞弄人生，每一次听到城市的磨刀匠吆喝声，都要循声望去，或驻足观望一会儿。

磨刀匠走进城里，是匠人对手艺的不舍，他们大可以在城里干点别的或更能挣钱的活计。匠人走进城里，也比在农村文明许多，磨刀时那磨刀水也不会四处飞溅。当磨完刀扛起长板凳离开时，我特意地关注一下地面，是干净的，因为街巷是干净的，谁也不忍去糟蹋。

有一次在珠海东风路上行走，突然就听到一声磨刀匠的吆喝声，转身望去，一个磨刀匠已落座在一根电线杆边上。国字脸，黝黑的皮肤，中短发，虽有些凌乱，但却有着与年龄不相吻合的乌黑，口中叼着北方人特有的烟斗，淡定从容。磨刀凳，一头挂着磨刀水桶外，还挂着一块牌子，写着：磨刀十元一把，磨剪八元一把，专业磨刀，童叟无欺。另一头挂着一把长柄伞，这可是应对东边日出西边雨的珠海特有天气准备的，伞尖上挂着微信二维码，二维码上还用粗黑笔写上微信名：磨砺人生。

看那怡然自得地叼着烟的样子，我感到这个“磨砺人生”的匠人有点与众不同，应该有故事。我靠近走了两步和他攀谈起来，他是安徽五河县人，叫高兴森，20 世纪 60 年代生人，祖传磨刀匠，他学得晚。那年高考失败后才跟他父亲学起铲刀磨剪，不过他强调说：他自己聪明学得快，一点不比他的祖辈差。

他原本在上海走街串巷磨刀剪十多年，从大儿子上交通大学到小儿子从同济大学毕业，两个孩子的花费全来自他肩上的这条板凳，来自那一声声吆喝。后来上海市容大整顿不许他们这种流动的营生存在，他的儿子们也都工作了，就让他别干这个苦营生了。他也确实停了一年多，和大儿子在一起生活，可那一年他不仅是心里发慌，更重要的是身体变差，他思考着他不能违背他的苦命——磨砺人生。

次年，他又扛起长板凳自上海出发，在杭州一年，在合肥一年，在南昌一年，今年才来到珠海。和他交流时发现他的信息量极大，不仅讲天南地北，风土习俗，还讲国家政策，还有对各个城市的评论。说到高兴处就从一个包里拿出一张报纸，是《珠海特区报》上的一篇关于他的报道，一张他扛着长板凳的大照片和着一张从容自信的脸，报道的标题是：磨刀匠的磨砺人生。

边和我聊天边干着活，当最后一把剪子磨完时，他抽出插在身后腰带上的烟斗，塞进烟丝点上火，深吸一口，又吐出一长条形烟柱。我问他年事渐高，是否考虑与孩子们住一起，他说他流浪惯了，小儿子三岁时，他老婆就病死了，那时农村越来越挣不到钱，农民都出去打工了，也没有人磨刀磨剪子了，他只好让他父亲带着两个儿子在家上学，他进城铲刀磨剪子。

他把烟灰在鞋底上嗑了嗑，又装进去一锅，吸了一口接着说，那时他就只有一个信念，用自己的双脚为两个儿子铺就一条上学的路。他说祖传的匠艺到他这一代已不能作为饭碗往下传了，唯有读书才可以刨出一条生路。那些年，他一年才回一次家，就在春节，和家人团聚，一般正月十五一过就要扛起板凳进城去磨砺人生。

我十分好奇地想知道他在一个城市是如何生活的，但又怕伤及他自尊，小心地问道："你每天的吃饭怎么办呢?"他笑着说走到哪里吃到哪里，都在街边小吃店解决，只是晚上一顿比较认真。我说："是要做很多菜吗?"他说不是："我没有家也没有厨房到哪里做菜呵，我说的比较认真是指每晚都要喝一杯的。"

看到他不太在乎谈他的生活，我就接着问晚上住哪里。他稍微顿了一下答道："公共场所。"我的脑子里立马浮现大街上流浪汉的场景，几条大编织带，一块毯子，一块脏得不能再脏的毯子，还有同样脏得不能再脏的被子，蓬头垢面的样子。可眼下的高兴森，虽然身上的味很重，但还是很整洁的，怎么会和流浪汉生活在一样的空间呢。

看出了我的疑惑，他笑着说，他每到一个城市首先是找生活空间，一般都在公共卫生间边上的半开放式空间，这样平时用水比较方便。一开始总是很难的，管理员不让住，可下班了再住那里，时间一长了，自然而然就成了那个半开放空间的“主人”。我真的非常吃惊，为何选择这样的生活呢，夏天的蚊子、冬天的寒风、雨天的水、晴天的土。

“你含辛茹苦拉扯大两个孩子，现在为何不去安享晚年呢？”他听我这么一问，笑得更开心了，像老师听到学生问了一个幼稚的问题一样。他说：“什么叫安享晚年呢？如果我认为自由最重要，那么我现在的状况就是最好的安享晚年；如果我认为健康最重要，那么我现在的流浪状态就是安享晚年。因为，只有在流浪的状态下我才是最健康的。”

他与财富隔着距离，与儿子隔着距离。他说他的这种流浪状态就是安享晚年，我想了又想，似乎还是不太懂这个“磨砺人生”的人生感悟。

2022-01-08 于珠海鱼林村

第九辑 乡犬

- 家狗小黑
- 小布丁
- 乌云踏雪
- 高贵的小花
- 弃狗

家狗小黑

上小学的时候，家里来了一条小狗，取名为小黑。小黑体格很小，但很可爱，是别人送的还是爸爸逮的，已记不清楚。那时“宠物”这个名词还没有流行开来，人都食不果腹，一般是没有闲心来伺候一条狗的。当时的狗，最大的用途就是看家护院。有生人来的时候，狗汪汪地叫几声，算是报警，也算是一种抗议或是对领土的捍卫。我家养狗基本上属于这一情况。

小黑很有灵性，对人特别忠诚。可小黑在家里的待遇是最低的，比猪还低一等，大概是因为它不能创造剩余价值吧！每当喂猪时，如果狗伸头抢吃，母亲就会大喝一声，或者干脆用脚把狗踢到一边，而小黑只是乖乖地站在一边不敢吱声，委屈的眼神到现在还让我时常想起。只有等猪吃饱了，一摇头一摆尾哼哼唧唧走开的时候，小黑才能到猪槽里舔食。

小黑的忠诚是无条件的，这么低的地位却丝毫也没影响到它的工作和快乐的心情。每当我背起书包上学时，它都要护送到很远，直到袁店街头，离我家大约 1.5 公里的地方。其实它是还想再送一程的，只因它是一条未见过世面的狗。

袁店老街说是街，其实只有两个店铺，但村民的房子是按沿街两边对门而建的，中间还有一条青石板铺成的路。每到此，小黑就立在街南头，不再往前走，应该说是不敢往前走。有时我快走到街尾的时候，发现小黑还站在那里目送着，让人心生感动。

放学时，小黑一准站在街头迎接我，看到我出现，尾巴画圆圈般摇动，头也不停地上下晃动，在我裤子上磨蹭，伸出舌头，露出牙齿，微笑着。

记得有一年秋天，几个同学嚷嚷着要横渡十里长塘抄小路回家，这样可以少走好几公里的路。水乡的孩子个个都像水鬼，游过二百米宽的水面根本不在话下。那个下午，我很早就到家了，忙家务做作业。直到点灯吃饭时我才发现小黑还没有回家，心想：它是否还在那个街头等我呢？心里不甚踏实，拿着手电筒沿着上学的路走过去，快到街头时，月光下一个黑影在打转转，一副焦急的神态。

我很是内疚，三步并作两步向前。“小黑！”我轻声地叫着。它一下子兴奋地扑过来，极力扭动着整个身躯，似乎在说：“终于等到你了，终于等到你了。”没有一点抱怨的神情。

上高中了，学校离家很远，我一周只能在周日回家一次并在家待上一天。这一天是我和小黑厮守的一天，我到哪里都带着它，感到很惬意。

每到周日的傍晚，我就要挑着米和菜之类的东西上学了。小黑照例要送我到袁店街头，不同的是它对我更加难舍难分，好像我随时会弃它而去一样。所以，分手时我都会多次回头向它挥手，它都以脚刨地作回应，不像初中时只是回几次头我就径直往前走了。

高中一晃而过，大学生活开始了。上学的路更远了，一学期才回家一次，渐行渐远中小黑也日渐衰弱，体态臃肿，行动迟缓。但每次相逢时它的激动热情似乎与它年轻时没有什么两样，而每次分手时，它的眼角有些泪花，目光也有些呆滞，还有呜咽的声音发出，好像是在暗示："下次回来也许你就见不到我了。"每次我背起包裹时，它都呜咽着用牙咬住不放。每次分手时，我们都要在分手的那个地方磨蹭很长时间不肯离去。

大学毕业了，到芜湖建行办理好报到手续后我就匆匆忙忙赶回家里，当父母高兴地迎出门的时候，再也没有小黑蹿出来。爸爸告诉我，小黑走了，很安详，老死的，没有把它剥皮炖汤，而是埋在河堤坡上，还放进去一件旧衣服。据说这样狗可以投胎成人。

那一夜，我做了一个梦，是和小黑亲热的场面，小黑仍然是兴奋的。

2007-05-06 于宁波梅墟

小布丁

我们家的小布丁是个串子，所谓串子就是宠物狗与土狗杂交的狗，一开始谁都认不出品种，第一次去防疫站打疫苗时，医生说是金毛，但毛确实是黄色的。

小布丁是我们在2014年国庆节那天捡到的，那天早上我和太太在散步，刚走到公交站时一个骑电瓶车的女孩儿在哇哇叫，不知发生了何事。我们走过去看有什么需要帮助的，那丫头说，电瓶车底下有一只小狗，她不敢骑了，怕伤着小狗，我问狗怎么跑到车底下了呢？她说刚才有辆洒水车经过时，小狗受到惊吓就钻到车底下了。

我们找了一根棍子从电瓶车底下戳它，果然，一只小狗就从车底下爬了出来。好小的一只狗，大约二十厘米长，看上去是黄色，可又脏得认不出颜色了，身上一窝一窝的黑色块，似乎是粘上了黑色的泥巴或者别的什么东西。

那丫头骑车走后，它就在公交站边发呆，不知向何处走，公交车和行人走来走去，它抬着头，一脸的胆怯，一看就是一只刚走失的狗，没有流浪狗那么从容。这片是刚开发出来的城区，公交站后面还有一大片村庄，里面还住着原来的农民，都在等着拆迁，这狗应该就是从这里的某个农户家跑出来的。

我们怕它在公交站受伤，就把它赶到旁边的绿岛上面的树丛里，这样安全一点儿。由于害怕，它很不配合，但实在太脏了，又不能用手抱，费了很大的劲才把它弄到树丛里。当我们转身要走的一刹那，它那胆怯而又忧郁的眼神让我难以转身，可我们从来也没有养狗的习惯，农村老家时也有狗，那是在农村，养狗只是看家护院，狗自己照料自己，不用喂，也不用遛。但这只狗也不像宠物狗，而且还这么脏，我和太太权衡着，最后还是决定不管它了，我们接着往回走，大约又走了一公里，太太说："我们把它带回家吧，不然，一条小生命可能就没有了。"因为这只狗实在太小了，可能就只有一两个月大，没有户外生存能力。

我们又讨论了一会儿，太太说了许多可行的条件，她说家里还有个院子，白天就放院子里，早晚带出来放放风就可以了。我看出太太的决心便也不再反对，只是说怎么带回家呢？她看到路边有个红色的塑料袋子，刚好能装得下，于是我捡了起来接着往回走。

我们回来时，它仍然一动不动地待在那绿岛的小树丛里，看见我们又回来了，它抬起头，眼睁得似乎更大了些。我还没有弯腰它就从里面往外走，好像知道我们是专来接它的一样，我轻轻地抱起它放到塑料袋子里，只有两三斤重的样子。

这个国庆节住在岳父家，可他老人家向来不喜欢猫狗，我们进门时就偷偷地直接拎着进了卫生间，先把它洗干净吧。它很配合，可那几个黑块洗不掉，再一看原来不是脏，是一窝窝的虱子，很吓人，因为实在太多了。我们先把它身上别的地方洗干净，然后用篦子梳，那些虱子立马就漂在水上。

洗干净的小布丁还是挺漂亮的，毛色偏黄，毛质很绒，只是一直处于恐惧中。下午我们外出了，一直把它带在车上，可能是早上洗过澡的原因吧，它似乎有点感冒，我们立马就去医院给它买了药。有了小布丁如同增加了一个孩子，一切都要为它安排妥当。

回家的第一件事是给它建个狗窝，就建在院子边的走廊上，是用砖码的，有盖子，还有个门，里面地上还铺上了厚厚的衣物，怕它着凉，自此它就生活在这个院子里。我们给它办了户口，买了狗粮，也购了狗衣。它也不再那么害怕了，胆子也大了许多，每天早上太太上班时，它就站在院子的拐角处目送着，晚上下班时也一样在拐角处张望着，一看到太太回来了，头动尾巴摇，特别兴奋，然后立马冲回家，等着太太开门，每次回来都先要在进门处亲热几分钟。

大约十一月份的时候，有一次，我们都准备睡觉了，它还不去院子的窝里，就赖在客厅里不走，赶都赶不走，当你赶它去院子的时候，它抬着头直勾勾地看着你，两眼散发着乞求的目光，似乎在说："我不去院子的窝了吧。"太太心细，想着可能是院子有点冷，毕竟十一月份了。我们又动手用硬纸板给它做了一个窝，放在从客厅到院子的那个房间里。

它在那里睡了一个多月，又开始赖皮了，每到晚上睡觉时，它都不愿意去它的新狗窝，就在客厅里和我们磨蹭，每次都要挨一顿猛烈的批评，才不情不愿地走向它的狗窝。有一天晚上，又赖皮了，怎么都不愿入窝，我们就在客厅里逮它，它就和我们躲猫猫，正逮着，它突然一跃就蹿到客厅的沙发上，而且以最快的速度卧在沙发上，我们觉得好笑又好气，就这样，它又进了一步，睡上了沙发。

快过年了，家里的年味渐浓，它也跟着跑前跑后。太太放寒假了，带它的时间更多了些，它的胆子就更大了些，有时自己就跑到小区外面溜达，有时又在小区里，不时就和别的狗杠上了。可它太小，又打不过别的狗，每次输了，都是叫着跑回家的，似乎有种喊大人出去帮忙的意思。

有一天晚上，我们忙得很晚，小布丁也闹得很晚，当我们走到卧室的时候它也跟着进来了，平时都是很晚了我们还在忙，它就自己上沙发，给它盖件衣服就睡了。可今晚它一直不睡，原来是图谋不轨，我们赶它出去，它就钻到床底下，把它赶出来，拎到客厅，可一转身它又跑进卧室，再次把它赶走，它又再次冲回来，这一次更干脆，直接蹿到床上了。我们知道它的意思是想和我们睡一块儿，可不卫生呀，我们就用旧衣服在床边上给它造个窝，没几日又专门在网上给它买了个狗窝。

从这天开始，它就和我们同居一室，有一次儿子许多放寒假回来，不无妒忌地说："这小布丁比我小时候的待遇还高。"待遇确实不错，太太常说："把它带回家自然就要当'女儿'养。"尽管有了自己的豪窝，但它还是经常蹿到床上，我们就把它往下赶，它还不干，在床上还要打斗一会儿，最终还是下床回窝。有时早上我们还没起床它就上床了，或者睡在枕头上和我们头抵头，或者干脆从我俩的间隙钻到被窝里，像个孩子一样直条条地睡着，很是自然，偶尔还会把头放在枕头上。

过年了，大年三十，我们吃年饭放炮时把它吓坏了，这是它第一次听到炮声吧。邻居家鞭炮一响，它突然像疯了一样冲出小区，径直跑向我们经常带它散步的科学公园方向，太太让我赶快跟过去，她担心小布丁会跑掉了。我一路跑着，根本就看不到它的影子，到公园时才发现它站在那里，背上的毛是竖着的，还一脸的惊恐，我靠近它时，它还不同意，我们就站在那里僵持着，过了好大一会儿，才让我靠近，我轻轻地把绳子套在它的脖子上，牵着它往回走。可离小区还有几百米的时候，又有一家在放鞭炮，一听到炮响，我立马转身准备抱着它，可来不及了，它一转身拖着绳子又跑了。

还是跑到公园里，那里离小区远点，炮声微弱，它站在树下，这次也不让我靠近，我们又对峙起来，它不动，我也不动。太太来电话问找到没，我说找到了，但逮不到它。太太让我回家吃年饭吧，一大家人等着呢。我就对着小布丁说："我先回去了呵，过一会儿不放炮了，你就自己回去啊。"它看着我，没有反应，既不摇尾，也不张嘴，我走时它也没有任何想跟着的意思，我边走边回头，它仍看着我不为所动。

年三十的中饭是复杂的，菜多，花样多，而且有些做工还讲究。我们兄妹四人每年轮换主持年饭，因为父母做不动了，今年在我家，十几个人的一顿饭，而且是年饭，实在有些难。太太她不擅长厨艺，家来人都是我主持，不过，经过两三天的准备，今天的饭还是说得过去的。当我们吃得差不多的时候，炮声也基本没有了，我们还在说小布丁是否会自己回来时，它就拖着绳子回来了，太太一阵心痛，又是抚摸，又是喂肉，安抚它那颗受惊的心。

经历了这次炮声事件后，小布丁胆子好像大了很多，也更加懂事了，似乎我们讲的话它都能听得懂，有时还能互动。正月初二，太太娘家来人，我主厨，二十二个人的一桌饭，虽从初一下午就开始准备，但还是有些手忙脚乱，太太也跟着瞎忙而且还瞎急，她一急就头痛，我就让她去院子里陪客人聊天。二十多人确实不好照料，仅添茶倒水就够忙的，小布丁也一样不受关爱，因为都太忙，有时它就躺在沙发上，可人多，有人要看电视时就把它赶下去了，然后转了一圈趁没人的时候又蹿到沙发上。

晚上又是一顿，开饭时天已大黑，我们喝着酒，聊着天，还要相互劝酒，热闹非凡，没有人去关注小布丁。它可能感到被冷落了，自从来到我家后，基本都是以它为中心，今天这么多人却没有人理它，它有些闷闷不乐的样子，可谁也没有时间去理它。它独自窜到客卧的床上待着，一脸的委屈，太太怕她父母看不惯就把它赶下床，这一下彻底激怒它了，一转身就冲到主卧床上，直接在被子上撒尿，一泡很大的尿。太太和她妹妹冲过去，一下子把被子抬起来，把小布丁也扔到地上，尿也淌到地上。

从这天起，我们才知道这个家伙有报复心，后来，它经常干报复的事。有时周末我们带它去外公家里，它一般都是不高兴的，因为外公不喜欢小狗，也不逗它玩，偶尔还批评它，有一次在打扫卫生时就从床底扫出狗屎来，那一定是小布丁使的坏，肯定是某一次又得罪了它。小布丁是非常讲究卫生的，不是报复它是不会在家拉屎的。每次在公园里拉屎都是极其讲究的，都要找到合适的地方才拉，所以，每次拉屎时都会将绳子放掉以便它去找个合适的位置。

不过它在拉屎时，跑再远也必须在视线看得见我们的范围内。据说狗在拉屎时是很戒备的，因为拉屎时最容易受到攻击，而且拉屎时也是防御能力最弱的时候，所以，狗在拉屎时一定会看着主人的。

它从不在公共场合或水泥地上拉屎撒尿，必须在有草的地方，而且拉屎时还必须在远离路边的稍微隐蔽点儿的地方。所以说，外公家床底下的狗屎，一定是出于报复的原因。

小布丁成长得很快，差不多半年时间，院子的栅栏就不够高了，好几次都在太太到学校上班的时候，它自己溜出去，在小区里和别的狗厮混，有时甚至跑到小区外面的马路上，但每次都在太太快到家的时候，它又偷偷地溜回院子。每次都是太太去学校时它从院子里看着她走出小区大门，然后，或待在家里，或在院子里自己玩，有时还隔着栅栏和外边的小狗玩，但每天傍晚，估计太太快到家时，它就准时出现在院子里，一看到太太从小区大门进来，它就兴奋地叫着，摇动着尾巴，嘴巴张得老大，据说狗张大嘴巴是笑的意思。每次太太都是先走到院子栅栏外面和它先亲热一会儿再到后面开门回家，每每这时，小布丁又从院子跑回家在门口等着，照例进门后也要再亲热一会儿的。它会用前爪抱着你的腿，或者就咬着你的手，当你蹲下来的时候，更可能就会扑上去舔你的脸。

直到有一次，太太回家时，从小区大门到栅栏外面，都没有看到小布丁欢迎的影子，太太急了，家门都没有进就去找它了，这是第一次出现这样的情况，还以为它在小区里贪玩忘了回呢，可找遍小区也没有找到。回家时门一开，发现小布丁躺在地上奄奄一息，太太吓坏了，东西往地上一扔就抱起小布丁，手感到黏糊糊的，走到院子一看，小布丁的肚子上全是血，再扒开毛发现，肚子上有一个很大的伤口，像是大狗咬的，更像是一个锋利的刀或玻璃划的。太太心痛死了，一边哄着，一边就拿碘酒帮它擦洗伤口。

小布丁可能太痛了，头一抬，一口就咬住了太太的手，鲜血直流。太太大吼了一声算是批评吧，接着给它清洗伤口，然后，又从冰箱里找来消炎药，碾成粉末置于伤口之上，又抱着小布丁摇动了一会才放到沙发上，然后她才去清理了自己的伤口。

大约一个礼拜，小布丁老实了很多，太太上下班时，它就在院子里准时接送，从不敢出院子。可一周以后，就好了伤疤忘了痛，早上还准时站在院子里目送太太去学校，可晚上就不一定了，有时在院子里等候，可更多的时候不在院子里，而且回来很晚。有一次，都快晚上八点了，还不见小布丁回来，太太又急了，出去找，小区里面没有，就去常带它散步的地方去找。果然，它孤零零地在那里，显得有些着急的样子，太太一声喊，它既显兴奋，又感到不好意思，张着嘴，摇动着尾巴，用头在太太的裤脚上摩擦，这就是表示不好意思。白天太太上班，它自己在家里头有点着急，就偷着溜出去鬼混。吸取教训，太太找来一些网，把院子外边的栅栏缝隙给堵上，从此它再也不能偷溜出去鬼混了。

后来我们搬到了政务区的新家，原准备白天就把它放家里，太太下班后再带它出去遛弯。可小布丁在高新区那个家待惯了，到这里很长时间都不习惯，每天都想着要逃跑，去寻找自由。一天早晨，太太照例去遛它，可不承想一出门，它就像疯了一样从大门口狂奔向东而去，太太急着去上课就不再找它。但她心里不踏实，想着这下子它肯定要成流浪狗了。

下班后太太急急地回家，到门卫处问保安看到小布丁没有，那人说有只狗就在进门右拐的草坪上，从上午到现在都没有离开。太太三步并作两步，看着背影很像，叫了一声小布丁，它立马站起来，先是低着头，这是表示对不起的意思，接着就用舌头狂舔太太的手，还伴有呜呜声，这是在忏悔，也是在庆幸。

春天来了，小布丁到了发情期，每天出去遛小布丁都有很多公狗跟在后面。发情期也就是狗的例假期，散发的味道就引来了众多公狗，好几次公狗们争风吃醋都打起来了。小布丁也有自己的情人，那么多公狗去和它亲密，它独与豆豆好，每次翘尾巴让豆豆去闻个够，而其他公狗就没有这种待遇。

考虑到母狗怀孕生孩子很麻烦，大部分人家的小母狗都做了绝育手术，但我们家的小布丁没有做，太太说做了绝育手术会影响狗的寿命。所以，每年的发情期外出遛狗时都要倍加小心，以免它怀孕生出狗崽。

又一次发情期到了，我们出门时绳子都拉得很紧，从商场散步回来的路上，那流浪狗豆豆就跟着走，两只狗走得很近，相互摇着尾巴，张着嘴，这都是两情相悦的表情。太太提醒我注意着点，说它俩早就相互有意思了，我一直拉到小区大门内才松了绳子，那豆豆不敢进小区，就在栏杆外走动。

快到家门口时，小布丁突然又一次发疯似地跑向门外，我跟着就追，太太喊着说它找豆豆去了，我还不太相信，一开始在小区内找，后来才走到小区门外，发现小区外围的一片树林里有动静。

第二天我们就去了宠物店给小布丁吃了避孕药，即便如此，我们还是很担心，因为好多狗民告诉过我们他们的经验，即使狗吃了避孕药也还是怀上了的教训，于是，一些狗民在一起就会攻击宠物店卖假药。果不其然，小布丁就真的怀上了，我们认真地照顾着，几个月后生崽了，在老爸家里生的，生了四只，其中一只花狗，白毛配黑毛，十分漂亮，还有三只是黄毛狗。

父亲打电话问怎么办？还说花狗特别好看是否留下，可考虑到没有人照顾就说还是全部送人吧。趁小布丁不注意的时候，父亲把四只小狗装箱子里送人，当小布丁突然发现孩子没有了，就像疯子一样四处寻找，把几个房间都找了一遍不死心，还爬到床上去查看。

一连好几天，小布丁不吃不喝，心事重重，每天都流眼泪，看上去十分伤心。有一天我们发现拖鞋少了好几只，到处找，最后才发现都在床下面，好几只呢，小布丁把它们抱在怀里，我们猜想小布丁是把它们当孩子了，看到这场景我们都十分后悔当初的决定。

家里有狗，心情会好很多，因为狗的心思太丰富，和狗一起你就要去关注去猜想，继而就会生出许多故事来。狗在生物链中，大概就是为人类提供精神食粮的吧，有了狗就会有安慰，有陪伴，狗应是人类最忠诚的陪伴吧，不厌不烦，主人高兴时，它就摇头摆尾，主人悲伤时，它也会同悲，主人烦恼时，它亦会低眉顺眼。

人类所发明的语言中，用来描述狗的是最不友好的，没有之一，而狗对人类的态度却是最友好的，也没有之一。这种不对等的关系也许是人类喜欢狗的重要原因之一吧。

2023-02-04 于堰湖山庄

乌云踏雪

2022 年 9 月 8 日下午六点钟左右，我刚下飞机，接到太太的电话。她说今早去学校时，在玉兰大道与明珠大道的中心交叉路口附近，看到一条黑狗神色慌张，一会儿站着，一会儿又蹲着，但头始终在四处张望，一看到一个可能类似主人的人就会立马冲过去，可走近那人，一看不是，又马上回到路中心继续张望。

太太说："这明显是一只被弄丢了的狗在等主人，站在路中心等是为了更容易被发现，可这样十分危险啊，因为那么多车经过，稍不留心就会被撞上或轧着。"她送小布丁去我父亲家，每周的周一至周五白天，小布丁都待在我父亲家，我父亲家就在学校边上。所以，带着小布丁也没有办法帮助小黑狗，但一整天都担心着。

中午放学了，她不放心，又来到十字路口，发现黑狗还在那里，还是和早上一样的慌张神态，还在不断地四处张望，期待它的主人能找到它。狗的舌头伸得很长，那天气温是 38 度，实在太热，而且又在大马路上，可它一直就这么坚守着。太太走过去给它一个煮鸡蛋，已剥去了壳，可它不吃，两眼直直地望着她，似乎在说："不找到主人我不吃。"或者是在想："主人去哪里了呢，不是把我丢掉了吧?"狗这么想着，那神色就更加慌乱，突然又冲到马路边，抬头看着一个人，立马又折回来，表示又认错人了。

太太看它不吃，也没办法，就回学校了，但心里还是不踏实，担心它被车撞了。下午一放学她就过来了，发现黑狗还是那个状态，还是不断地四处张望，但明显有了疲劳感，不像早晨那么兴奋了，且有点焦虑，似乎动作也慢了许多。马路上，高温下一整天，谁能受得了呢。太太把小布丁拴在路边的树上，又走到马路上去和黑狗对话。这黑狗很聪明，不拒绝别人，有的狗被丢了之后很警觉，谁都不让靠近，但这个黑狗"平易近人"，靠近它时它不跑，摸它的时候还表现得很温柔。

天色渐晚，路灯都开了，太太给我打电话说了黑狗的情况，问我是否可以先带回家然后再作打算，否则，它这一夜可能都过不去，肯定会被车轧掉的。不过她又说了："家里已有小布丁了，而且小布丁那么强势，肯定是接受不了别的狗。"我听了后立马说："先带回家吧，不行再送到乡下亲戚家吧。"

放下电话，她就带着黑狗走到小布丁边上，担心小布丁不接受，她又蹲下来和小布丁解释说："小黑狗找不到妈妈了，在我们家待几天，找到妈妈再送走呵。"边说边又摸着小布丁的皮毛。它没有发作，但也没有表现出欢迎，因为小布丁的欢迎动作非常明显，摇尾、抬头、张嘴，张嘴时看上去特别像在笑，可今天没有这些动作。太太说完了以后，小布丁立马低下头，似乎在说："就这样吧，我可不太喜欢这家伙，那么大还那么黑，看上去还有点凶，吃的肯定也比较多。"

我开车经过时，他们三个家伙都上车了，太太坐后面，以前副驾驶是小布丁专座，当然今天这份荣誉还要保持，太太就安排小布丁坐副驾驶位，黑狗坐后排。可不一会儿，黑狗就不老实了，一下子站起来，前爪搭在档位后面的盒盖上，头靠在我的肩膀上。这家伙在原来的主人家一定也是这个做派。

小布丁先是看了一眼，头又偏向窗外，那眼神就是不屑一顾的状态，可内心却非常在乎。不一会儿，就听到小布丁的喉咙发出低吼，太太立马提醒不得无礼呵，又提示黑狗，别太靠近了，会影响开车的。可黑狗可能在家被宠惯了，性格大大咧咧的，不太在乎别人的言论，照样把头靠在我的肩膀上。而小布丁就不一样了，心特别细，情感也特别脆弱，这么多年在家里独享宠爱，获得的照料又无微不至，因而更多的时候是多愁善感，动不动就生气，就流泪、绝食，还会一睡一整天不起床。

快到家的时候，黑狗突然用舌头舔了我一下，这下子可了不得，小布丁完全接受不了了。它开始了反击，从副驾驶座位一跃而起张口就咬住了黑狗的脖子，声音也从低吼到大吼。黑狗显得很大度、从容，没有反击，不过也没有理睬，头仍然靠在我的肩膀上。我们吓坏了，太太从后面立马把小布丁拖到后座位，她担心黑狗会反过来咬小布丁。论打架，显然小布丁不是它的对手，因为它比小布丁的体格要大一圈儿还不止。不过小布丁的能量就在于它胆子大，从来没有惧怕过谁，在公园里散步的时候，不管多大的狗，如果有冲突，从来没有退缩过，即便被打翻在地，爬起来还是要接着干，直到双方的狗主人拼命扯开各自的狗才算完。

公园里遛狗的人，都知道我们家有个不讲理而又敢拼命的“丫头”，特别是那架势挺吓人的。看到一只不熟悉的狗，离它大约十米开外，它就不走了，先把两只前爪扑地，两只后爪绷直，头几乎贴到地上，脖子上的毛全部竖起来，极像电视里老虎发起进攻前的样子，好多狗都害怕它这一招。每到这时，太太就会大喊一声：“小布丁，不要乱来。”它才会恢复成正常的走路姿势，有时遇到实在看不顺眼的狗，太太的警告也没有用，它还是直扑过去，其实更多的时候不是真的要去打架，因为大多数情况都是冲到别的狗跟前的时候从旁边就冲过去了，并没有真的冲撞或撕咬。

一场纠纷结束的时候，我们到家了，到家前我们又各自给它们俩上了一课。太太对小布丁说：“黑狗小弟是客人，你要客气点，不能太小气，更不能动不动就动武。”太太还警告说，“真打起来，你还不是黑弟的对手呢。”我也边摸着黑狗边对它说：“小布丁才是这个家的主人呵，你只是个过客，你要知道你在别人的屋檐下，要学会委屈一点呵。”

我们找来绳子给黑狗套上，然后，我们一人一条狗下楼去绿洲公园散步。八点过了，公园的狗仍然很多，走着走着就遇到熟人，然后就要解释一下黑狗的来历，而黑狗显得很兴奋，走路很快，而且有一点儿比小布丁好的地方就是懂规矩，它始终围着你走，可小布丁不是这样，如果绳子一放，它一定会离你的距离差不多就在视线可及的边沿。今晚的小布丁比较郁闷，心想怎么又来了一条狗，分走了“我”的爱，所以，走起路来懒懒散散，遇到熟悉的狗也不打招呼，小布丁的朋友的主人就会逗它：“小布丁，今天怎么不开心啊，家里又来一个弟弟了吧。”当有人这么说的时候，它就会转过头去，那表情就像在说：“别说了，真倒霉。”每每此时，太太都要安慰它一会儿，再抱一会儿，又抚摸一会儿，再说点表扬它的话，然后，还要再重复地说一下，黑弟只是个客人，很快会送走的。

散步回来，我们商量着给黑狗起个名字，我说就叫大黑吧，或叫小黑也行，上口、好叫、对色。可太太说，我们家有只小布丁，我妹妹家有只巧克力，那这只黑狗就叫果冻吧，刚好都是吃的，还都是甜点。我也觉得很好，于是我们正式告知黑狗：“从今天开始你就叫果冻了，小布丁是你姐姐，你是弟弟，你很小，但你是男子汉，出门要保护姐姐呵。”

黑狗看着我们，两眼有神，张着大嘴，拖着长长的舌头，似乎是听懂了，再一回头，发现小布丁不在客厅了，我们猜想肯定是跑到主卧的狗窝里了，果然在那里躺着，蜷曲在一起，头落在窝里，情绪非常不好。我们又蹲下去抚摸了一会儿，说一些宽心与顺气的话，说着说着就看到它的眼角流着泪水，那是委屈的泪，它可能在想着：“这么多年唯我独尊，在所有亲戚家里也是说一不二，今天怎么来了一条黑狗，我不能接受，感到伤心，难道你们不喜欢我了吗？难道你们移情别恋了吗？”我们安抚着，它的泪就更多了，两条线顺着眼角就淌了起来。太太也受不了了，直接把它抱起来，哄了好大一会儿才放回窝里。

我在卫生间帮果冻洗澡，一整天的流浪生活，它的身上很脏了，果冻在家里还是被养得不错的，特别听话，洗澡也特别配合，这一点与小布丁完全相反。小布丁怕洗澡，这么多年了，一直这样，每次逮它去洗澡，就像躲猫猫，只要它感觉到今晚要洗澡，它就提前藏起来，趴到床底下。我们后来就总结经验，只要准备给它洗澡了，那个下午到晚上都只字不提洗澡两个字，它听得懂我们的话，或者我们直盯着它，它也会知道要给它洗澡了。

找到它时，也是不配合的，我要爬到床底下去掏它，有时用棍子捣，太太有意见说这样会伤着它的，所以，它就更加不配合了。好不容易从床底下拖出来，它就四脚朝天，求抱的那种样子，我把它扔到卫生间里，它还想逃跑，所以要立马关上门。洗的时候更加不配合，它怕水流到鼻子里，所以我都是最后再给它洗头的，洗完澡出来后，还到处去蹭，我要立马用大毛巾给它揉干再用吹风机吹干。

洗过澡的果冻，显然，俊美很多，站在客厅里，有点威风凛凛的感觉，有些大家风范，与小布丁的小家子气形成鲜明对比。果冻一岁多的样子，站起来有四十厘米高，不算尾巴也有六十厘米长，头黑、耳黑、眼睛黑，两只眼珠子尤其黑，有时候稍微站远点都看不到它的眼睛。一双丹凤眼，眉毛与头毛浑然一体，分不出来。全身黑色，像一块乌金，可脚上的几个爪子却是白色的，也不是特别白，而是花白，像一个六十岁男人的花白头发。我又盯着它看了一会儿，还把它的四个爪子分别拿起来看一下，确实是白色的毛，连着爪子的缝隙里的毛都是白的，我突然想起："胸怀明月，四蹄踏雪。"这是形容狗的吉祥寓意，狗的四只脚都是白的，这叫四蹄踏雪，是吉兆。可再盯着果冻看，只有四只脚是白的，其他地方全是黑的，这应叫"乌云踏雪"，"乌云踏雪"就算果冻的正名吧。这是借用马的名字，真正的"乌云踏雪"是关外名驹，是一匹千里绝群的马，是水浒传中呼延灼的坐骑。

果冻在我家的第一个晚上，也是有些不适应，夜深人静的时候想家了，可家在哪里呢？它总是在不同房间里走来走去，我们也给它在客厅里用旧床单安了一个窝，但它还是走来走去，深更半夜也是这样，是真的想家了，想它原来的主人，更多的可能是想不通，为何就把它丢弃掉，回想一下，自己也没做错什么呀。

我们在客厅地毯上的床单上又加了一块垫子，考虑到它可能害怕，太太让我把主卧的门留个缝，果然，夜里它进来了，就睡在我床边的地板上，头就枕着我的鞋。不知为何，果冻是太太一手救出火海的，可它却和我特别亲，在家里，在外面都是跟着我转，一停下来，它也会把头靠在我的腿上，坐沙发上看电视时它也会坐在我的边上，有时还爬到我的身上求抱。我和太太分析，可能它是有感应的，尽管她是太太捡回来的，但这个决定是我做的，当时太太就是在马路上，在它边上打的电话，所以狗的灵性真是非常强。

为减少果冻的思家之情，更为了给果冻找个安身之所，9日那天一大早在送完太太去学校之后，我就带着果冻和小布丁出发去乡下了。一路上，小布丁仍然闷闷不乐的样子，坐在它的老位置副驾驶上，头一直看着窗外，不像以前会不断地和我互动，或看看前面，或侧面看着我，今天头一直偏着看窗外。果冻还是那样大大咧咧的，前爪搭在档位后面的盒子上，头抬得很高，有点居高临下的气势，不时就想把头靠在我的臂上，有时甚至还想在我脸上舔一下，为避免昨晚打斗事件的再次发生，我极力阻止果冻的亲昵行为。

今天到乡下的主要目的是把果冻送给我妹夫的妈妈看看，她家正想有条狗看家护院。她家养了好多鸡，又没有院子，没有一条狗看着不安全的。另外，前面的塘里，也放了很多鱼，没有狗根本养不住。其实她家是有一条狗的，只是太老了，快十五岁了，眼都突出来了，身体也很虚，行动不便，平时都要人去照顾它，怎么能看家护院呢。

到了村里，果冻从车上下来，非常兴奋，到处乱跑，对这里的一切都感到非常新鲜，而且还有那么多鸡和它玩儿，还有别的狗陪着它。它在乡下的狗群中显得很有气质，毕竟是在城里生活的狗，见过世面，也享受过很好的生活，很高的物质和精神待遇，所以在一堆乡下的狗中显得非常出众。老人家一眼就相中了，开心得很，果冻还在外面乱跑的时候，老人家就在家里张罗着给果冻准备好吃的。

而小布丁一改往日下乡的兴奋劲，毫无精气神，见人也不打招呼。以前下乡时，一下车的第一件事，就是和几家亲戚分别打个招呼，每家都要到个场，摇着尾巴，抬着头，张大嘴巴，就算打过招呼了，然后，才和庄子里的几条狗玩儿，这个顺序一直没有乱。但今天不一样了，没有和人打招呼，也不去和狗玩儿，一副心事重重的样子，尽管我们已经说明了果冻只是个过客，几天后就送走的，但这个‘丫头’心胸小，仍然接受不了。

下午三四点钟，我们要回城了，老人家就说：“果冻不留下来吗?”我说我们再带它几天吧，它刚刚离开前主人，心灵受到了创伤，不能立马再丢弃它。我补充说：“过了中秋节我再送下来，另外，我还要给它上个户口，打疫苗，内外驱虫等。”

回城的路上，果冻很安定，可能这家伙跑累了，坐在后排上，很老实。小布丁仍然是一副不冷不热的样子，头和上午一样一直看着窗外，只是经过一个红绿灯时听到另一辆车上有狗叫，才懒懒地站起来看着车外的动静，要是在以前它一听到狗叫，就会像弹簧一样立马弹起来，与此同时，叫声就发出来了，而且是那种要打架的叫声。可今天不一样，有心事了，所以，对外面的事情兴趣不大，站起来看一下，又坐下去，头偏向窗外。

到学校接上太太回家了，太太建议要尽快给果冻去打狂犬疫苗和八连针，还要内外驱虫，因为，不知道它的前主人给它打过疫苗没有。这个最重要，我答应明天一早就去宠物医院办理。晚饭后，我们又带着它们俩去公园里散步，果冻仍然是兴奋不已，而小布丁仍然是愁眉不展，果冻一走三蹦，小布丁漫不经心，一圈下来差不多快一个小时。

回家了，我也有点累了，就想着早早休息，可果冻今晚不知怎么的，一直不睡。一会儿从客厅到卧室，一会儿又跑到客厅，一会儿再跑到卧室，就站在我的边上，抬着头看着我，个子又高，头抬起来，我都有一种压迫感，我也睡不着了，用手摸摸它的头示意它去睡吧，可它就这么站着。

十二点了，仍然是这样，我有了饿的感觉，晚上吃得少了点儿，又睡不着，干脆起来弄点吃的，喝一点酒，又弄了几个菜，其中一份排骨和一份牛肉是中午剩的。我们在茶几上吃，小布丁蹲在我的右边，果冻蹲在左边，我喝一口酒，吃一口菜，同时给果冻和小布丁每人一块，或排骨，或牛肉，而且我还很心细地挑两块差不多大小的肉，以防它们攀比妒忌。酒喝到一半的时候，又各给它们一块，可突然间两条狗咬起来了，不知是因为肉块大小有别，还是一个吃的排骨，另一个吃的牛肉，反正是打起来了，而且很凶。我立马用手阻拦，手就被划开了一个长条状的伤口，口子很大，鲜血直流，我一声大叫，很发怒的那种，带着严肃的表情，它俩才停下来。我立马去水龙头冲洗，又不断地往外挤着血，好痛啊。找个创可贴止住了血，它们也都知道犯了错，都一声不吭。

一阵折腾之后，太太分析了这场打斗的缘由，她说：“这两天以来，对小布丁来说是接受不了这个现实的，但也要憋着，没有发作，今晚看到你平均地分配着食物，小布丁实在不能容忍了。而对于果冻来说，昨晚在车上那一口肯定也记在心里了，而且白天时小布丁对它又是一副爱理不理的样子，它也接受不了小布丁这个样子。况且，食物是生存的需要，什么都可以让，但吃食不能让，于是就这样打起来了，而且从我手上的伤口来看，这一口牙齿下去都是往死里咬的。”呵呵，我笑了，太太分析得有道理，这是生存权之争。

中秋节到了，今年这个节是小妹妹家主持，十一点半，我们全部到场。开饭前，我妹妹家的巧克力也来了，三条狗，小布丁仍然一副高冷的姿态，巧克力一如既往地听话与随和，不一会儿就和果冻打成一片，一会儿蹿到沙发上，一会儿又跑到阳台上，还爬到茶几上翻东西吃。而小布丁拉着脸，尾巴也一动不动，嘴巴紧闭着，两眼下拉，这是平时极度不高兴才会有的表情，独自坐在阳台上，往下看着小区的院子。

吃饭时，他们看到我的手都很吃惊，问我打了狂犬疫苗没有，我说没有，老爸说二十四小时内一定要打，况且这个果冻还是个来历不明的狗，也不知道是否打过疫苗。我向来不太重视打疫苗，记得1995年在公司仓库搬玉米时，一只老鼠曾咬过我的手掌，而且咬得很深，当时没有什么意识，也没有去打疫苗，不过这次拗不过父母及兄妹们的说教，下午就去了上派镇卫生院。医院人很少，可打疫苗的人却很多，而大部分都是打狂犬疫苗，也有的是被猫抓了。于是，挂号、开单、交费、取药、打针。

拿到单子一看，五针疫苗还要分开打，第一针与第二针相隔三天，第二针与第三针相隔四天，第三针和第四针相隔七天，第四针和第五针相隔半个月，不知道这是什么道理，间隔总时长一个月。一张单子下面就是五个格子，每打一次都要在格子里填上疫苗型号、生产厂家、接种时间以及名字。

可我要不断出差，五针分别在合肥、珠海、深圳、东莞、六安打的。到的每一个接种医院，打狂犬疫苗的人都很多，特别是在合肥上派镇卫生院打针时，看到打针台下面的那个筐子里堆积的疫苗瓶子少说也有几百支，我问医生，这是多长时间积累的，她说半个月吧。我真的大吃一惊，人与狗真的交集越来越多了，是狗越来越可爱了，还是人越来越空虚了？反正果冻给我的见面礼就是五针狂犬疫苗。

我要回珠海了，太太一个人搞不定果冻和小布丁，我决定在临回前一天把果冻送到乡下。上次老人家已经看过果冻了，高高大大、玉树临风的果冻，又是一身乌云踏雪的形态，一身黑，黑得纯正，黑得有点发亮，就毛质而言，有点裘皮的感觉，老人家很喜欢的。

经过几天的磨合，小布丁倒是和果冻相安无事。可这个果冻就是太懂事又太黏人，我到哪里它都要跟着，睡觉时也睡在我的床边，看电视时，它也要在边上，而且头一定是靠着我的腿，一只脚还要搭在我的脚上，直勾勾地看着，一往情深的样子。我和太太都担心，送别的时候会是什么样子，会不会拼死拼活不配合，甚至像小布丁吃泡芙而绝食一样。我们一直担心着这个时刻，太太心肠软，一讲到又要丢它，就叹气，说果冻又要接受一次心灵的创伤。我调侃道：“那你早点退休吧，那样你尽可以收留天下苦难之狗了。”

农村现在越来越漂亮了，几乎每天都在变，自来水、太阳能路灯、网络、快递都到村子了，实在难以想象。更让人想不到的是，环境建设几乎按城里公园的标准，漫道路、彩砖路、水渠与池塘都恢复到几十年前的自然状态，所不同的是，塘埂四周都有水泥护坡，这样的塘不容易荒芜。

妹夫的妈妈家在十里长垱大堤之上，前面是个农田挖出来的水塘，后边就是十里长垱，现在也已重修。她家房子后面新修了一条马路，原长垱在清淤，变得又深又宽了许多。我们的车就停在大堤上，不敢再往她家门口开了，因为考虑到下午分别时方便点，我们都已估计到这种生死离别的场面。

在来的路上，果冻全然不知要丢弃它。今天小布丁没有跟过来，车上只有它和巧克力，它显得特别放松而开心，两脚踏在盒盖上，头高高昂起，有点指点江山的味道，一会儿把头靠在我肩膀，一会儿又亲着我的脸，今天，它尽可以放纵，因为，没有小布丁在，它是可以随心所欲的。

车停下后，我们都下车了，妹夫把果冻拉到他妈妈家门口的一棵大树下面拴着，这根绳子特别粗也特别长，是好多年前为小布丁买的，现在拴着果冻。我从车边上直接去三舅家了，看看守文家房子的装修情况。下午我们要回城了，我就悄悄地上了车，发动车子的时候，果冻就看到了，它拼命地挣扎，两后脚着地，直立立地站着，想扑向车子，我不忍心看到，头一偏开始倒车，果冻拼得更凶了，那狂叫的声音里有着绝望的味道：“难道新主人又要抛弃我吗?”我想着它的叫声应是表达这个意思。

车子走了，我开着窗子就听到果冻那撕心裂肺的叫声，我的心也有一种莫名的难受，天底下的狗和人一样，相见时难别更难，车开到好远的地方，还能听到果冻的嘶鸣。我想着，国庆回家再来接它回城过几天吧。

当天晚上，妹妹在家族群发了视频，是果冻在发怒的视频。第一个是它绝食的视频，视频里，端给它的肉汤饭被打翻在地，它还不断地绕着那棵大树转圈子。后来，妹妹说："它一连三天不吃不喝，眼角挂着泪水，谁都不理，白天拴在大树下面，晚上就睡在屋里的地面上，没有精神，低着头，心事重重。"

第二个是它在第四天的早上开始吃东西了，但仍然拴在大树下面，那一大盆饭也放在树底下，可能太饿了，它吃得很香。庄子上的两条狗连同妹夫的妈妈家的那条，一共三条狗都来抢食，它们平时是没有这个待遇的，抢得也凶，果冻一开始是抬起头来，用愤怒的眼光看着它们，那三条狗便不敢向前，果冻又开始吃了。可那三条狗又往前靠近一步，这时果冻用低吼发出警告，那意思是"我"正在吃饭，别来烦"我"。

果冻边吼边吃，可那三条狗也太想吃了，一起往前靠，果冻反而不再低吼了，变得无声地吃着，只是眼睛在窥视着那三条狗，终于那条最老的狗把嘴巴伸过去吃地上撒出的一块肉。果冻根本不接受这种挑战，上去就一口咬住了那条狗的后腿，那条狗大叫着，另外两条狗还想上去帮忙，果冻头一抬把那条老狗扔了出去，一转身又一口咬住另一条狗的脖子，速度快到你几乎就没看到这个过程。大人们从屋子里跑出来，用扫帚比画着，做出要打的样子，果冻才松下口，那三条狗一溜烟跑了，果冻也不吃了，站在那里，举着高高的头，喘着粗气，一脸的愤怒，那姿态像在宣布，以后离“我”远点。

晚饭的时候，果冻就吃得安宁了许多，那三条狗不知跑哪里去了，这时几只鸡走了过来，就在果冻的食盆边上捡饭吃，一开始还相安无事，各吃各的，果冻想反正是“我”吃掉到地上的，那一粒饭“我”还不感兴趣呢。不知怎么地，一会儿就听到了鸡的叫声，是那种要死要活的叫，妹夫的妈妈赶忙跑出来，原来果冻把一只老母鸡叼在了嘴里，正咬住了鸡的大腿根子处，那鸡拼命地扑腾，可果冻一动不动，头高高地抬起，似乎在玩弄着这只鸡。老太太生气了，但也害怕，不敢靠近，拿着一个板凳就砸过去，果冻一躲没砸中，老太太又拿着一把大扫帚抛过去，这时果冻可能也知道闯祸了，头一摆，把那只鸡就扔到门口的塘里，那只鸡在水里拼命地用翅膀划向塘埂。

妹夫的妈妈急忙去查看那只鸡，腿没有被咬断，只是有点出血，果冻可能也并没有往死里咬。后来我们猜测，那只鸡在边上吃的时候，可能趁果冻不注意把嘴伸到食盆里了。当天晚上，妹夫的妈妈就打来电话了，说这只狗是只野狗，咬狗就不说了，还咬她家的鸡，太可怕了，说不定以后还会咬人呢，让我们赶快带走，不能放她家里。

我们也一点办法也没有，太太在学校，我已回到珠海。更关键的是，果冻和小布丁谁都不接受谁，后来我们就和守文商量，把狗放到正装修的那房子的后院里，白天晚上都拴着，没人的时候拴后院，有人的时候拴在前门口。果冻的情绪更差了，没日没夜地叫，像个不知疲劳的斗士。

身子也脏得不像个样子，只是这几天开始吃东西了，但情绪不好，和谁都能杠上。隔壁就是三舅家，因为不听话，还咬鸡，白天拴在前门外的时候经常就扑三舅家的鸡，三舅很生气，好几次当着果冻的面说，再不老实，到过年时就把它杀掉吃狗肉火锅，说这话时，果冻就抬头看着，一脸的严肃，似乎很在意的样子。

差不多又过了两周，果冻明显老实了一点儿，偶尔也会不拴绳子，可它又四处捣乱，一会儿咬别人家的狗，一会儿又去掐别人家的猫，还去抢人家的鸡食吃。有一天，三舅刚把鸡放到外面，果冻就跟上了，先跟到塘边，然后突然袭击，把一只鸡腿咬住，三舅拿着家伙就跑过去，它同样的手法，一摆头把那只鸡扔到塘里，三舅看果冻把鸡扔了，就认为没事了，也不再撵它。可果冻就守在塘边，不让鸡上塘埂，一上来它就扑过去，后来三舅拿着绳子把果冻拴上，鸡才回了家。

一晃，国庆节到了，我二十九号晚上就到家了，晚上和太太商量，把果冻接回来吧，过个国庆，休整一下吧，洗洗澡，吃点好东西，最起码让它暖暖心，说明我们没有抛弃它。可太太又担心，这样它是否会一直安不下心在乡下呢，我说走一步算一步吧，国庆七天呢，带着它吧。

九月三十日，是个大晴天，我们一行三人，还有小布丁也在，一起去乡下。下车以后，我们没有立即到家里，而是站在守文家房子后院外壕沟边讨论一下后院的建设。其实，我们站在十里长垱的塘埂上，离后院至少还有几十米的距离，我们说着话，果冻一下子就听出来了，原本它是拴在后院那棵树上的，可它一蹦三尺高，拼命地叫着，那是一种救命式的呼叫，它是想让我去救它。我透过后院的竹林看到它正在拼尽全力地想挣脱绳索，我担心它会被勒坏，所以不再讨论了，拔腿就跑，绕过壕沟冲向庄台，一口气跑到后院，快到的时候我就叫着“果冻，果冻”，它听出来了，兴奋地立在院子中央，脖子上的铁链子被挣得哗哗响。

我三步并作两步冲过去，果冻立起身一把抱着我，两只前爪很有力量，紧紧地抱着，头也紧贴着我的身体，像受尽委屈的孩子见到父母，好多委屈要说，可一时又不知道从何说起的样子。我蹲下来，摸摸它的头，它用舌头舔我的脸，我没有拒绝，我又摸着它的身体，好脏呀，也瘦了。我边摸着，边和它说着话，说些让它宽心的话，更多的是激励的话，当我直腰的时候，它抬起了头看着我，我发现它的眼里都是泪水。

下午三点多，我们回城了，小布丁仍然坐在副驾驶位上，而果冻仍然两爪前立，高昂着头，看着前方，眼睛里多了些成熟。我偏头看一下，它和小布丁的表情也不像以前那么对立，而是平和了很多，似乎经过几次的冲撞都理性了很多，虽不能说喜欢对方，但眼光里不再有那么多的嫌弃。

晚上到家后，第一件事就是给果冻洗澡，太脏了，它非常配合，不时还调动部位让我给它洗。洗完澡的果冻，又像以前一样的纯黑，而四只爪子的白毛显得更加纯粹，站在客厅好威武，一副王者归来的神情，在网上又查了一下资料，果冻是真正的“乌云踏雪”。小布丁也出来了，它们相互看，基本没有了敌意，只是也不太有一起玩的意思。小布丁去阳台上吃狗粮，果冻也跟着去了，小布丁回头看看，没有要发作的意思，为避免矛盾发生，太太立马重新装了一碗狗粮给果冻。经过几次的较量后，看样子它们也握手言和了，因为它俩也可能都懂得了只有和谐相处才是各自快乐的根本。

2022-11-03 于大境天鹅湖

高贵的小花

小花在绿洲公园的大草原上流浪时，还拖着绳子，不让人靠近，每天除了找点儿吃的，其余时间都坐在儿童乐园一角，好像在等它的主人，谁都不让靠近。热心的狗民时常会送点儿吃的给它，但它也不让人靠近，你若把食物送到它边上，它就离开走了，所以，热心的狗民只能把食物放在离它有点儿距离的地方，并示意它来吃，可它并不急着去吃，即便有时很饿。一方面考虑到安全吧，怕别人逮住它；另一方面也可能是一种自尊，不想表现出失态或饥不择食的样子。

有时，狗民都走很远了，它才去食用，吃的时候也不是狼吞虎咽的那种，而是很从容，也很讲风度，它的吃姿绝不像一只流浪狗。有时，小花还没去吃，就有别的狗上去抢吃，它只是静静地看着，不会去争抢，也不会表现出龇牙咧嘴的凶相，那种绅士风度，一看就是出自一个有教养的狗民之家。

我和太太散步时常会带点儿吃的，有时是肉或饭，有时是鱼，但更多的情况下是一根玉米火腿肠。为避免小布丁的妒忌，每次都是小花一口，小布丁一口，但我们心里有数，小布丁才吃的晚饭呢，所以就有意地给小花的火腿肠长一点。有一次就被小布丁发现了，它怒不可遏地冲向小花，小花连连后退，远远地看着我们，我们心里清楚，小花是个有风度的狗，不会与小布丁争食的。

每当我们从大草原回家的时候，小花都会送到楼梯口，然后知趣地站在那里不再往前走，只是偶尔一两次它会轻轻地咬住你的裤脚，非常轻，你几乎感觉不到它在咬。它是不会跟着你进楼梯口的，它知道那是通往家里的路，它没有家，不能跟在后面。每次看到小花停在楼梯口的时候，太太就说："太可怜了，要是找个人收养下来就好了。"

小花和我家的小布丁一样，是犬不是狗，所以，它们的后脚趾会长出一个弯曲的指甲，很锋利，自动长成圈状，每隔一段时间就要去剪掉，否则，那尖指就会扎进肉里。而狗就没有这个后趾，我们家果冻是狗不是犬，所以果冻就没有这种趾。

小花在流浪中后趾就扎进肉里了，那趾血丝丝的样子，看了让人感到肉痛。当热心的狗民看不下去了，要带它去剪的时候，它拒绝了，它要独自面对这一切，或许这是对原主人保持忠诚的最好的方法。

高贵的小花，在失去主人后，接受了流浪的现实，从不与人亲近，最多只接受喂食等一般性的亲近。有一次，有个狗民出于同情要收养它，跟着它好多天，关系已经很近了，那狗民认为差不多了，就准备带它回家，可小花，那高贵的小花，仍站在楼梯口，无论如何也不进楼梯。后来我们在聊天时一致认为，这是一条高贵的犬，可以适度接受亲近，但绝不接受收养。

有一次，绿洲公园里在修篮球场，工地上的一个人不知怎么地就弄伤了小花的一只眼，一开始只是流血，后来又流脓。狗民们看不下去了，有一热心狗民，一整天跟着小花，跟它聊天，靠近它，稍靠近时就抚摸它。小花似乎更痛了，也许是一种求生的本能吧，小花和那热心狗民走得更近了。

一天，那热心狗民在公园放了个牌子，牌子上写着小花的经历，赞美了小花的品格与骨气，当然，重点是描述小花目前的艰难情况，最后说出了想法，想为小花募捐费用治疗眼疾。好多狗民都喜欢小花，一看到有人出头为小花治眼，大家纷纷慷慨解囊，一晚上就募集到五千多元。而小花的眼疾花了八千多，大家又补捐了一次，手术后那个热心的狗民自然地就把小花带回家护理。小花接受了这个现实，也许是出于感动，也许是出于感恩，它最终接受了这个家。

又过了一些日子，小花的眼睛彻底好了，小花的新主人可以带着它出来活动了，大家都纷纷去看望小花。小花的新主人非常高兴，次日晚上，他在大草原上为小花举办了一场欢庆活动，活动中，小花的新主人代表小花感谢所有关心过小花的狗民，更感谢给小花捐过治疗费的狗民。

小花也格外地开心，不停地穿梭在关心过它的人中间，走到我们边上时，还是会轻轻地用嘴咬一下我们的裤脚。小花虽曾流浪过，但狗民们都特别喜欢它，今天它的主人因得到了它而更加高兴。我时常想到小花，高贵的小花，正是它那高洁的狗格打动了狗民们，并由此改变了它的命运。

2023-02-04 于天鹅湖

弃 狗

小叔和小婶终于进城了，正式进城的最后一趟东西是我用奥迪 A6 拉的，后备箱及车里全被塞满了，我们三人往里一挤，真是连讲个笑话都没有空间安放了。

原本说好饭后就出发的，不知小婶哪里来的那么多东西，转一圈儿，一包东西塞进车里，又转一圈儿，又一包东西塞进车里，似乎总有掏不完的东西。说是持家也行，说是守财奴则更贴切。小叔不停地催促，小婶不断地应付着，但出发的指令总下不了。我也不急，也不帮忙，一本书捧在手上，就基本“与世无争”了。

四点已过，小婶终于说话了，大存子，差不多了。但她说这话时，眼睛分明还在屋里扫视，那口气听起来也只是想说差不多了。我能深刻理解这句“差不多”，所以，继续埋头阅读。又过了一刻，小婶终于说走吧，而不是“差不多”了。我见这次真的可以走了，合上书起身走向车子。

在整个进进出出拿东西的过程中，三条狗始终没有离开一步，人从屋里到屋外到院子再到车旁边，狗也走着一样的路线。不像平时，人做人的事，狗干狗的活。但今天不同，它们好像感知到家里要发生什么事，就更加关注主人们的行动。

车停在马路边，距小婶家的屋子约两百米，当最后一包东西夹在小婶的臂下时，她以胜利的口气宣布，现在真的可以走了，说着咔嚓一声，门就锁上了。在咔嚓的刹那，我注意到那三条狗的身体似乎同时抖动了一下，它们已意识到离别来临了。

我们向车子走去，三只狗像随从一样跟在后面。只是此刻，不再像平时的活泼与从容，而是心情复杂且步履蹒跚，尾巴紧紧地夹着，这是害怕的姿态。我忍不住问小叔："门上了锁，狗住哪里呢？"

"东山墙外有草堆，里面可以掏个洞。"小叔不紧不慢地说着。

"以前它们也住草堆里？"我问。

"它们以前住院子里堂屋的檐下。"小叔仍不急不躁地答道。

"那为什么不把前门边挖个洞？那样狗就仍然可以住院子里了啊。"我说。

"那不行，家里没有人，狗会把院子搞得不像样子的。"小叔显然不同意我的主意。

说着走着就到了车子边上，小婶把最后的东西装进后备箱，我关上后箱门，那三条狗就坐在车后边，眼直勾勾地望着我时，我才开始认真地端详起它们来。最大也最老的那条狗是黑色的，黑得很纯，一双黑眼睛隐藏在黑色皮毛中，但仍然十分光亮。那舌头真长，舌尖的涎水一滴滴，像泪，脸色十分严峻。它们心里明白将要发生的一切，只是它们不会说而已。不，不是不会说，而是我们听不懂。

那中等大的狗是条花狗，那花像农村丫头过年缝的花棉袄一样花，花多但朴素而不艳，给人实诚的印象。一身很脏，但两只眼睛很萌，忧郁而谨慎，像一个犯了愁的女诗人一样让人怜，让人爱。它一会儿看着我，一会儿又看着大狗。显然，大狗是它们的主心骨。三条狗都已坐在地上，张着嘴，似笑又似尴尬的表情，尾巴一直没闲着，一直在摇。但那摇的节奏，显然有些心神不宁、心事重重的慌乱。

只有那最小的白狗，坐一会儿之后，还是闲不住地在车子边上晃来晃去，也许是少不更事的原因吧，还在一晌贪欢，也有一点点迷惑，但更多的是兴奋，好像要带它进城一样的光景。小白狗长得也真的漂亮。不仅漂亮，而且还很阳光。静立时，两头翘，英姿飒爽。尽管身子小，但卓越身材已显端倪，若毛色再干净点，再顺点，都快赶上我们家的“小布丁”了。

“可以走啦！”小婶在车里喊。我仍在车外面与狗们进行着无语言、无行为的交流，都只靠双眼在交流、对话、讨论。

“大存子，走啊。”小叔开始催了，我一步一回头地走向驾驶座，狗也起身跟到车身左侧。我发动了车，摇下车窗，我们八眼相视，似告别，似交流，但更多的可能还是争论甚至是争吵。

我实在不忍心，关上窗，一脚油门，车子就前行了，但速度不是很快，因为我怕狗的心里承受不住。开出约两百米时，狗突然发疯似的朝车子奔跑过来，十二只爪子扬起的灰尘像轻烟，像薄雾，更似那浓浓的愁云。

我停下了，狗们可能还要再说些什么，它们到时，我也下了车。这次六只眼全都挂着泪珠，粗声地喘着气，舌头伸得更长，嘴巴也张得更大了。看得出刚才的奔跑是用尽了吃奶的力气，尤其是那条小白狗，委屈的眼神你都不忍心直视，是心碎的感觉。

我蹲下来，挨个摸它们的头，边摸边说道："你们的主人要进城里住了，他们在城里也要干活，要挣钱过日子，没时间管你们，你们三张口，他们也养活不了你们，你们就守在这里自找活路吧，你们的主人实在是带不动你们了。"那最大的狗在点头，似乎认同我的解释，但六只眼的泪水就淌得更快了。不止六只，我的泪水也止不住地流。还是那条大狗，用舌头舔我的手，我知道这不是央求，是在传递真情，类似青年男女临别时的亲热动作。

"你们回去吧，相互照顾啊，我会回来看你们的。"我摸着小狗的头对它们说。

它们似乎真的听懂了，齐刷刷地点头摆尾。我站了起来，三只狗也仰起头直直地看着我，似乎在说再待一会儿吧。我又和它们对视了一会儿，然后径直走向左前门，它们也跟着走动，但在左后门外停下了，我知道它们还想和主人告个别。我打开后门对小叔说："告个别吧，你们不知猴年马月才能再见到了。"小叔和小婶挥挥手没有说话，也不知能说点啥，一脸不舍的神情。

车再一次开动了，狗儿没有追上来，而是立在原地，车走得更远些了，狗儿的头，也仰得更高了些，但不像送行，更像是张望，张望着远方的亲人。我想这种表情应是在梦想着我们下次的相见吧。

狗儿在后视镜里变成三个小点儿了，其中那个最小的已若隐若现，但清晰地看到，它们没有冲过来，也没有掉头回去。这真是个艰难的选择啊。冲过来，显然没有结果。但转身就回，又是那么不甘心、不情愿。我用模糊的双眼看着狗儿模糊的身影。

2017-06-09 于白云—昆明—西昌的飞机上

访　狗

自从把小叔小婶带回合肥之后，每天闲暇时光，那三条弃狗的无助眼神、无奈身影，尤其是那远远张望的神情就一直在我的大脑里萦绕，不曾消失。想着再回趟老家拜访下那“一家三口”——一家没有血缘关系的三口子。

终于，几个月后的一天，我找了点时间，急切地直奔鲍庄而去。小叔家的门紧锁着，没有任何生机，当然也没有看到狗，只是东山墙外的草堆头有个洞，大概那就是它们的家了吧！

庄子同样没有生机，因为没有人。转悠了一圈后，小叔隔壁家的门突然开了，原来是表婶从田里干活回来了。我打过招呼走进去坐下，表婶热情地泡着茶谈论起许多话题。当然，关于狗的话题最多。

不一会儿，狗儿不知从哪钻出来了，但只有两条，大的不知去向。它们俩并没有进来，只是趴在门槛上，或许是觉得不太好意思，毕竟主人并没有邀请它们俩进屋里来。

显然，它们俩已认出我来了，四只眼睛眨也不眨地看着我，仿佛在想着："盯紧点，这次别让他跑了。"那天不是很热，但它们俩的舌头还是伸得老长，应是欢迎的意思吧！

被主人丢弃的狗，显得如此狼狈与不堪，毛色灰暗与潦草，一球球的，有些毛球中还有黑点，应是虱子。相比以前，狗儿瘦了好多，应是吃不饱。主人在时，多少能有些剩饭、剩菜，有时还专门用汤拌饭给狗补充营养，但这一切随主人进城而消失了。它们平时只能在外面觅食，可村子里已没剩几户人家，哪里有那么多吃的可以找呢？饿一顿饱一顿成了常态。

隔壁的表婶说，这狗也有像人一样的情绪。那晚，我们走后，三条狗耷拉着耳朵回来了，趴在门口好久，好久……六只眼睛就这么望着紧闭的门连同那把合上的锁。那神情，那紧盯着门的神情也不全是沮丧，还有肩负职责的成分，它们看家护院的职责并没有随主人的离去而消失，也不会因为有些不满就有丝毫的松懈。

表婶还说，就在那天夜里，狗突然就叫了起来，从叫声的起伏与狗跑动的情况来看，应是有人在偷鱼了。小叔家的西边有个塘叫马驿叉，是他家的鱼塘。有人偷鱼了，有责任心的狗是毫不含糊的，它们拼命地扑向前去，那小偷儿可能带着家伙打中了狗，几条狗叫得更凶了。从叫声中可知，那几条狗一会儿向前冲，一会儿向后撤，那爪子的刨土声，听得清晰。

突然间听到最大的那条狗发出哀号，应是被打中了，也不知打到什么部位，从那叫声能猜测出应是被打得不轻，但争斗的叫声并未停止，好久才平静下来。我想那偷鱼的人肯定是退却了，但狗也受伤了。它们本已被主人抛弃，本可以心安理得地不管不问，可狗做不到，为了鱼，为了主人的鱼而受伤。

这是什么样的责任心呢？主人都不管了，而狗还在认真地、不畏生死地保护着，为了主人的利益可谓不顾一切，牺牲自己仍在所不辞。这就是狗！对人类无限忠诚的狗！

表婶继续说，第二天，看到那条大狗的一条后腿就拖地了，只剩三条腿，一瘸一拐，看得出十分痛苦的样子。又过了几日，就再也没有看到那条大狗了，也许已被打死，也许是被毒死的。只要那一塘鱼还在，偷鱼的人就不会轻易放弃。那鱼的存在就是狗的危险，鱼与狗之间就有了某种联系——狗死了，鱼也要死；但鱼死了，狗未必不能活着。鱼的生死，鱼做不了主。但狗的生死，其实狗是做得了主的。只是狗仍然选择死，为了责任与忠诚。

表婶在讲述完那几天狗的情状后，一脸忧伤，我还记得，她最后说的一句话是："没有主人的狗真是伤心啊。"

没有了家的狗，就像无头苍蝇，没有方向，也没有目标。有房才有家，有家才有根。不管你在一个城市生存多久，归属感一定是基于家，即房子，没有这个空间所在，你也不会把自身归属于这个城市。

中午时分，我和两条狗就待在田埂上用餐。我来时打包了一些以肉为主的食物，我只吃了一份黄瓜，那排骨和红烧肉装在饭盒里，是为它们准备的。我打开饭盒，狗儿并不动嘴，我就用手喂它们。知道它们很饿，但它们并没有表现出狼吞虎咽的样子，我一手喂食，一手抚摸着它们。每当我抚摸它们的时候，它们就停止吃肉，四目深情地望着我，眼里饱含感激之情。

要是它们会说话，一定会说出“谢谢”之类的话来。但它们只能是用头不停地磨蹭我的裤脚，或者舔我的手，这大概就是它们表达内心感激的一种方式吧。我信步走在一条已荒芜的田埂上，它们俩就像跟班，一丝不苟、不远不近地跟在后面，像两个卫士护卫着将军一样。

日薄西山时分，我们要再次说再见了。它们俩很懂事，没有像上次那样穷追不舍，而是原地不动，直至消失在后视镜里。

2017-08-27 于武夷山甘润度假村

人狗情未了

人类最亲近的动物朋友是什么？十有八九的人会回答是狗。狗，是十二生肖之一，狗和人类之间的感情可以追溯到几千年前。

没有哪一种动物像狗这样以这么多的方式为人类服务：尽心尽力地为人们看家护院；尽职尽责地协助人们放养牲畜；帮助人们狩猎；拉着人们穿越地球上最寒冷、最偏僻的角落……狗凭着灵敏的嗅觉，能在雪崩后把埋在雪堆下的人搜寻出来，能在房屋倒塌后把困在瓦砾中的人抢救出来，能在森林的深处把迷路的人引领出来，是谓搜救犬；它们在边疆站岗，阻止毒品和其他非法交易，谓之缉毒犬；它们给盲人领路，不知疲倦地照顾残障人士的生活，谓之导盲犬……

当我们高兴的时候，它们摇尾助兴；当我们悲伤的时候，它们头颅低垂以示同悲；当我们渴望慰藉的时候，它们用头磨蹭你长长的裤筒。它们随时了解我们的需要，听候我们的命令，用无尽的关爱温暖着我们的心灵。除了以上众所周知的贡献，狗建立在情感基础上的对人的忠诚，也是其他任何动物无法比拟的。那是一种对母亲般的信赖之忠诚，对仰慕者般的崇拜之忠诚。还有更多的历史故事告诉我们，狗对人付出的是毫无保留的情义和耿耿忠心。

狗是一万多年前由狼驯化而来，尽管人们研究出了各种理论，我们仍然无法确定，为什么人类和狗能够这样融洽地相处。是为了互相保护，为了结伴狩猎，还是为了友谊？抑或是三者都有？爱狗的人可能更喜欢这样一种说法：上天创造了人，看到人类如此怜弱而孤独，便为我们创造了狗。狗是我们的伙伴，是我们的朋友，是我们的盟友！招之即来，挥之即去，这样的朋友世上还有第二个吗？

狗可以说是一种非常深入人类生活的动物了，在所有与人密切来往的动物中，对人类最忠心的莫过于狗，在主人面前表现得很有性格的则莫过于猫，狗对主人那种誓死追随的忠心，在猫的身上是难逢难觅的。可是奇怪的是，在民俗中有“狗要拾，猫要买”的说法，人们认为猫的身份比狗金贵，不可以白白收养。更为奇怪的是，人类向来对狗都是鄙夷的态度，有成语为证。在汉语中与狗相关的成语、谚语多达几十几百条，是所有动物中产生成语、谚语最多的了。

然而遗憾的是，除了少数几个为中性词外，大多关于狗的成语为贬义词。猫在偷懒，狗去帮忙捉老鼠，被斥为“狗拿耗子多管闲事”；狗忠诚地护卫着主人，却被冠以“狗仗人势”的罪名；狗有较强的应急处理能力并可急中生智，被说成“狗急跳墙”……最让人感到不公平的是，人在骂别的动物的时候也一定要把与此无关的狗搭进去骂一番，比如：狼心狗肺、蝇营狗苟、鸡肠狗肚、狐朋狗友、狐群狗党、鼠窃狗盗。而最让人啼笑皆非的是用“狗嘴里吐不出象牙来”的俗语诋毁狗，莫非猫嘴里抑或人嘴里能吐出象牙来？“捉鸡”时也要“骂狗”属毫无道理，“偷鸡”时还去“摸狗”几近不可能。因为，以狗的忠诚是不可能耍滑头的，肯定会为了主人的财产安全而奋不顾身地与偷者搏斗，至少也会狂吠，偷鸡又如何能摸狗？依我之见，说成偷鸡摸猫或摸猪，会更加合适些。还有，“狗眼看人低”这也是天大的冤枉，所有动物中狗看人时，脉脉含情，眼里充满的最多的是忠诚。狗勤而奋蹄谓之“狗腿子”，狗依恋主人而随其前后称之“走狗、狗奴才”。当人们吃了狗肉喝了狗肉汤，心满意足并用袖口擦拭嘴巴后，仍不忘记讥讽一番“狗肉上不了正席”。形容人的层次不高或某种坏行为时会用“猪狗不如”，我不明白为什么不能说猪鸡不如呢？

其实，狗儿从来也不在乎是不是能够得到人类的回报，它们只知道为人类多做点再多做点。而作为人类，我们为狗儿做得实在太少了，如果我们再将狗的忠诚划到“奴仆”的范围，并用如此多的贬义词来侮辱狗，实在是亵渎了狗对人的感情，同样也侮辱了人类本身。

狗对人如此忠诚而人对狗却这般鄙视，但人与狗还能长期而友善地相处，是因为什么？那是因为狗非但不介意人类对它的漠视，而且仍义无反顾地追随人类于左右。

2008-09-01 于中山欧普横琴河边